카뮈로부터 온 편지

초판 1쇄 발행 | 2016년 3월 14일
초판 2쇄 발행 | 2016년 4월 5일

지은이 이정서
발행인 이대식

편집 김종숙 나은심 손성원
마케팅 김혜진 배성진 박중혁 **관리** 홍필례
디자인 모리스

주소 서울시 종로구 평창길 329(우편번호 03003)
문의전화 02-394-1037(편집) 02-394-1047(마케팅)
팩스 02-394-1029
홈페이지 www.saeumbook.co.kr
전자우편 saeum98@hanmail.net
블로그 blog.naver.com/saeumpub
페이스북 facebook.com/saeumbooks

발행처 (주)새움출판사
출판등록 1998년 8월 28일(제10-1633호)

ISBN 979-11-87192-05-3 03810

이 도서의 국립중앙도서관 출판예정도서목록(CIP)은 서지정보유통지원시스템
홈페이지(http://seoji.nl.go.kr)와 국가자료공동목록시스템(http://www.nl.go.kr/kolisnet)에서
이용하실 수 있습니다. (CIP 제어번호 : CIP2016005927)

카뮈로부터 온 편지

이정서 장편소설

새움

작가의 말

조롱당한다,

격렬한 저항에 부딪힌다,

자명한 것으로 받아들인다,

쇼펜하우어가 말한 '진실의 세 단계'를 생각해보며.

번역 기간 내내 함께 해준, '카뮈'와 최하나 팀장,

결코 쉽지 않은 일이었음에도 〈이방인〉 번역서에

흔쾌히 발문을 달아주신 장승일 교수님과 김진명 작가님,

마침내 이것이 소설이 되어 나오기까지 지켜준

많은 페북 벗들과 가족, 출판사 식구들에게 감사드린다.

2016. 3. 7.

이정서

2013. 8. 19.

퇴근 무렵, 강고해 팀장이 편지 한 장을 들고 내 방을 찾아왔다. 늦은 여름휴가를 마치고 오늘 복귀해 그동안 밀린 업무를 챙겼을 것이다.

"이런 게 와서 뜯어봤더니, 사장님께 보낸 편지였어요."

편지는 프랑스에서 보내온 것이었다. 봉투를 열어보자 노란색 편지지 한 장이 나왔다.

"뭐예요? 뭐라고 쓰여 있는 거예요? 강팀, 나 불어 잘 몰라요."

내가 묻자, 강팀(나는 강고해 팀장을 그렇게 부른다)이 좀 난감하다는 표정으로 나를 보며 말했다.

"그래도 사장님이 직접 읽어보셔야 할 것 같은데요."

"그건 또 무슨 소리예요? 내가 직접 읽어야 한다니. 왜, 입에 올리기 힘든 험담이라도 쓰여 있나?"

"……."

"아무튼 강팀 입으로 이게 내게 보낸 것이라고 했으니, 강팀은 이미 읽었다는 거 아녜요. 대충 내용이 뭔지만 말해요."

이쯤 되면 성격상 꼼꼼히 정리라도 해주었을 사람인데 오늘은 평소와 달리 고집을 꺾지 않았다.

"그게 저기…… 그래도 사장님이 직접 읽어보셔야 할 것 같아요. 보낸 이도 그걸 원하구요."

보낸 이가 내가 직접 읽길 원한다고? 나는 발신인을 다시 살폈다. 'A. Camus.' 카뮈? 뭐야, 알베르 카뮈와 관계있는 사람인가? 하는 생각을 문득 했다.

"뭐야, 강팀 지금 나 놀리는 거예요? 죽은 카뮈가 보냈을 리도 없고……. 괜찮으니 말해봐요. 뭐라 쓰여 있는지. 나 지금 나가봐야 해요. 중요한 것 아니면 알아서 처리하고."

강팀은 서울대에서 영문학을 전공하고 학생들을 가르치다, 뜻한 바 있어 프랑스 유학을 다녀온 뒤 출판계로 들어온 재원이었다. 불어와 영어에 어려움이 없는 실력파로 출판사에서 외서를 담당하고 있었다. 그런 강팀에게 알아서 처리하라고 하니 더는 어쩔 수 없었던 모양이었다.

"사장님에 대해 잘 알고 있다고……, 자신의 소설을 한국에서 다시 내줄 수 없겠느냐고……."

나를 잘 안다고? 나는 의아해서 다시 물었다.

"소설을 다시 내요? 그럼 이미 우리나라에서 번역되었는데 다시 봐달라는 건가? 그럼 프랑스 작가라는 건데? 나를 알다니? 도대체 누구예요?"

"……."

강팀은 대답이 없었다.

"답답하네요. 카뮈 이름까지 도용해 프랑스에서 편지를 써 보내다니, 요즘은 장난 편지도 국제적으로 노나? 아무튼 어떤 작품인지 강팀이 한번 찾아서 살펴봐줘요. 됐죠?"

그렇게 말하고 나는 다시 편지를 챙겨 내밀었다. 강팀이 당황하며 손사래를 쳤다. 본인도 답답한 모양이었다.

"사장님, 그런데…… 이 사람이 말하는 소설은 카뮈의 〈에트랑제L'Étranger〉예요."

"카뮈의 〈에트랑제〉? 〈이방인〉이 우리나라에 출판된 지가 언젠데…… 한두 권도 아니고 수십 종은 될 거고……."

"……."

되물음에 역시 강팀은 대답이 없었다. 그녀의 표정이 사뭇 진지해져 있었다. 이쯤 되면 별수 없는 일이었다. 힘들더라도 편지를 읽어보거나, 그냥 무시하거나.

강 팀장을 내보내고 나는 노란색 편지지를 다시 펼쳐 보았다.

편지의 첫 줄은 누구를 지칭하지도 않고 그냥, 편지를 쓰고 있는 그곳의 풍경을 묘사하는 것으로 시작하고 있었다. 루르마랭 성 이야기가 나오고, 깊고 푸른 하늘, 우체국 창가라는 단어가 눈에 들어왔다. 대충 연결하면 '멀리 루르마랭 성이 보이는 우체국 창가에 앉아 이 편지를 쓰고 있다' 정도가 된다. 당연히 한눈에 내용을 알 수는 없었고, 편지 말미에, 이 편지를 먼저 본 분은 꼭 친애하는(cher) 이윤에게 전해달라는 말이 쓰여 있었다. 그렇게 그는 분명 내 이름을 언급하고 있었다.

그러나 〈이방인〉이라면 이미 수많은 출판사에서 수십 종의 번역서를 내고 있을 뿐만 아니라, 무엇보다 불문학의 대가인 김수영 교수가 펴낸 〈이방인〉이 수십 년간 수많은 독자들의 사랑을 받으며 스테디셀러로 자리 잡고 있기도 했다(물론 시대에 따라 재번역을 하면서). 그것을 뒤늦게 우리 출판사에서 다시 번역해 낼 이유가 없었던 것이다.

나는 거의 흥미를 잃고 편지를 접어 책상 서랍 속에 넣고 일어섰다. 강남에서 김 변호사와 약속이 있었으므로 늦지 않으려면 지금 일어서야만 했던 것이다.

8. 24.

토요일 저녁이라 오랜만에 가족 전부와 저녁을 먹었다. 고3 수험생이 있어 쉽지 않은 자리다. 문득 중2인 딸이 "아빠, 이방인 봤어?" 하고 물었을 때, 나는 처음에 드라마나 영화 이야기를 하는 줄 알았다. 언젠가 "아빠, 해품달(해를 품은 달) 봤어?"

물었을 때처럼. 그때는 김수현 때문에 본 드라마를 두고 하는 말을, 책을 묻는 줄 알고 "응, 읽었어" 했는데, 이번에는 그 반대였다. 나는 "글쎄? 요즘 그런 드라마 하니? 아빠 TV 안 보잖아" 하고 대답했다. 그런데 아이는 정말 카뮈의 〈이방인〉에 대해 물었던 것이다.

나는 "읽긴 했지만……."이라고 모호하게 답했는데, 그럴 수밖에 없었던 것은 카뮈의 〈이방인〉을 읽은 게 아마 20년 전 대학 시절로 너무 오래전이었고, 그 줄거리조차 가물가물할 정도였기 때문이다. 나는 이 아이가 벌써 카뮈를 읽을 만큼 컸나? 의아해하며 그런데 왜 그러느냐고 물었다. 정말 중2인 아이가 〈이방인〉을 읽긴 한 모양이었다.

"그냥, 재미없어서. 나만 그런가 해서."

둘째의 그 말에 나는 묵묵히 고개를 끄덕였다. 당연히 그럴 것이었다. 아마 드라마와 동일한 제목의 책을 보고 호기심에 집어 들었겠지만, 당연히 아이에겐 아직 무리였을 터였다. 그런데 듣고 있던 첫째가 나섰다.

"너만 그런 거 아냐. 나도 재미없었어."

그러더니 나를 돌아봤다.

"아빠, 근데 그 소설이 왜 그렇게 유명한 거예요? 나는 도대체 무슨 소린지 모르겠던데?"

이제 둘의 합동 공세가 시작된 셈인데, 아빠가 책을 만드는 사람이다 보니, 가끔 벌어지는 일이다. 어쩌다 보니 두 아이의 장래희망이 작가였다.

"글쎄, 너희들이 소설을 어떻게 읽었는지 모르겠지만, 재미가 있고 없고가 좋고 나쁜 소설의 기준이 될 순 없겠지. 재미라는 건 보통 개인적인 차이일 경우가 많으니까. 아빠가 기억하기에 알베르 카뮈의 〈이방인〉은 실존주의 소설이고 부조리 소설인 걸로 알고 있어. 그런 수식이 붙어 다니는 소설이라면 재미를 따지기 이전에 너희가 읽기엔 좀 지루하고 까다로운 점도 있지 않을까?"

내 말에 수긍할 수 없다는 듯 큰애가 바로 토를 달았다.

"아무리 그래도 소설인데, 말이 돼야 하는 거 아녜요? 이야기 전개가 잘 안 되고 나오는 대사도 크게 의미 있어 보이지 않아요. 등장인물 모두 아무 개성이 없구요. 그런 게 어떻게 노벨문학상을 받았다는 건지 전 잘 이해가 안 되더라구요. 선생님께 여쭤봐도 제대로 말씀을 못하시고."

이건 또 무슨 소린가? 이제 중2인 둘째야 그럴 수 있겠거니 했지만, 고3 수험생인 큰아이까지 그렇게 말하자 나는 긴장하지 않을 수 없었다. 예민한 애들인데, 잘못 대답하면 자칫 문제가 될 수도 있겠구나 싶었다. 나는 일단 솔직해지기로 했다.

"그러냐? 사실 아빠가 그 소설을 읽은 지 너무 오래됐다. 그래서 자세한 건 뭐라 말할 수 없을 것 같고…… 다만 카뮈라는 작가가 네 말대로 노벨문학상까지 받은 위대한 작가이니 엉터리일 리는 없고, 그동안 우리 사회에서 그 번역서가 무리 없이 읽혀왔으니 그 역시 무슨 문제가 있을 것 같지는 않은데…… 혹시 너희들이 본 책 번역자가 누구였는지 기억하니?"

"번역가는 잘 모르겠는데요…… 그게 차이가 있을 수 있나요? 같은 책인데?"

큰애가 물었고 작은애가 벌떡 일어나며 말했다.

"내가 언니 책꽂이에 있는 걸 꺼내 봤으니까 같은 걸 거야. 내가 가져올게."

그러고는 자기 방을 향해 뛰어갔다.

"번역은 제2의 창작이라고도 하잖니. 서로 다른 두 언어가 딱 하나의 의미로 대응될 수 없으니 당연한 말일 텐데……. 예를 들어 프리티pretty 하나만 가지고도 우리말 예쁘다, 귀엽다, 매력 있다도 되고 부사로 쓰이면 아주, 매우, 거의 등등이 다 될 수 있으니, 역자의 선택에 따라 문장의 느낌은 확연히 달라질 수밖에 없겠지. 형용사는 그렇다 치고 중의적인 뜻을 가진 명사의 경우는 무엇을 선택하느냐에 따라 완전히 다른 글이 될 수도 있지. 그래서 번역자마다 다른 번역이 나올 수밖에 없으니 누가 번역을 했는지는 정말 중요하단다. 물론 글이라는 것은 앞뒤 맥락이 있는 거니까 전체를 두고 보면 크게 달라지지 않는 게 정상이겠지만……."

그러면서 싱크대에 서 있는 아내에게도 물었다.

"당신은 읽었나, 〈이방인〉?"

"글쎄. 나도 읽다 포기한 것 같은데…… 기억이 잘 안 나요."

그러자 큰애가 다시 말을 이었다.

"아빠, 아무튼 그 소설은 좀 이상해요. 뭐랄까, 등장인물들이 모두 겉돈다고 할까? 남자 주인공은 정신병자 수준이에요. 엄마가 돌아가셨는데 조금도 슬퍼하지 않는다거나, 살인을 하고 법정에서 재판을 받는 태도도 너무 이상해요. 마린가 하는 그 여자친구도 완전 개념 없는 여자구요."

"그러니?"

"그래도 결혼을 약속한 여잔데 증언을 하러 나와서는 오히려 뫼르소에게 불리한 증언만 잔뜩 늘어놓고 울면서 내려가잖아요. 법정에서 변호사도 뫼르소를 위해 진지한 변호를 한 번도 안 해요. 줄거리가 그냥 남자 주인공이 엄마가 죽은 뒤 수영을 하러 갔다가 아는 여자를 만나서 연애를 하고, 이웃에 사는 건달과 어울려 바닷가로 놀러 갔다가 싸움이 벌어져서 우연히 사람을 죽이게 된다는 거잖아요. 그것도 태양 때문에……. 그리고 재판을 받는데 1심에서 사형이 선고되고, 더 이상 이유도 없이 항소도 않고 그냥 죽음을 받아들인다는 내용이 전부예요. 앞뒤 사건들이 아무 인과관계가 없어요. 새겨 읽을 만한 좋은 문장이 있는 것도 아니구……. 저라도 그렇게 쓸 거 같지는 않아요."

"……?"

그사이 둘째가 책을 가지고 돌아왔다.

나는 둘째가 건네준 책을 보았다. '카뮈 전집'에 속해 있는 김수영 교수 번역본이었다. 김수영 교수라면 카뮈 연구로 프랑스에서 박사학위를 받은 사람으로, 대한민국 번역상을 수상한 것은 물론, 출판계에서도 명망과 신망이 높았다. 당연히 번역에도 문제가 있을 리 없었다. 그렇다면 도대체 이 괴리를 어떻게 설명해야 할까? 조금 난감했다.

"그래, 너희들 얘긴 알겠다. 아빠도 다시 한 번 읽어봐야겠다. 아까 말한 대로, 그러고 나서 다시 이야기해보자."

나는 그렇게 말하고 그 자리를 마무리했다.

8. 25.

도저히 책장이 넘어가지 않는 소설을 간신히 다 읽은 나로서는 정말이지 이런 소설을 두고 세계인이 열광했다는 뒤표지 카피에 아연하지 않을 수 없었다.

그러자 이번에는 아랍인이, 몸을 일으키지는 않은 채 단도를 뽑아서 태양빛에 비추며 나에게로 겨누었다. 빛이 강철 위에서 반사하자, 길쭉한 칼날이 되어 번쩍하면서 나의 이마를 쑤시는 것 같았다. 그와 동시에, 눈썹에 맺혔던 땀이 한꺼번에 눈꺼풀 위로 흘러내려 미지근하고 두꺼운 막이 되어 눈두덩을 덮었다. 이 눈물과 소금의 장막에 가려서 나의 눈은 보이지 않았다. 다만 이마 위에 울리는 태양의 심벌즈 소리와, 단도로부터 여전히 내 앞으로 뻗어 나오는 눈부신 빛의 칼날만을 어렴풋이 느낄 수 있을 뿐이었다. 그 타는 듯한 칼날은 속눈썹을 쑤시고 아픈 두 눈을 파헤치는 것이었다. 모든 것이 기우뚱한 것은 바로 그때였다. 바다는 무겁고 뜨거운 바람을 실어 왔다. 온 하늘이 활짝 열리며 비 오듯 불을 쏟아붓는 것만 같았다. 나는 온몸이 긴장해 손으로 권총을 힘 있게 그러쥐었다. 방아쇠가 당겨졌고, 권총 자루의 매끈한 배가 만져졌다. 그리하여 짤막하고 요란한 소리와 함께 모든 것이 시작되었다. 나는 땀과 태양을 떨쳐 버렸다. 나는 한낮의 균형과, 내가 행복을 느끼고 있던 바닷가의 예외적인 침묵을 깨뜨려 버렸다는 것을 깨달았다. 그때 나는 그 움직이지 않는 몸뚱이에 다시 네 방을 쏘았다. 총탄은 깊이, 보이지도 않게 들어박혔다. 그것은 마치, 내가 불행의 문을 두드리는 네 번의 짧은 노크 소리와도 같은 것이었다. (김수영 역, 〈이방인〉, M사 세계문학전집)

그나마 내가 읽은 〈이방인〉 속에서 유일하게 읽을 만한 곳이었다. 물 흐르듯 흐르는 저 유려한 문체 속에 그 긴장감이 고스란히 살아 있는 것이다.

그러나 주인공 뫼르소가 태양 때문에 사람을 죽이게 되는 바로 이 장면에 이르기까지 나는 정말 지루하게 책장을 넘겼다. 아무런 반전도, 아무런 소설적 긴장도 느낄 수 없었다. 도대체 카뮈는 무슨 말을 하고 싶었던 걸까? 나는 수없이 고개를 갸웃거리면서도 그나마 이 장면에 이르러서야 그 압도적인 문체에 다시금 기대를 품고, 나머지 2부를 읽을 수 있었다.

그러나 정말이지 딱 거기까지였다. 이후 뫼르소가 재판을 받는 장면부터 죽음을 받아들이기까지 큰애의 말마따나 이야기는 전혀 아귀가 맞지 않았다. 마지막 신부와의 대화는 그야말로 횡설수설하고 있었다(역자는 하물며, 몽 페르mon pere와 므시외monsieur에 역자 주까지 달았다. 왜 그랬을까? 이 기본적인 단어에 꼭 주를 달아야만 이해시킬 수 있는 소설이란 말인가? 의심스럽기만 했다).

이런 소설을 두고 노벨상위원회가 '걸작'이라고 상찬하며 문학상을 수여했다니, 도대체 내가 이상한 것일까, 그들이 이상한 것일까?

큰애에게 어릴 때부터 책을 읽히기 위해 책을 한 권 읽고 느낌을 말하게 하던 시절이 있었다. 그때마다 한 권에 천 원이라는 유인책을 썼었다. 그 느낌이 훌륭하면 이천 원도 주었다. 둘째는 그런 유인책을 쓰지 않아도 언니보다 더 책을 좋아했다. 그런 아이들에게 지금으로서는 할 말이 없었다. 내 느낌 그대로를 말하면 나를 포함한 우리 기성세대 모두, 나아가 노벨문학상이라는 세계적 권위조차 엉터리가 되는 것이고, 내 느낌을 감춘 채 책 표지에 쓰여 있는 저 찬란한 카피들처럼 '실존'과 '부조리' 운운하며 포장을 해 말한다면 나는 '권위 있는 어른'은 될 수 있을지 모르겠지만 '거짓말쟁이'가 되어야 할 것이다.

도대체 내가 읽은 이 〈이방인〉이 정말 카뮈의 〈이방인〉이 맞기는 한 것일까?

그러고 보니 주초에 강팀이 편지를 한 장 줬었다. 〈이방인〉 관련 편지라고 했던가? 왜 뒤늦게 요즘의 내게 카뮈가 문제가 되는 것일까?

8.26.

아침회의를 서둘러 마치고 나는 서랍 속에 던져두었던 편지를 끄집어냈다. 이미 30년 전 놓아버린 언어였기에 사전에 기대 그것을 읽는 데만도 적잖은 시간이 소요되었다.

'멀리 루르마랭 성이 보이는 우체국 창가에 앉아 이 글을 쓰고 있다'로 시작하고 있는 편지는 알제에서 나고 자란 카뮈가 루르마랭에 오게 된 사연(그는 장 그르니에의 초대로 처음 그곳에 왔으며, 그곳의 고독이 마음에 들어 아예 집을 짓고 살게 되었다고 한다)과 그곳에서의 일상을 담담히 말한 뒤, 소설 〈이방인〉에 관한 이야기를 하고 있었다. 자신이 보기에 한국의 번역본은 너무 문제가 많다는 것이었다.

도대체 자신이 카뮈나 되는 것처럼 말하고 있는, 아니 카뮈라고 말하고 있는 엉뚱한 그의 편지를 해독하자니, 내가 이게 지금 무슨 짓인가 싶기도 했지만, 결국 나는 강팀을 부를 수밖에 없었다.

"이 사람이 카뮈든 아니든 그게 중요한 건 아닌 것 같고, 이 사람 말대로 우리나라의 번역본이 문제가 있는지 없는지 그게 정말 문제인 것 같은데, 강팀 생각은 어때요?"

"저는 거기에 대해서는 뭐라 말씀을 못 드릴 것 같아요. 제 불어 실력이 거기까지 미치지도 못하구요."

"아니, 강팀이 그렇게 얘기하면 불어라면 간신히 사전이나 볼 정도인 나는 어떻게 판단해요?"

"아무튼 저는 모르겠어요."

자기는 모르겠다? 그렇긴 할 것이다. 우리나라 최고의 불문학자가 한 번역본을 두고, 아무리 불어 실력이 뛰어나다 해도 일개 편집자인 그녀에게 그렇게 묻는 것 자체가 우스운 일이 아닐 수 없었다. 그런데 도대체 누가, 무슨 의도로 이런 편지를 우리 출판사로, 아니 내 앞으로 보낸 것일까?

"좋아요. 일단 원서와 영어판 모두 구입하세요."

"영어판도요?"

그녀가 물었다.

"강팀, 왜 이래요. 난 영어판만 볼 거예요. 불어판은 강팀 보라고 주문하는 거예요."

그녀가 예, 웃음을 보이고는 돌아서 나갔다. 어찌 보면 허무맹랑한 일일 수 있고, 괜한 일거리만 느는 셈일 수 있는데, 표정만으로 보면 강팀은 어쩌면 이 상황을 즐기고 있는 것 같기도 했다.

8.28.

웬일인지 머릿속에서 〈이방인〉에 대한 생각이 떠나지 않았다. 외서가 오지 않아서 외근 중인 마케팅부 민 과장에게 요즘 가장 잘 팔리는 〈이방인〉 번역서를 사다달라고 했더니 서점에서 전화를 걸어왔다.

"당연히 김수영 교수 거랍니다. 그런데 김수영 교수 거는 두 군데 출판사에서 나와 있는데요? 어느 걸 사갈까 하구요. 내용은 같다고 합니다."

같은 저자, 같은 역자의 책이 두 출판사에서 동시에 판매 중인 셈인데 내가 읽은 것도 그중의 하나일 터였다. 그래서 나는 말했다.

"아니, 김수영 교수 거만 빼고 뭐든."

"하두 많아서요. 다른 건 판매도 고만고만한 모양입니다."

"그럼 세계문학전집에 속해 있는 것 중 민 과장 마음에 드는 출판사 책으로 골라서 사와요."

오후에 들어온 민 과장이 내민 책은 번역서만 전문으로 내는 '열린책들 세계문학전집' 가운데 하나인 〈이방인〉이었다.

그때부터 다시 읽기 시작한 〈이방인〉은 역시 잘 읽히지 않았다. 두 번째로 읽어서 스토리를 알고 봐서 그런지 더 지루했다.

〈이방인〉이라는 소설은 원래 이렇게 지루한 모양이라는 생각과 함께 한편 그 사실이 오히려 안심이 되었다.

그런데 민 과장이 사다 준 〈이방인〉과 김수영 교수의 번역본이 많은 부분 다르다는 사실은 흥미로운 발견이었다.

8. 29.

교환교수로 일본에 나가 있는 줄 알았던 유진으로부터 전화가 왔다. 대학 시절엔 함께 자취까지 한 적도 있을 만큼 붙어 다니던 사이였는데, 사회에 나와서는 차츰 만나는 횟수도 줄고 연락도 줄어들게 되면서 얼굴을 본 지도 꽤 오래되었다. 일본으로 떠날 때도 끝내 보지 못했으니. 야, 일본이 별거냐? 똑같지……. 그렇게 전화상으로만 이별을 고했었는데……. 그러고도 또 벌써 1년이 지난 모양이었다. 그래도 역시 친구는 친구여서 마치 어제 헤어졌던 듯 인사는 자연스러웠다.

"출판사엔 별일 없고?"

묻는 친구에게 별일이 뭐가 있겠느냐고 형식적인 답변을 몇 마디하고 조만간 만나서 한잔하자는 약속을 남기고 전화를 끊었다.

기다리던 외서가 도착했다. 그러나 펼쳐 보지도 못했다.

9. 2.

묘한 기대감으로 펼쳐본 〈The Stranger〉(Matthew Ward 역, Vintage Books)는 나를 충격에 빠뜨렸다. 그걸 뭐라고 표현해야 할는지……. 의아스러움은 차츰 확신으로 바뀌어갔는데, 뭐라 말하기 힘든 복잡한 감정이 책을 보는 내내 나를 사로잡았다.

대조는 어렵지 않았다. 나는 번역판을 읽으면서 의심스러웠던 부분부터 확인해보았다. 김수영 번역판을 읽으면서 느꼈던 이질감, 그 지루함이 어디서 왔는지를 확인하기까지는 오랜 시간이 필요치 않았다. 무엇보다 카뮈의 문장은 생각보다 단순하고 깔끔했다. 혹시나 싶어서 불어판을 보니 역시 마찬가지였다. 도대체 이렇게 단순하고 명료한 문장을 김수영은 왜 그렇게 따분하고 모호하게 늘어놓았던 것일까? 정말이지 이해할 수 없는 일이었다.

나는 확신을 가지고 몇 부분을 표시해서 강팀을 불렀는데, 더 이상한 일은 강팀의 반응이었다.

내가 밑줄 친 부분에 대해 심각하게 지적을 했음에도 불구하고 내 설명을 다 들은 강팀의 얼굴은 별로 놀라워하는 기색이 없었다. 오히려 그녀는 내게 말하는 것이었다.

"사장님 번역과 김 교수님 번역이 크게 다른 걸 잘 모르겠는데요. 번역이니까 가능한 거 아닌가요?"

내가 지적한 곳은 이런 부분이다.

양로원은 마을에서 이 킬로미터 떨어진 곳에 있었다. 나는 걸어서 갔다. 곧 엄마를 보려고 했지만 문지기가 하는 말이, 원장을 만나지 않으면 안 된다는 것이다. (김수영 역 p.9)

L'asile est à deux kilométres du village. J'ai fait le chemin à pied. J'ai voulu voir maman tout de suite. Mais le concierge m'a dit qu'il fallait que je rencontre le directeur. (원서, Gallimard, p.11)

The home is two kilometers from the village. I walked them. I wanted to see Maman right away. But the caretaker told me I had to see the director first. (Matthew Ward 역, 〈The Stranger〉, Vintage Books, p.4)

여기서 가장 중요한 표현은 '즉시tout de suite'이다.

훌륭한 작가는 결코 단어 하나도 아무 관련 없이 쓰는 법이 없다. 문장 하나하나, 단어 하나하나의 이유와 결과는 어떤 식으로든 드러나는데, 카뮈가 여기서 tout de suite(즉시, 당장, right away)를 쓴 이유는 명백하다. 저것을 역자인 김수영은 '곧'이라고 옮겨놓았는데, 둘은 비슷한 것 같아도 사실은 완전히 다른 말이다(불어로 '곧'은 bientôt이다). 이 미묘한 차이가 왜 중요한지는 〈이방인〉 2부 재판이 진행되면서 드러나게 된다.

무슨 소린가 하면, 뫼르소가 양로원에서 만난 이들은 하나같이 법정에서 뫼르소가 '죽은 엄마를 보려고도 하지 않았다'며 '냉혈한'으로 증언하고 있다. 그러나 카뮈는 이미 이 문장부터, '사실은 그렇지 않았다'는 점을 독자에게 알려주고 있었던 것이다. 다시 말해 작가는 검사 측 증인들이 뫼르소를 오해하고 있다는 것을 보여주고 있는 것인데, 정작 김수영 교수는 저것을 이해하지 못하고, 그냥 평이한 문장으로 바꿔놓았던 것이다(역자는 원래의 단문을 복문으로 고치기까지 했다).

경우에 따라서는 소설 문장의 단어 하나하나가 차지하는 의미가 얼마나 큰 것인가에 대해 역자는 전혀 고려하지 못했던 것이다.

다음 문장도 마찬가지다.

> 조금 후 그는 나를 쳐다보며 물었다. "왜요?" 그러나 나무라는 어조는 아니었고, 그저 물어나 보자는 듯했다. 나는 말했다. "모르겠습니다." 그러자 그는 흰 수염을 어루만져 비꼬면서 나를 쳐다보지도 않고 말했다. "하긴 그러실 겁니다." (김수영 역 p.13)

Au bout d'un moment, il m'a regardé et il m'a demandé : « Pourquoi ? » mais sans reproche, comme s'il s'informait. J'ai dit : « Je ne sais pas. » Alors tortillant sa moustache blanche, il a déclaré sans me regarder : « Je comprends. » (원서 p.14)

He looked at me and then asked, "Why not?" but without criticizing, as if he just wanted to know. I said, "I don't know." He started twirling his moustache, and then without looking at me, again he said, "I understand." (Matthew Ward 역 p.6)

여기서도 수위는 분명 뫼르소에게 "Je comprends(나는 이해합니다)"라고 하고 있다. 이걸 김수영은 "하긴 그러실 겁니다"로 옮겨두고 있는 것이다.

전체 맥락 속에서 떼어내서 보면 그 말이 그 말 같다. '번역이니까 가능하다'라거나, '번역도 창작이다'라는 말은 그래서 생겨난 말일 것이다. 그러나 소설 속에 들어와 전체 속에서 보면 저러한 해석은 완전히 다른 말이 되는 것이다.

수위는 분명히 뫼르소의 여러 행동에 대해 자기는 '이해한다'고 말하고 있다(여기서 comprends라는 단어도 반드시 기억하고 넘어갈 필요가 있다. 영어 번역도 역시 더하고 뺄 것도 없이 그냥 'I understand'이다. 타인을 '이해한다' 말은 이 소설 〈이방인〉의 중요한 키워드 중 하나이기도 하다. 이 중요한 말은 뒤에서 몇 번 더 쓰이는데, 김수영 교수는 그때마다 다른 의역을 하고 있기도 하다).

이 말은 다시 법정에 선 수위에게로 이어진다. 수위는 나름 순진한 사람으로, 이때 뫼르소가 마음이 바뀌어 엄마의 시신을 보고 싶어 하지 않은 것을 '이해'하고 있었다는 사실을 보여줌으로써 나중에 뫼르소를 위해 도움이 되는 증언을 하는 수위의 행위에 개연성을 확보해주는 것이다.

이렇듯 앞뒤가 연결되어야 할 소설 문장들을 김수영은 개인적인 해석으로 따로 놀게 만들어버림으로써 잘 읽히지 않고 재미가 없는 '전혀 다른' 소설로 만들어버렸던 것이다.

이러한 설명에도 둘 사이의 차이를 잘 모르겠다는 강팀의 반응은 어쩌면 당연한 일인지도 모른다는 생각도 들었다.

김수영 교수가, 혹은 다른 훌륭한 역자들이 강팀보다 불어를 몰라서 저런 오역을 생산해냈을 터인가. 번역은 외국어 실력만으로 되는 게 아니라는 사실을 다시 한 번 확인한 셈이었다.

결심이 서 있던 나는 마침내 강팀에게 말했다.

"〈이방인〉을 새로 번역할 만한 사람을 찾아보세요. 번역료는 최고로 쳐주겠다 하고."

9. 5.

〈이방인〉의 새로운 번역자를 찾는 일이 쉽지 않았다. 강팀에 따르면, 어지간한 지명도가 있지 않고서는 새로운 번역서가 세간의 이목을 끌 가능성이 희박해서인지 선뜻 나서는 사람이 없다는 것이었다. 그나마 어느 정도 지명도를 갖춘 불문학자는 이미 다른 출판사에서 〈이방인〉 번역서를 냈거나(이미 60여 종이 나와 있단다!), 우리나라 최고의 불문학자로 공인된 김수영 교수의 〈이방인〉이 시장을 점하고 있는 상황이라 고개를 젓는다는 것이었다.

나는 강팀에게 지명도나 학력보다 번역에 문제의식을 지닌 신예들을 살펴보라고 했지만, 돌아온 대답은 한결같았다.

"다른 번역을 하고 있어서 힘들겠다는데요. 더군다나 이미 김수영 교수 번역도 있지 않느냐고……."

나는 생각 끝에 페이퍼를 하나 만들었다. 번역의 문제였기에 말보다는 문장을 직접 보여주는 게 나을 것 같다는 판단에서였다.

나는 김수영 교수 번역본의 가장 큰 문제를 '레몽'이라는 등장인물에 대한 오해에서 비롯되었다고 보았기에 그 부분에 대해 집중적으로 정리했다.

〈이방인〉에는 주인공 뫼르소만큼이나 중요한 레몽이라는 인물이 나옵니다. 그는 싸움꾼 같은 외모에 '남자답다'는 말을 듣고 싶어 하는 사내입니다. 언제나 말끔한 복장으로 다니고 '창고감독'이라는 직업도 있지만, 어쩐 일인지 이웃 사람들에게는 여자를 등쳐 먹고사는 포주로 알려져 있습니다. 그가 한 여자와 정부 관계를 맺고 집세와 생활비를 대주고 있었는데, 사람들이 그걸 보고 오해하고 있었던 것입니다.
문제는 번역자인 김수영 교수조차 이 사람을 소설 속 동네 사람들처럼 똑같이 오해하고 있다는 것입니다. 왜 이런 오해가 생기게 된 것일까요? 원문의 문장을 하나만 보겠습니다.
결정적으로 이 소설에서 레몽이 폭력을 행사하는 것은, 레몽 자신이 뫼르소에게 편지를 부탁하기 위해 솔직히 고백하는 장면에서 나옵니다. 이 대목입니다.

Il l'avait battue jusqu'au sang. Auparavant, il ne la battait pas. « Je la tapais, mais tendrement pour ainsi dire. Elle criait un peu. Je fermais les volets et ça finissait comme toujours. Mais maintenant, c'est sérieux . Et pour moi, je l'ai pas assez punie. » (원서 p.49)

이 대목을 김수영 교수는 이렇게 옮겼습니다.

그는 피가 나도록 여자를 때렸다. 그전에는 그 여자를 때린 일이 없었다는 것이다. "손찌검은 했지만 말하자면 살살 했던 셈이지요. 그러면 그년은 소리를 지르곤 했지요. 나는 덧문을 닫아 버렸고, 결국엔 늘 마찬가지로 끝나 버리곤 했어요. 그렇지만 이번엔 본격적이었습니다. 그런데 나로서는 그년에게 벌을 속 시원하게 다 주지 못했거든요." (김수영 역 pp.39-40)

이렇듯 지금 이 번역만 두고 보면 결코 문제점을 느끼지 못할 수도 있습니다. 절묘하게도 여기서 남자는 분명 '이번엔 피가 나도록 때렸다'는 문장이 있기 때문입니다. 그런데 자세히 보면 오히려 저 문장의 주체는 다음 말인 것입니다.
'그는 전에는 결코 그녀를 때린 일이 없었다.'
참고로 저 대목의 영어 번역을 끌어와 보겠습니다.

He'd beaten her till she bled. He'd never beaten her before. "I'd smack her around a little, but nice-like, you might say. She'd scream a little. I'd close the shutters and it always ended the same way. But this time it's for real. And if you ask me, she still hasn't gotten what she has coming." (Matthew Ward 역, p.31)

보다시피, 김수영 교수는 여기서 갑자기 '결코 없었다'를 '없었다는 것이다'로 둔갑시켜버린 것입니다. 이러한 오역은 다시 절묘하게 뒤에 이어지는 레몽의 저 말들을 모두 '치사한 변명처럼' 보이게 만들어버리는 효과를 가져온 것입니다.

그런데 다음도 보십시오. 원문 어디에 '그년'이라는 말이 있는지. 저 문장에서 'Elle/She'를 김수영 교수처럼 '그년'이라고 옮겨야 할 근거는 어디에도 없습니다. Elle는 그냥 '그녀, 그 여자'인 것입니다. 물론 다음 문장들도 결코 저런 의미가 아닙니다. 우리가 지금까지 잘못된 번역을 읽어와서 그렇지 레몽에게 저 여자는 끝까지 '귀부인'처럼 멋진 여자였던 것입니다.

그래서 레몽은 뫼르소에게 자신이 폭력을 행사할 수밖에 없었던 이유를 설명하고 도움을 청하면서도 여전히 그녀에게 미련이 남는다고 솔직히 고백하고 있는 것입니다.

그런 여자를 두고서 레몽이 갑자기 '그녀'를 '그년'이라고 지칭하고 막말을 입에 담으면서, 상대에게 저런 부탁을 할 수 있었겠는지요.

또 저런 식으로 말을 하는 '깡패' 사내를 도와 이성적인 뫼르소가 편지를 써 주고 친구가 되었겠는지요.

만약 그랬다면 뫼르소라는 인물은 우리가 말하는 시대를 반영하는 '실존주의자'가 아니라, 뒷골목 양아치나 다름없는 것이겠지요.

우리의 번역은 지금까지 이 모든 모순을 마치 어머니의 죽음에도 슬퍼하지 않는 독특한 개인의 실존적 심리로 이해해야 한다고 가르치고 있었던 것은 아니었겠는지요.

그런데, 더욱 놀라운 사실은, 제가 지금까지 살펴본 바로는 이 땅에 출간된 모든 번역서는 이 대목을 전부 김수영 교수처럼 번역하고 있다는 사실입니다.

그러니 살펴보시고 잘못된 번역을 바로잡고자 하는 출판사의 취지를 십분 이해하셔서 도움을 주셨으면 좋겠습니다.

위와 같은 내용의 페이퍼를 메일로 보내고 설명을 해도 돌아오는 반응은 별로 달라지지 않았다.

바로 눈앞에 명백히 틀린 문장을 펼쳐 보여도, 설마 김수영 교수가 그런 기본적인 것까지 틀렸겠느냐고 생각하는 것인지, 듣도 보도 못한 출판사 사장이 뜬금없이 번역에 대해, 그것도 프랑스어 번역에 대해 이러쿵저러쿵하는 것이 시답지 않아 보인 것인지, 그래서 메일을 꼼꼼히 읽어보지도 않은 것인지 그건 모를 일이었다.

9. 6.

도대체 이해할 수 없는 일이었다. 왜 다른 이들의 눈에는 이 명백한 잘못이 보이지 않는 것일까? 정말 내가 이상한 것일까? 나는 모든 일을 작파하고 내 지적에 오류가 있는지 수없이 사전을 찾아보았다. 그러나 아무리 살펴봐도 내 눈에 그것들은 명백히 오역이었다.

도대체 세상 사람들 전부가 한마음으로 나를 놀리고 있는 게 아니라면 어떻게 이럴 수가 있단 말인가? 그런데 더군다나 세상은 기존 번역으로도 아무 탈 없이 흘러왔는데, 굳이 내가 왜 이러고 있는 것일까? 그냥 잊어버릴까 하는 생각이 들었다.

9. 10.

출근해서 확인해보니 이상한 메일이 하나 와 있었다.

'루르마랭으로부터 카뮈.'

세상에, 이건 또 뭐냐? 이전에 불어로 편지를 보내온 그자였다. 이번엔 한글이었다. 클릭해 들어가자 아래와 같은 내용이 적혀 있었다.

지난번 편지 드렸던 카뮈입니다. 조금 놀라셨겠지만, 그냥 눈에 보이는 그대로 읽어주세요. 사실 나는 한국어를 할 줄 압니다. 그럼 왜 그때 불어를 썼던 거냐? 왜 편지를 썼던 거냐? 의심스러우실 텐데…… 솔직히 말씀드리자면 이윤 씨의 불어 실력을 확인하고 싶었고, 내게 이윤 씨를 소개해준 사람 말대로인지 이윤 씨의 성향을 확인하고 싶었기 때문입니다. 언짢으셨다면 사과드립니다(그러나 처음부터 이렇게 메일로 글을 드렸다면 읽어보지도 않고 스팸 처리 하셨겠지요, 아마. 하하).

결론을 말씀드리자면, 저는 이윤 씨가 마음에 들었습니다. 물론 제 모국어를 해독해내는 능력이 마음에 들었다는 것이 아닙니다. 제게 이윤 씨를 소개해준 사람도 이윤 씨 불어 실력은 아마 형편없을 거라며 웃었으니까요. 그렇지만 저는 사실 이 일을 해내기 위해서는 오히려 불문학 박사인 그분보다 지금의 이윤 씨만큼의 불어 능력이 딱 적당하다고 생각합니다. 언어라는 것은 모국어가 아닌 이상 아무리 공부를 많이 했다 해도 그 뉘앙스를 제대로 알기는 힘들다는 점에서, 또 습득할 수 있는 어휘량의 한계로 인해 실상은 실력의 차이가 그리 클 수 없기 때문입니다. 아무리 공부를 많이 한 사람도 사전을 외우고 다닐 수는 없는 것이지요. 아니 사전을 외운다 한들, 그 사전 역시 그것을 쓴 사람들의 모국어적 감각으로 쓰인 것이니, 오히려 모국어를 잘 안다는 것이 타국어를 더 잘 알 수 있다는 이야기가 되겠지요. 더군다나 요즘 같은 인터넷 시대엔 말이죠(물론 '말' 하곤 틀린 '글'을 이야기하고 있는 겁니다).

이러한 제 말이 좀 황당하게 들릴 수 있겠지만 시간이 지나면 차츰 이해될 것입니다. 그러나 이런 말에 너무 부담은 갖지 말아주세요. 물론 이윤 씨에게는 그러지 않을 충분한 모험심이 있다는 것을 알기에 미리 드리는 말씀입니다. 이윤 씨는 그냥 몸과 마음이 가는 대로 쓰고 행동하시면 됩니다. 그게 길이 되고 답이 될 것입니다.

다시 한 번 이윤 씨를 만나게 되어 반갑다는 말씀을 드리며 오늘은 짧게 쓰겠습니다.

앞으로도 아주 가끔 메일을 드리게 될 것입니다. 물론 이윤 씨가 제게 연락할 수 있는 방법은 없습니다. 그렇더라도 저를 이상한 사람으로 취급하지는 말아주세요. 오늘도 반가웠습니다.

_루르마랭으로부터 A. 카뮈.

나는 메일을 확인하고 황급히 강팀 자리로 키폰을 눌렀다. 한참 신호가 갔는데도 받지 않았다. 편집장 자리로 폰을 눌렀다.

"강팀 아직 출근 전이에요?"

"강고해 팀장, 오늘 월찬데요."

아, 그랬나. 그제야 나는 보고를 받은 기억이 떠올랐다. 이렇게 정신이 없어서야…….

알았다며 폰을 내려놓고 문득, 인터넷 검색이 떠올라 루르마랭을 찾아봤다. 검색 결과 이전에 그가 말한 대로 그곳이 카뮈가 생전 마지막으로 살았던 곳, 카뮈의 무덤이 있는 곳이라는 것을 알았다.

'누군지 철저하게 준비를 했군.'

나는 다시 메일에 접속해 카뮈라는 자가 보낸 메일을 열어 확인하고는 '답신'을 누르고 짧게 썼다.

누구신지 모르겠지만 장난이 너무 심하십니다. 그렇지 않아도 〈이방인〉에 대해 관심을 갖게 되었으니, 당신이 어떤 분인지 알려주십시오. 사실 제가 번역가를 찾고 있는데 적당한 사람이 없습니다. 어떤 분이신지는 모르겠지만, 보통 실력이 아니신 것 같은데 적당한 분을 소개해주시거나, 님께서 직접 해보시는 건 어떠실는지요?

어찌 되었건 저도 반갑습니다. 꼭 뵙고 싶군요.

빠른 회신 기다리겠습니다.

_이윤 합장

그러고는 '보내기' 버튼을 눌렀다. 그런데 이상한 일이었다. 갑자기 영어로 없는 주소라는 메시지 창이 뜨는 것이었다. 방금 읽은 편지에 답신을 눌렀는데 어떻게 이런 일이? 나는 내가 실수했나 싶어서 다시 한 번 보내기를 시도했다. 역시 마찬가지였다. 도대체 이게 무슨 일인가? 섬뜩함을 느끼며 황당해하고 있는데 노크 소리가 들렸다. 아침회의 시간이 된 것이다.

9.12.

퇴근 무렵 총무과 두둘레 씨가 우편물을 가지고 들어왔다.

"뭐죠?"

"사장님이 주문하신 거 아니에요?"

박스를 뜯어보니 책이 나왔다.

로트먼이 쓴 〈카뮈 전기〉와 일본어판 〈이방인〉이었다.

이건 또 뭔가? 누가 보낸 건지 확인해보았지만 이름이 나와 있지 않았다.

나는 혹시나 해서 강팀에게 폰을 했다.

"혹시 책 주문했어요?"

"네? 아니요. 제게 뭐 시키셨던가요?"

"아, 아니에요."

나는 수화기를 내려놓고 고민에 빠지지 않을 수 없었다.

페이퍼까지 만들어 돌렸건만 어떤 역자로부터도 연락이 없었다. 강팀을 재촉하는 것도 한두 번이었다. 직원들도 부담스러워하는 것 같았기에 이제 나는 혼자만 끙끙거리고 있는 것이었지, 출근해서는 〈이방인〉에 대해서 일절 입에 올리지 않았다. 한편으로는 〈이방인〉에 대해 내가 오해하고 있거나 잘못 생각하고 있을 수도 있다고 스스로를 위로하고 있기도 했다.

카뮈라는 자의 편지도 꺼림칙하긴 했다. 누군가 나를 지켜보고 있다는 느낌이랄까……. 그래서 나는 일부러 다른 일에 몰두하려 애쓰고 있는 중이기도 했다. 그런데 또다시 〈이방인〉이라니……. 그럼 이것도 그 카뮈라는 자가 보냈단 말인가? 그런데 카뮈라니, 죽은 카뮈가 부활이라도 했다는 말인가? 말도 안 된다. 그런데 누군가 장난을 치고 있다 해도, 자기 돈 들여서 이렇게까지 하는 이유는 도대체 뭘까?

9.13.

퇴근 후 일본에서 돌아온 유진과 종로에서 술을 마셨다. 주로 한일 간 대학의 차이, 우리 대학사회의 이면에 대해 들었다.

〈이방인〉도 안줏거리로 올랐다.

우연한 계기로 다시 〈이방인〉을 보게 되었는데, 번역에 문제가 많은 것 같다는 말을 내가 먼저 했을 것이다. 유진이 내 얘길 듣더니 수긍한다는 듯이 말을 보탰다.

"번역, 문제가 많지. 특히 근대 초기에 나온 번역은 일본어판 중역이 대부분이야. 영미권이야 좀 낫지. 우리가 처음부터 어떻게 불어나 독어 원서만으로 번역을 할 수 있었겠어?"

나는 유진에게도 새로 번역서를 내보려고 하는데 할 만한 역자가 있을지 알아봐달라고 부탁했다.

9.14.

어제 유진과 마신 술로 인해 하루 종일 술병에 시달렸다. 한때는 아무리 술을 마셔도 다음 날이면 말끔해졌는데, 이제 몸이 따라오지 않는다. 아무튼 그 덕에 문밖출입을 삼가고 미국 작가 허버트 R. 로트먼이 쓴 〈카뮈 전기〉('카뮈, 지상의 인간'이라는 제목으로 한길사 출간, 한기찬 역)를 읽기 시작했다.

9.16.

출근해서 메일을 열어보고 황당하지 않을 수 없었다. 카뮈라는 자로부터 메일이 와 있었는데, 내가 주말에 책을 읽으면서 느꼈던 몇 가지 의문에 대해 마치 그는 내 궁금증을 알고 있었다는 듯이 답을 주고 있었던 것이다.

이윤 씨!

다시 하루를 시작하는 새벽이네요. 아니 한 주를 시작하는 새벽인가요? 제가 가장 좋아하는 시간이지요. 지금도 온갖 새벽 움직임 소리가 들려옵니다.

오늘은 제가 생각하는 〈이방인〉에 대해 조금 말씀드려야 할 것 같아 이 글을 씁니다. 물론 새롭게 번역을 하다 보면 이해하시겠지만, 이 소설은 제가 생각하는 문학의 순결함과는 조금 다릅니다. 저는 이에 대해서 언젠가 미국을 방문한 기회에 〈뉴욕포스트〉 여기자와의 인터뷰에서 길게 언급했고, 프랑스로 돌아와 긴 지면을 통해 자세히 설명하기도 했습니다.

우선 가는 곳마다 미국 사람들은 제게 “실존주의자가 아니냐?”고 물었습니다. 그러면 저는 아니라고 분명히 말했습니다. 왜냐하면 실존주의는 모든 문제에 대답하려 하기 때문인데, 제 생각에 모든 문제에 대한 답변은 단일한 철학으로는 불가능한 일이며, 저는 ‘그렇다’는 물론 ‘아니다’라고도 말할 수 있는 자유를 원하니까요. 어떤 ‘주의’나 ‘이념’으로는 아무것도 설명할 수가 없는 것이지요. 그런데 왜 이 사람들은 내게 이런 질문을 던지는 것일까? 그때는 잘 몰랐습니다. 그러나 그것이 제 작품의 번역 과정에서 생긴 오해라는 것을 뒤늦게 알았습니다.

한마디로 미국 문학이 대중들에게 인기를 끌 수 있었던 이유는 '알기 쉬운 기법'을 차용했기 때문입니다. 존 스타인벡과 허먼 멜빌을 생각하면 이해가 가실 겁니다. 19세기의 위대함이 내면생활을 아예 무시하는 잡지식 글쓰기로 대체되었던 것이지요. 인간이 '묘사'되고 있을 뿐 설명되고 있지 않았던 것입니다. 더욱 안 좋은 것은, 당시 프랑스어 번역판으로 미국 소설을 읽는 독자들은, 실제로는 그렇지 않은데도 그러한 서술 기법에 뭔가 다른 의미가 숨어 있을 거라고 여기고 있었다는 사실입니다. 사람들은 〈클레브 공녀〉를 읽는 것과 같은 맥락으로 〈생쥐와 인간〉을 읽었던 것이지요. 미국 소설에 나오는 인간은 지극히 기초적인 인물들인데 말이지요. 분명 미국식 기법은 뚜렷한 내면생활이 없는 인간을 묘사할 때는 유용합니다. 저 또한 이러한 기법을 〈이방인〉을 쓰면서 차용했던 것인데, 그것이 오히려 사람들에게 쉽게 주목받은 이유였다는 걸 나중에 알았습니다. 아무튼 이러한 기법이 미국처럼 일반적으로 쓰이게 되면 불모를 야기하게 될 것이고, 예술과 삶을 풍요롭게 해주는 요소의 많은 부분을 상실하게 되리라는 게 제 생각입니다.

우리가 읽는 미국 문학은 윌리엄 포크너나 그와 마찬가지로 미국에서 성공을 거두지 못한 한두 명의 작가를 제외하면 자료로서 가치는 있을지 몰라도 예술과는 무관한 것이라고 저는 감히 말할 수 있습니다. 당연히 저는 이른바 미국식 기법은 〈이방인〉 이후 사용하지 않았습니다.

아무튼 당시 미국 문학이 그렇게 빈약해진 것은 문학의 상업화와 광고, 글을 씀으로써 엄청난 돈을 벌 수 있다는 가능성 때문이었습니다. 만약 유럽인들이 백만장자가 될 것인가, 아니면 위대하지만 발굴되지 못한 재능으로 남을 것인가? 하는 양자 중에서 선택할 수 있었다면 프랑스를 비롯한 유럽도 같은 결과가 되었을 것입니다(당시는 그랬다는 이야기입니다). 한마디로 당시의 미국 문학은 '초보적인 문학'에 불과했던 것입니다.

미국에서의 제 번역 역시 그 연장선에 놓여 있는 것입니다. 제 말이 좀 황당하게 들릴지 모르겠지만 이윤 씨라면 이러한 저의 말이 무슨 뜻인지 차츰 이해하게 될 겁니다.

행운을 빕니다.

_루르마랭으로부터 A. 카뮈.

나는 로트먼의 〈카뮈 전기〉 속에서 원래 카뮈의 〈이방인〉은 한나절 만에 읽을 수 있는 '재미난 소설'이라는 기록과, 그것이

미국식 기법으로 쓰였다는 사르트르와 카뮈의 고백을 확인할 수 있었다.

일단 '재미'라는 것은 개인적 차이가 있을 수 있으니 그렇다 치고(물론 이것만도 내게는 놀랄 만한 일이었다. 이러한 내용이 저자의 전기에 버젓이 나와 있고, 번역도 되어 있는 마당인데, 우리는 어떻게 철저히 〈이방인〉을 난해한 소설로 받아들이고 의문조차 품지 않았단 말인가), 도대체 '미국식 기법'이라는 게 뭔가에 대해 의문을 품었던 것이다.

카뮈라는 이자는 지금 그에 대해 내게 답을 해준 셈이었다. 그렇다면 이미 그는 내가 로트먼의 전기를 읽으면서 갖게 될 의문을 미리 알고 있었다는 이야기가 되는 게 아닐까? 이래저래 놀라운 일이 아닐 수 없었다.

무엇보다 지금 이 사람은(왜 이 사람은 자신을 카뮈라고 하고 있는 것일까? 그냥 이름을 밝혀도 될 텐데…….) 마치 내가 번역이라도 할 것 같은 뉘앙스를 풍기고 있다. 내가 그 정도의 실력이 안 된다는 것을 자신도 모르지 않는다고 하면서도…….

9.17.

출근과 동시에 나는 강팀에게 폰을 해 새로운 번역자 찾는 일은 진척이 없냐고 물었다.

나서는 사람이 없다고 강팀이 말했다.

나는 강팀을 건너오라고 해서 〈카뮈 전기〉에 대해 물었다.

"혹시 이 책 본 적 있나요?"

"아니요."

나는 책을 펼쳐 한 대목을 읽어보게 했다.

헬러는 그날 오후 원고를 받은 즉시 읽기 시작했는데 새벽 4시, 끝까지 다 읽을 때까지 눈을 뗄 수 없었다. 작품에 매혹된 그는 이는 문학에 일대 진보를 가져온 작품이라고 여겼다. (《카뮈, 지상의 인간》, 허버트 R. 로트먼 지음, 한기찬 옮김, 한길사, p.481)

"갈리마르 출판사 사장인 가스통 갈리마르가 당시 점령지 파리에서 출판물을 검열하고 있던 독일의 담당 수석고문 게르하르트 헬러에게 출판사로 투고된 알베르 카뮈라는 젊은 작가의 〈이방인〉을 읽어봐달라고 보냈을 때, 그가 보인 반응이에요."

강팀이 말없이 고개를 끄덕였다. 내 말을 이해했다는 것인지, 내용에 수긍한다는 것인지 알 수는 없었다.

"'처음부터 끝까지 눈을 뗄 수 없었다', 그처럼 〈이방인〉은 앞은자리에서 다 읽히는 흥미로운 소설이었던 셈이죠. 실존주의니 부조리 철학이니 하는 말로 포장될 소설이 아니라, 작가 자신의 말마따나 처음이자 마지막으로 '미국식 기법'에 따라 아주 잘 읽히게 쓴 젊은 날의 첫 소설이었다는 거예요. 이후의 카뮈 작품 전부가 그렇다는 것이 아니라, 적어도 이 〈이방인〉만큼은 그랬다는 거죠."

"그런데 미국식 기법이라는 게 뭔가요?"

나는 새벽에 읽은 카뮈의 편지를 떠올리며 나름대로 설명했다.

〈이방인〉은 '알기 쉬운 작법으로 쓰인 작품'이라는 흔적이 실제 '카뮈'의 전기 속에 남아 있었던 것이니, 나로서는 흥분을 감추지 못했었는데 강팀은 그런 정도는 아닌 것 같았다.

강팀의 표정이 묘했다. 달리 해석될 수도 있어서인지, 이미 알고 있었던 것인지…….

강팀이 건너가서 한참 후에 폰을 해왔다. 그녀가 주저하며 말했다.

"아무래도 새로운 역자를 찾기는 쉽지 않을 것 같아요. 그냥 사장님이 하시면 어떨까요……?"

"……?"

나는 놀랐다.

수화기 저쪽에서 들려오는 목소리였기에 그 표정을 읽을 수는 없었지만 그녀는 진지한 것 같았다.

"갑자기 왜 그런 말을……. 역자 찾는 게 힘들어서요?"

"아니, 꼭 그런 건 아니구요. 사장님은 소설도 쓰셨으니까 왠지 잘하실 것 같은……."

"지금 놀리는 거 아니죠? 프랑스어 번역을 내가 정말 할 수 있겠어요? 그것도 카뮈를……?"

"할 수 있으세요. 이전에 사장님이 제 번역서도 봐주셨잖아요."

"……?"

생각해보니 그랬다. 강팀은 이미 본인의 이름으로 출판사에서 두 권의 번역서를 낸 바 있었다. 한 권은 영어권, 또 한 권은 불어권 책이었다. 그때 내가 준 도움은…… 글쎄, 기억조차 없지만. 아무튼 그러고 보니 그런 일이 있긴 했었다. 그때는 내가 강팀의 장래를 위해 편집자로서 번역가를 병행하는 것도 좋겠다는 생각에 강권해서 이루어진 일이었다. 이번엔 그 반대가 된 셈이었다. 그런 강고해 팀장의 말이었기에 한마디로 무지르진 못하곤 말문이 막혀버렸는데, 수화기를 내려놓자 생각이 복잡해졌다.

카뮈라는 자의 편지도 떠올랐지만, 아무리 생각해도 역시 그건 무리인 것 같았다. 자신도 없었지만 그러기엔 다른 할 일도 너무 많았다.

역시 안 되겠다며 강팀에게 번역자 찾는 일을 계속하라고 지시하고 다른 일을 보고 있는데, 퇴근 무렵 유진이 전화를 걸어왔다.

"별일 없고?"

유진의 말버릇이었다.

"뭔 일? 출판사가 항상 그렇지? 엊그제 보고 뭘 또 별일이냐? 역자는 알아봤어?"

엊그제 술을 마시면서 유진에게도 나는 당연히 번역자를 알아봐달라고 했던 것이다.

"그날도 내가 이야기했잖아. 김수영 교수 번역을 문제 삼을 실력이나 배짱이 있는 역자는 없어. 학계의 사제 카르텔이라는 게 얼마나 무서운 건지 너가 몰라서 그래. 그러지 말고 그냥 너가 하는 게 어때? 양도 얼마 안 되는데……."

"……?"

이렇게 되면 같은 말을 오늘만 두 번씩 듣게 되는 셈이었다.

"너도 그 소리냐? 내가 그걸 어떻게 하냐? 다른 일도 많고……."

"누가 또 그런 소릴 하나?"

"아무튼."

"그래. 아무튼 완역이 부담스러우면 일단 연재를 해보는 건 어떨까? 요즘 그렇게 많이들 하지 않나? 그러다 보면 네티즌들이 지적도 해줄 테니 부족한 걸 바로잡을 기회도 생길 거고……."

"연재라고……? 아, 모르겠다. 근데 그것 때문에 전화한 건 아닐 테고……."

"응, 추석 잘 쇠라고. 고향 갔다 와서 보자."

9. 19.

연휴 이틀째. 아무리 잊으려 해도 〈이방인〉에 대한 생각이 한시도 머릿속을 떠나지 않았다. 책상 위에 놓여 있는 두터운 〈카뮈 전기〉 때문이기도 할 터였다.

오랜만에 만난 가족들과 대화를 나누면서도, 심지어 차례상에 절을 하면서도 생각은 그치지 않았다. 결국 아내로부터 한 마디를 들었다.

"당신, 요즘 뭔 일 있어요?"

9. 22.

추석 연휴 동안에 결국 나는 과연 내 주장이 맞긴 한 걸까 싶어 다시 한 번 전체를 훑어보고, 실제로 첫 장을 번역해보았다. 그러자 사태는 생각보다 심각해 보였다. 결국 나는 결단하지 않을 수 없었다.

9. 23.

전체 회의가 끝난 뒤 나는 강팀만 남게 해서 따로 말했다.

"《이방인》 번역 건 말예요……. 강팀 말대로 한번 해봅시다. 아무리 말로 떠든다 한들, 불어를 전공한 것도 아닌 '듣보잡' 하나가 헛소리나 하고 있다 여길 테니, 무엇이 왜 틀렸다는 건지 세상에 한번 말이라도 해봅시다. 그냥 주장이 아니라 문장을 보여주고 지적을 하면, 그게 틀린 건지 어떤 건지 무슨 반응이라도 있겠죠. 내가 답답해서 견딜 수가 없겠어요."

강팀의 표정이 밝아 보였다.

"네, 알겠습니다. 저는 어떻게 할까요?"

"제가 일단 영문판 참조해서 최대한 정확히 번역을 할 거예요. 강팀은 내가 끝낸 번역문에서 혹시라도 빠지거나 틀린 곳이 있는지 다시 대조해주세요."

"영문판도요?"

"왜요? 이상한가요? 나는 일본판도 참조할 거예요. 나는 원본이 불어판이니 번역은 그것만 보아야 한다고 생각하는 건 정말 바보 같은 짓이라고 생각해요. 중요한 건 얼마나 작가의 의도를 모국어로 잘 옮기느냐는 것이지, 그것이 무엇을 참조했는가까지를 따져 묻는 건 내용의 본질이 아니에요. 불어만으로 보면 나는 저 숱한 불문학 교수들의 발목은커녕 발꿈치도 잡을 수 없을 거예요. 저분들은 평생 그 공부를 했고, 저는 이제 다시 겨우 사전을 들춰 보려는 정도니까요. 누가 그러더군요. 언어라는 것은 모국어가 아닌 이상 아무리 공부를 많이 한다 해도 그 뉘앙스를 따라잡기는 힘들다고요. 결국 같은 외국인끼리의 언어적 실력 차이는 사실 크지 않다고……."

어느새 나는 카뮈라는 자가 해준 말을 인용하고 있었던 것이다.

"직접 번역을 해보니 그 말이 무슨 뜻인지 알 것 같았어요. 아무튼 번역의 본질은 그냥 보통 사람도 아닌 세계적인 작가의 어휘 감각으로 써낸 원작의 의도를 얼마나 가깝게 이해해서 모국어로 옮겨놓을 수 있느냐에 달려 있는 거죠. 우리가 출제하고 답을 매기는 수능 문제 같은 게 아니라. 그러니 한 언어로 이해가 안 되면 다른 언어를 참조해서라도 그 의미를 파악하려는 것은 당연한 일 아닐까요?"

역시 강팀이 더 이상 토를 달지 않고 밝은 표정으로 물었다.

"알겠습니다. 블로그 연재 제목을 뭐라고 할까요?"

나는 잠깐 고민한 뒤 말했다.

"우리가 읽은 〈이방인〉은 카뮈의 〈이방인〉이 아니다. 어때요?"

"괜찮은데요. 그럼 역자 이름은?"

"음, 그건 생각 안 해봤는데……. 일단 내 이름으로 나가는 건 아닌 것 같고……."

"왜요?"

"출판사 사장이 직접 번역을 하고 상대 출판사 번역서를 두고 가타부타하고 있으면 사람들 보기에도 좀 우습지 않겠어요? 독자들이나 역자들에게 괜한 선입관을 안겨 줄 수도 있을 것 같고……. 무엇보다 끝까지 갈 것도 아니니……."

"그건 무슨 소린가요, 끝까지 안 가신다니?"

"일단 공개적으로 문제를 제기해보자는 차원이에요. 그러면 뜻있는 역자가 나타날 수도 있겠고, 아니면 김수영 교수라도 무슨 말인가 하겠죠. 자신이 바로잡겠다라든가……. 아무튼 거기까지요. 일단 거기까지만 생각하고 가봅시다."

"……?"

"그러니 역자의 이름 같은 건 중요한 게 아닐 것 같아요. 그런 건 필요하다면 차차 생각해봅시다."

그리하여 강팀은 블로그 연재에 필요한 제반 준비를 하기로 하고 나는 정식 번역에 들어갔다.

9. 26.

처음에 나는 연재를 그냥 새로운 번역의 본문만 띄우려 했다. 그러나 내 번역을 검토한 강팀조차 "김수영 교수 번역과 뭐가 다르다는 건지 잘 모르겠어요" 하는 반응을 보였다. 나는 다른 편집자 한 명에게도 읽혀보았다. 그런데 그는 한술 더 떠서, "저는 이게 더 유려한 것 같은데요" 하면서 김수영 교수 번역문을 꼽는 것이었다.

결국 나는 한껏 윤문이 된 김수영 교수의 문장들이 무엇이 문제인가를 지적하는 내용을 정리하고 '보론'이라는 이름을 붙이게 되었다.

다시 그것을 강팀에게 건네자, 그제서야 강팀이 조금 놀란 표정을 지어 보이며 수긍하는 눈치였다.

결국 나는 '보론'을 위에 올리고 해당 부분의 김수영 교수 번역본과 내 번역본을 나란히 실어, 보는 이로 하여금 비교하여 읽어볼 수 있게 하는 방식으로 연재를 시작했다. 결국 번역 연재라기보다는 번역 비평이 되어버린 셈이다. 아무튼 마침내 연재가 시작된 것이다.

우리가 읽은 〈이방인〉은 카뮈 〈이방인〉이 아니다. 제1화

오늘 엄마가 죽었다. 아니 어쩌면 어제. 양로원으로부터 전보를 한 통 받았다. '모친 사망, 명일 장례식. 근조(謹弔)'. 그것만으로써는 아무런 뜻이 없다. 아마 어제였는지도 모르겠다. (김수영 역 p.9)

Aujourd'hui, maman est morte. Ou peut-être hier, je ne sais pas. J'ai reçu un télégramme de l'asile : « Mère décédée. Enterrement demain. Sentiments distingués. » Cela ne veut rien dire. C'était peut-être hier. (원서 p.9)

Maman died today. Or yesterday maybe, I don't know. I got a telegram from the home: "Mother deceased. Funeral tomorrow. Faithfully yours." That doesn't mean anything. Maybe it was yesterday. (Matthew Ward 역 p.3)

〈이방인〉의 첫 문장은 이렇게 시작한다. 이해를 돕기 위해 영문

도 실었다.

위 번역은 일단 프랑스어를 떠나 우리말의 문제부터 짚고 넘어가야겠다. 일단 밑줄 친 '그것만으로써는'이라는 말은 사실상 틀린 어법이다. '으로서'는 지위, 신분, 자격을 나타내는 격조사다. 이것이 어떤 것의 수단이나 도구를 꾸밀 때는 '으로써'가 된다. 굳이 이렇게 쓰려면 '만으로서는'이라고 써야 하겠지만, 그냥 '그것만으로는'이 맞는 우리말이다.

이 문장은 의미도 잘못됐다. 앞에 전보 내용이 다 나와 있는데, 그것만으로는 '뜻'이 없다니? 엄마가 돌아가셨고, 내일 장례식이 있다는 '뜻'이 거기 다 들어 있는 것이다. 여기서는 뜻이 없는 게 아니라, 엄마가 언제 돌아가셨는지까지는 '알 수 없다'는 의미이다.

이제 번역 문제로 돌아오면, 보다시피 위 원문에서 je ne sais pas(나도 모르겠다)가 아예 빠져 있다. 앞에 'Aujourd'hui(오늘)' 다음의 쉼표(,)도 빼버렸다. 역자인 김수영 교수는 작가의 문체를 완전히 해체시키고 의미만 전달한 것이다.

소설에서 문체는 정말 중요하다. 아니 '중요하다'라고 말할 정도가 아니라, 거의 전부다. 문체가 없는 작가는 소설가라기보다는 스토리 작가인 것이다. 번역문이 원문과 일대일 대응한다는 것이 불가능하겠지만 최소한 역자는 그렇게 하기 위해서 노력이라도 해야 한다. 그것이 곧 '저자의 문체를 살린다'는 것의 진정한 의미인 것이다. 이런 고전소설 같은 경우에는 더군다나 그래야만 할 것이다.

그런 점에서 첨가하자면 마지막 문장 C'était peut-être hier.도 역자는 저자의 문체를 오히려 망쳐버린 것이다. 김수영 교수는 여기서 '아마 어제였는지도 모르겠다'라고 해두었는데, 보다시피 직역하면 '아마 어제였다'이다. 평서문이 부정문으로 바뀐 것이다. 우리말에서는 앞에 '아마'라는 짐작어가 붙었으니 '아마 어제였을 것이다'라고 해야 한다.

사소한 차이 같지만 이 사소한 것들이 모여 바다로 가야 할 배가 산으로 가는 광경을 우리는 목도하게 될는지도 모르겠다.

다음 문장들도 명백한 오역이다.

나는 2시에 버스를 탔다. 날씨가 몹시 더웠다. 나는 평소와 다름없이 셀레스트네 식당에서 점심을 먹었다. 식당 사람들은 모두 나를 가엾게 여겨 매우 슬퍼해 주었고, 셀레스트는 나에게 말했다. "어머니란 단 한 분밖에 없는데." 내가 나올 때는 모두들 문간까지 바래다주었다. 나는 좀 어리벙벙했다. 왜냐하면, 에마뉘엘의 집에 들러 검은 넥타이와 상장을 빌리지 않으면 안 되었기 때문이다. 에마뉘엘은 몇 달 전에 그의 아저씨를 잃었던 것이다.

(김수영 역 p.10)

J'ai pris l'autobus à 2 heures. Il faisait très chaud. J'ai mangé au restaurant, chez Céleste, comme d'habitude. Ils avaient tous beaucoup de peine pour moi et Céleste m'a dit : « On n'a qu'une mère. » Quand je suis parti, ils m'ont accompagné à la porte. J'étais un peu étourdi parce qu'il a fallu que je monte chez Emmanuel pour lui emprunter une cravate noire et un brassard. Il a perdu son oncle, il y a quelques mois. (원서 p.10)

I caught the two o'clock bus. It was very hot. I ate at the restaurant, at Céleste's, as usual. Everybody felt very sorry for me, and Céleste said, "You only have one mother." When I left, they walked me to the door. I was a little distracted because I still had to go up to Emmanuel's place to borrow a black tie and an arm band. He lost his uncle a few months back. (Matthew Ward 역 pp.3-4)

여기서 '나는 2시에 버스를 탔다'는 그냥 '2시 버스를 탔다'인 것이다. 역자는 à를 우리말 조사 '~에'로 본 모양이지만 그게 아니다. 무엇보다 저렇게 번역을 하면, 다음 단락에서 자신이 번역한 '버스를 놓치지 않으려고 나는 뛰어갔다'와도 전혀 호응할 수 없게 되는 것이다. 그렇게 되면 뫼르소는 버스를 그날만 두 번 탄 게 된다.

문장 중간의 셀레스트가 하는 말, « On n'a qu'une mère. »를 김수영 교수는 "어머니란 단 한 분밖에 없는데"라고 해석했다. 'On'을 보통의 부정대명사 '일반 사람'으로 오해해서 저런 해석이 되어버린 것이다. 그러나 이 문장에서 'On'은 인칭대명사 주어를 대용하는 것이다. 여기서는 '너You'라는 뜻이다.

그리하여 저 문장의 바른 해석은 "어머니 한 분밖에 안 계셨지"이다. 저 말은 단순해 보여도 사실은 소설의 도입부에서 아주 중요한 정보를 던져주고 있는 것이다. 작가인 카뮈는 여기서 저 한마디를 통해 다음의 두 가지 정보를 주고 있다.

1. 뫼르소에게는 현재 아버지가 안 계시다(홀어머니다).
2. 셀레스트는 단순한 식당 주인이 아니라 뫼르소의 사생활까지 알고 있는 친구 사이다.

그럼에도 불구하고 김수영 교수는 지금 저 'On' 하나를 잘못 봄으로써 처음부터 이런 중요한 사실조차 놓치고 있는 것이다. 당연히 저 번역을 읽은 독자는 역자처럼 맥락을 모르고 그냥 그러려니 하고 넘어가게 되는 것이다.

오늘, 엄마가 죽었다. 아니 어쩌면 어제인지도. 모르겠다. 양로원으로부터 전보 한 통을 받았다. '모친 사망. 내일 장례식. 삼가 애도함.' 그건 아무 의미가 없다. 아마 어제였을 것이다. (졸역)

나는 2시 버스를 탔다. 매우 더운 날씨였다. 나는 평소처럼 셀레스트네 식당에서 밥을 먹었다. 모두가 내게 깊은 유감을 표했으며, 셀레스트는 내게 말했다. "어머니 한 분밖에 안 계셨지." 내가 떠날 때 그들은 문까지 따라나왔다. 나는 조금 정신이 없었다. 에마뉘엘의 집까지 가서 검은 넥타이와 예식완장을 빌려야 했기 때문이다. 그는 몇 달 전 자신의 삼촌을 잃었다. (졸역)

9. 27.

번역 연재를 시작하고 하루가 지났다. 사실 나는 은근히 '카뮈'라는 자의 편지를 기다렸다. 어찌 되었건 그의 말대로 나는 번역을 시작하게 된 것이다. 보론의 내용이든 뭐든 뭐라고 한마디쯤 있을 줄 알았는데 예상과 달리 그로부터는 아무 소식이 없었다. 도대체 그자는 누구일까? 도저히 예측할 수가 없다.

사실 블로그에 띄운 내용 속에는 빠졌지만 연재 1회에 꼭 하고 싶었던 말이 있었다. 그것에 대해 그의 의견을 듣고 싶기도 했었던 것이다.

〈이방인〉의 첫 문장, "Aujourd'hui, maman est morte."는 소설의 첫 문장으로 세계적으로 손꼽히는 문장이다. 저 유명한 첫 문장을 김수영 교수는 '오늘 엄마가 죽었다'로 옮기고 있다.

번역 연재를 위해 여러 자료를 찾다 보니 이에 대해서도 이미 논란이 있었다는 것을 알 수 있었다.

일단 이 문장에서 한때 논란이 되었던 것은 maman을 '엄마'로 볼 것이냐, '어머니'로 볼 것이냐 하는 문제였다. 이후 이것은 '엄마'로 보는 게 합당하다는 결론이 났고, 이후의 모든 역자들이 '엄마'로 통일했다. 그런데 사실 이것도 불어에 익숙지 않은 초기의 해프닝 수준이지 논란거리조차 안 되는 일이었다. 소설 속에는 maman(엄마)/mère(어머니)가 같이 쓰이고 있고 따라서 소설을 읽어보면 누구라도 알 수 있는 것이었기 때문이다.

그런데 내가 문제를 제기하고 싶었던 것은 다음에 나오는 서술어 '죽었다'에 대해서이다. 나는 이것을 위에서처럼 '죽었다'라고 하기보다는 '돌아가셨다'라고 하는 게 우리의 언어습관상 옳다고 보았다. 프랑스어로 우리말 '돌아가셨다'라는 뉘앙스를 나타낼 수 있는 말은 없다(décéder라는 표현이 있겠지만 maman

과 함께 쓰였으니 그런 뉘앙스는 아니다). 죽음이라는 단어와 함께 쓰일 때의 '돌아갔다'는 우리네 정서만 느낄 수 있는 독특한 뉘앙스인 것이다. 우리는 보통 나이 들어서 친한 친구가 "엄만 어디 계시니?"라고 물어도 "응, 엄만 돌아가셨어"라고는 해도 "엄만 죽었어"라고는 하지 않는다('소아적 사고'를 하는 사람이나 사춘기 '반항아'라면 또 모르겠지만, 여기서 뫼르소는 대단히 이성적인 사람이다). 이렇듯 '돌아가셨다'라는 말은 '어머니'와 붙어 쓰이는 존대어이기에 앞서 우리에게는 기본적인 언어습관인 것이다.

그럼에도 보통 역자들이 여기서 '죽었다'로 고집했던 것은 저 언어의 뉘앙스가 풍기는 시크함 때문이었다고 여겨진다.

좀 더 들여다보면, 〈이방인〉을 이 땅에 처음으로 소개한 이휘영 교수가 저 문장을 '오늘 어머니가 돌아가셨다'로 높이는 바람에 '엄마/어머니' 논란을 불러왔고, 급기야 그 애제자인 김수영 교수가 다시 저것을 '오늘 엄마가 죽었다'라는 시크한 문장으로 새로이 조합해냄으로써 사람들로부터 찬사를 받게 되었던 것이다.

그러나 이것을 냉정히 생각해보면, 저것이 아무리 세계적으로 유명한 문장이라고 해도 그건 Aujourd'hui, maman est morte. 라는 불어 문장이 그런 것이지, 우리말 문장 '오늘 엄마가 죽었다'는 아닌 것이다. 문제는 저 문장이 이 소설에서 저기서 딱

한 번 쓰이고 끝나면 그럴 수도 있겠다고 여기고 갈 수도 있겠지만, est morte는 사실 이 소설에서 여러 번 쓰인다. 이제 읽어보면 알게 되겠지만, 정상적인 번역이라면 뒤에서 똑같이 쓰이는 저 'est morte'를 도저히 첫 문장처럼 '죽었다'라고 옮길 수는 없다. 물론 김수영 교수는 그때그때 특이한 의역으로 넘어가고 있고, 그것을 참조한 역자들도 그걸 따라하고 있기도 하지만, 내가 본 다른 번역자(그분도 김수영 교수 이상으로 프랑스에서 공부한 교수님이다)는 역시 첫 문장에서는 '죽었다'라고 했지만, 뒤에서는 '돌아가셨다'로 옮기고 있기도 했다.

그러나 나는 첫 문장, '오늘, 엄마가 죽었다'에서 김수영 교수가 빼버린 쉼표(,)만 지적했지 '죽었다'를 지적하지는 않았다. 아니, 저것이 문제라는 것을 알면서도 블로그에 올릴 수 없었다. 왜냐하면 하필, 이것이 첫 문장이고, 잘못된 번역을 지적해가는 첫 회인데, 자칫 오해의 소지가 있을 것 같아서였다.

이러한 내용을 전혀 모르는 독자가 보기에 분명 '엄마가 죽었다'는 여러 상상력을 불러일으키는, 그 자체로 정말이지 시크하고 멋진 문장이다. 그런데 내가 저것을 갑자기 '오늘, 엄마가 돌아가셨다'가 정확한 번역이라고 한다면, 불어도 모르는 '듣보잡' 하나가 괜한 억지를 부리기 시작했다고, 선입관을 가지고 아예 뒤에 말들은 들어보려고도 하지 않을 것 같아서였다.

강팀에게조차 그 말을 하지 못했으니, 한마디로 나 역시 불문학의 대가인 김수영 교수로 인해 스스로 검열을 받고 있었던 셈이다.

9. 30.

첫 연재를 올리고 4일째면서 주말을 한 번 보내고 맞은 월요일이다. 카뮈로부터는 여전히 아무 연락이 없었고, 독자들의 반응도 전혀 알 길이 없었다. 한 사람이라도 읽기는 한 것인지 그것도 알 수 없는 일이었다.

오후 늦게 블로그에 올릴 오늘 연재분 원고 검토를 끝낸 강팀이 내 방으로 넘어와 말했다.

"이전에 Je comprends를 '그러실 겁니다'로 하면 안 된다고, 그냥 '이해한다'라고 옮겨야 한다던 말씀, 이제 알 것 같은데요."

"그런가요? 그래도 독자들은 무슨 소리인가 할 거예요. 직접 번역을 해보니 드는 생각인데, 왜 사람들은 저 간단한 문장조차 꼭 의역을 해야만 한다고 생각하는 걸까요? 작가가 쓴 그대로를 옮겨주면 될 텐데. 왜 원문에 있지도 않은 부사, 형용사를 끌어다 설명해주고 있을까요? 강팀은 왜 그런다고 생각해요?"

"번역이라는 게 서술 체계가 다른 두 언어를 바꾸는 작업이니, 일대일 대응할 수는 없고……. 제대로 의미 전달을 하기 위해서는 불가피한 게 아닐까요?"

"그런가요? 근데 직접 해보니까, 과연 그럴까 하는 생각이 들어요."

"그러면요?"

"아무튼…… 지금은 뭐라 설명하기 힘들 것 같고……. 저거 하나만 두고 봐도 작가는 거기서 저렇게 단순하게 썼고, 또 그렇게 쓴 이유가 있을 텐데……, 왜 그걸 다른 언어로 옮긴다고 해서 풀어놓을까 하는 것이죠. 작가가 역자보다 생각이 적고 표현력이 떨어져서는 결코 아닐 거 아녜요?"

"그런 맥락에서 여기, une infirmière arabe도 사장님은 그냥 '아랍인 간호사'라고 해두신 거군요? 그렇지만 여기서는 불어의 성을 감안해 김수영 교수처럼 '아랍인 여자 간호사'가 훨씬 어울리지 않을까요? 이 자체로 여성의 의미가 들어 있으니, 처음 책을 읽는 독자들의 이해를 돕기 위해서도요."

"그럴까요? 음, 나는 동의하기 힘들지만 그건 중요한 게 아니니 알아서 하시죠. 뒤에 유리창 부분은 어때요?"

"지적이 좀 심하다고 여길 수도 있을 것 같지만…… 전 재미있었어요."

"그럼 됐어요. 강팀이 바로잡을 것 바로잡아서 올려주세요.

나 또 지금 나가봐야 해서."

강팀이 알겠다며 자기 방으로 돌아간 뒤 나는 외출 준비를 서둘렀다.

보론 내용 중 유리창 부분은 이런 내용이다.

그때 간호사가 들어왔다. 갑자기 땅거미가 내렸다. 삽시간에 밤이 유리창 위에 짙어 갔다. 문지기가 스위치를 돌렸을 때, 별안간 쏟아지는 불빛 때문에 나는 앞이 캄캄하도록 눈이 부셨다. 그가 식당으로 저녁을 먹으러 가라고 권했으나, 나는 배가 고프지 않았다. 그랬더니 그는 밀크 커피를 한 잔 가져오겠노라고 말했다. 밀크 커피를 매우 좋아하므로 나는 그러라고 했다. 조금 뒤에 그는 쟁반 하나를 들고 돌아왔다. 나는 커피를 마셨다. 그러자 담배가 피우고 싶어졌다. 그러나 나는 엄마의 시신 앞에서 담배를 피워도 좋을지 어떨지 몰라 망설였다. 생각해 보니, 조금도 꺼릴 이유는 없었다. 나는 문지기에게 담배 한 대를 권하고 둘이서 함께 피웠다. (김수영 역 p.15)

La garde est entrée à ce moment. Le soir était tombé brusquement. Très vite, la nuit s'était épaissie au-dessus de la verrière. Le concierge a tourné le commutateur et j'ai été aveuglé par l'éclaboussement soudain de la lumière. Il m'a invité à me rendre au réfectoire pour dîner. Mais je n'avais pas faim. Il m'a offert alors d'apporter une tasse de café au lait. Comme j'aime beaucoup le café au lait, j'ai accepté et il est revenu un moment après avec un plateau. J'ai bu. J'ai eu alors envie de fumer. Mais j'ai hésité parce que je ne savais pas si je pouvais le faire devant maman. J'ai réfléchi, cela n'avait aucune importance. J'ai offert une cigarette au concierge et nous avons fumé. (원서 p.17)

소설은 사물에 대한 표현 하나로도 읽는 맛을 죽이기도 하고 살리기도 한다. 그것이 문학의 힘이고 문장의 힘이다. 그저 단순히 이야기만 전달하는 것이라면 굳이 작가가 있을 필요가 없는 것이다. 단순한 지적 같지만, 여기서 verrière는 그냥 유리창이 아니라 채광창을 가리킨다. 무슨 차이냐 하면, 카뮈는 이 문장에서 부사 au-dessus를 쓰면서 채광창(햇볕을 들이기 위해 높은 곳에 만들어둔 유리창)을 표현하고 있는 것이다. 그래서 '채광창 위로 아주 빠르게 어둠이 쌓여갔다'는 문학적 표현이 가능해지는 것이다(결코 '삽시간에 밤이 유리창 위에 짙어 갔다'가 아닌 것이다).

참고로 카뮈는 이 소설에서 이와 같은 '창(窓)'의 의미를 세 가지로 구분해 사용하고 있는데(vitre유리창/ verrière채광창/ lucarne하늘로 난 창) 궁극적으로 뫼르소가 죽음을 앞두고 마지막으로 바라보는 '하늘로 난 창(lucarne)'을 말하기 위해 이런 구분을 두고 있는 것이다. 그럼에도 김수영은 이 모든 창을 단순히 하나의 '유리창'으로 번역하고 있는 셈이다.
더불어 이 장면 역시 이 소설에서 한 단어도 허투루 넘길 수 없는 중요한 문장으로 구성되어 있다. 뫼르소가 엄마의 시신 옆에서 담배를 피우게 된 이유, 당시의 심경 등을 보여주고 있기 때문이다.
훗날, 소설 2부의 재판 과정을 이해하기 위해서는 이 대목의 이해가 선행되어야 한다. 이때의 분위기, 누가 어떤 말을 어떤 의도로 했는가 따위, 작가는 그렇게 복선을 깔아둔 것이다.
한 문장, 한 단어도 그냥 쓰인 것은 없다. 그 모두가 앞뒤 문장과 호응하면서 전체의 원인과 결과를 위해 숱한 시간을 작가의 고뇌에 의해 선택되고 다듬어진 것이다.
번역은 그러한 작가의 고민을 읽어내는 과정일 것이다. 역자가 자기 식으로 이해하고 자기 수준의 어휘력으로 설명하려면, 작가 이상의 이해력과 어휘력을 갖춘 이후에나 가능한 일일 것이다. 어쭙잖은 독해와 설명은 작품의 이해를 돕기보다는 망쳐버릴 가능성이 더 큰 것이다.

외출했다 곧장 퇴근해서 집에 와 보니, 연재 글 밑에 처음으로 댓글이 몇 개 달려 있었다.

「'유리창' 몰라요? 참내…….」

비아냥조의 댓글이 처음이었다.

내 설명이 부족했던 것일까? 다시 보았지만 달리 다른 설명이 들어갈 공간이 없어 보였다. 세상 사람들 전부를 이해시킬 수는 없는 일이다. 오히려 더 이상의 부연 설명이 불편한 독자들도 있을 것이기 때문이다. 대꾸하지 않았다.

이 연재의 '역자'가 누구인지 궁금해하는 이도 있었다. 그러고 보니, 그냥 '역자'라고만 하면서 연재를 진행하고 있었던 것이다. 뭐라고 답해야 할 것인가? 마땅한 답변이 떠오르지 않아 이 역시 답하지 않았다.

10. 2.

번역을 하다 보니 다시 'comprenez(이해하다)'를 만났다. 양로원 원장이 뫼르소를 이해하지 못하고 어떻게 오해하게 되었는지 보여주는 장면으로 여겨지는 곳이었다. 이곳을 김수영 교수는 어떻게 번역해두었을까 궁금해서 찾아보았다.

여기서 원장은 빙그레 웃어 보이며 말했다. "그야 좀 어린애 같은 감정이지요. 하지만 그와 자당은 떨어져 있는 일이 거의 없었습니다. 원내에서 놀리느라고 페레스에게, '당신의 약혼자로구려.' 하면 그는 웃곤 했어요. 그렇게 말해 주는 것이 그들에겐 좋았던 겁니다. 뫼르소 부인이 세상을 떠난 것이 그에게 큰 슬픔을 준 것은 사실입니다. 그래서 장례식에 참석하는 것을 그에게 허락하지 말아야 한다는 생각은 안 들더군요. 그러나 왕진 의사의 권고에 따라서 그에게 어제의 밤샘만은 금했습니다."
우리는 상당히 오랫동안 말없이 있었다. 원장은 일어서서 사무실 창문으로 밖을 내다보았다. 문득 그가 말했다. "마랭고의 사제님이 벌써 오시네. 일찍 오셨군." (김수영 역 p.20)

Il m'a dit : « Vous comprenez, c'est un sentiment un peu puéril. Mais lui et votre mère ne se quittaient guère. À l'asile, on les plaisantait, on disait à Pérez : « C'est votre fiancée. » Lui riait. Ça leur faisait plaisir. Et le fait est que la mort de Mme Meursault l'a beaucoup affecté. Je n'ai pas cru devoir lui refuser l'autorisation. Mais sur le conseil du médecin visiteur, je lui ai interdit la veillée d'hier. »
Nous sommes restés silencieux assez longtemps. Le directeur s'est

levé et a regardé par la fenêtre de son bureau. À un moment, il a observé : « Voilà déjà le curé de Marengo. Il est en avance. » (원서 p.24)

아니나 다를까, 김수영 교수는 역시 맥락을 전혀 이해하지 못하고 저 문맥을 왜곡시켜놓고 있었던 것이다. 원문과 비교해 보니 김수영 교수는 아예 '당신은 이해하실 겁니다Vous comprenez'라는 문장조차 빼버리고 있었다. 그 자리에는 대신 '빙그레 웃어 보이며'라는 출처 불명의 수식이 들어가 있었다.

나는 처음에 역자의 실수인가? 아니면 서술 순서를 바꿨나? 했다. 그러나 그게 아니었다.

문제는 이 단순한 문장을 의역하면서 생겨났던 것이다.

Je n'ai pas cru devoir lui refuser l'autorisation. (원서)
'그래서 장례식에 참석하는 것을 그에게 허락하지 말아야 한다는 생각은 안 들더군요.' (김수영 역)

김수영은 문장을 풀어서 길게 늘여놨지만 직역하면, '허락하지 말아야 한다는 생각은 안 들었다'이다. 이렇게만 돼도 틀렸다고 볼 수는 없다. 그런데 이미 앞을 잘못 번역했기 때문에 이렇게만 쓰면 문맥이 연결되지 않는다. 그래서 원래 원본에 없는

'그래서 장례식에 참석하는 것을'이라는 말을 의역해 넣을 수밖에 없었던 것이다.

그리고 다시 저러한 의역으로 인해 앞의 '이해하실 겁니다'라는 문장이 소용없게 되어버렸고, 결과적으로 아예 빠지게 된 것이다.

무엇보다 중요한 것은 여기서 '당신은 이해하실 겁니다'는 역자 임의로 넣고 빼도 될 만큼 단순한 문장이 아니라는 데 있다. 앞에서도 설명했지만 '타인에 대한 이해'라는 저 말은 〈이방인〉에서 빼놓을 수 없는 키워드다. '부조리'니 '실존주의'니 따위가 아니라, 곳곳에 등장하는 저 말을 제대로 이해하지 못하고서는 이 소설, 〈이방인〉을 절대로 이해할 수 없는 것이다.

왜 그런지를 정리해보면, 소설 속에서 뫼르소라는 인물은 '꼭 할 말이 아니면 하지 않는' 내성적인 사람이다. 그때 그는 (세상 사람들이 오해하듯) 어머니의 죽음에 무관심했던 것이 아니라, 오히려 그 죽음에 깊게 침잠해 있었던 것이다. 그렇기에 돌아가신 엄마의 애인 이야기 따위를 나눌 여유는 없었던 것이다. 또 그런 '농담 같은' 뒷얘기에 마땅히 응대할 말도 없었을 것이다. 그래서 뫼르소는 아무 말도 하지 않았던 것인데, 원장은 슬픔을 침묵으로 표현하고 있는 뫼르소를 '이해'하기보다는 오히려 '오해'하게 되었던 것이다. '어머니의 죽음 따위엔 관심도 없는 후레자식이군' 하면서.

그때 원장에게 남게 된 뫼르소에 대한 인상이 이후 법정에서 증언으로 이어지는 것이다. 원장은 거짓말을 하거나 위증을 한 게 아니다. 비록 오해에서 비롯되었지만 그는 자신이 느낀 그대로를 말했을 뿐이다. 그에게는 장례식 때 본 뫼르소라는 인물은 '어머니의 죽음 따위엔 관심도 없는 냉혈한' 바로 그 자체였던 것이다. 그러한 원장의 증언은 재판 내내 배심원들에게 선입관으로 작용하게 되는 것이다.

그래서 이 장면은 바로 저러한 원장의 법정 증언을 위해 작가가 깔아놓은 복선이었던 것이다.

작품을 이해하고 보면 너무나 간단한 이 문맥을 다른 사람들은 어떻게 옮겼나 궁금해서 앞서 민 과장이 사다 준 OO출판사 번역서를 보았다.

> "이해하시겠죠. 이건 약간 애들 같은 감정이긴 하지만, 그분과 어머님은 거의 늘 함께 있다시피 했습니다. 양로원에선 두 사람을 두고 농담을 하곤 했어요. 사람들이 페레한테 〈자네 약혼녀로구먼〉 하고 말하면 그 양반이 웃었지요. 두 분 다 그걸 재미있어 했어요. 뫼르소 부인의 죽음이 페레 씨에게 큰 영향을 끼친 터라, 나로선 그분한테 장례에 참석하면 안 된다고 할 수가 없더

군요. 다만, 왕진의의 충고에 따라 어제 밤샘에는 참석하지 못하도록 조처했습니다."

우리는 꽤 오랫동안 아무 말도 하지 않았다. 원장이 자리에서 일어나 창밖을 바라보았다. 그러더니 〈저기 벌써 마랑고의 신부님이 오시는군요. 일찍들 도착했네〉 하고 말했다. (김*령 역)

의역이 좀 되었어도 이분의 번역은 '이해하다'를 빼놓지 않았다는 것을 확인할 수 있다.

참고로 영어 번역자는 이렇게 번역했다.

He said, "I'm sure you understand. It's a rather childish sentiment. But he and your mother were almost inseparable. The others used to tease them and say, 'Pérez has a fiancée.' He'd laugh. They enjoyed it. And the truth is he's taking Madame Meursault's death very hard. I didn't think I could rightfully refuse him permission. But on the advice of our visiting physician, I did not allow him to keep the vigil last night."

We didn't say anything for quite a long time. The director stood up and looked out the window of his office. A moment later he said, "Here's the priest from Marengo already. He's early." (Matthew Ward

역 pp.10-11)

내가 보기엔 이 문장들은 직역하면 이렇다.

그가 말했다. "당신도 이해하실 겁니다, 이건 약간 유치한 감정입니다만. 그러나 그분과 당신의 어머니는 거의 떨어지지 않았죠. 양로원에서 사람들이 놀리곤 했어요. 페레 씨에게 '당신 약혼녀구려' 하면서 말이오. 그는 웃었더랬죠. 두 분 모두 그걸 즐겼던 겁니다. 그리고 사실은, 뫼르소 부인의 죽음이 그분을 무척 힘들게 하고 있어요. 그분의 요청을 마다해야 한다는 생각은 차마 못 했습니다. 그렇지만 왕진 의사의 조언도 있고 해서, 나는 그분이 지난밤, 밤샘에 참석하는 것은 금했었죠." (졸역)

10. 4.

개천절 공휴일까지 꼬박 투자해 번역한 부분을 살핀 강팀이 내 방으로 건너와 물었다.

"여기서 몽 피스mon fils를 아드님이라고 하신 건 좀 이상하지 않을까요?"

지난 회에 올린 번역문 바로 뒤에 사제가 뫼르소를 부르는 장면이 있었다. 이 대목이다.

Il m'a appelé « mon fils » et m'a dit quelques mots. Il est entré ; je l'ai suivi. (원서 p.24)

김수영 교수는 이것을,

그는 나를 '몽 피스'라고 부르며 내게 몇 마디를 더했다. 그는 안으로 들어갔고 나도 따랐다. (김수영 역 p.20)

라고 옮겼다. 그러고는 '몽 피스'를 각주 처리했다.

소설 번역에서 굳이 이 간단한 단어에 '각주'라니? 의아하지 않을 수 없었다.

번역을 하면서 나 역시 '몽 피스'를 어떻게 옮겨야 할지 마땅치 않았다. 참고로 영어판을 찾아보니 역자는 이렇게 옮겨두었다.

He called me "my son" and said a few words to me. He went inside; I followed. (Matthew Ward 역 p.14)

'아들'로 보아야 할까?

그렇게 옮겨두고 보자 역시 어색하기 짝이 없었다. 김수영 교수가 각주 처리를 하면서까지 번역을 안 한 이유가 이 때문이었을까?

카뮈는 저 단어를 따옴표 속에 넣었다. 뭔가 중요한 의미가 있다는 이야기일 수도 있었다. 그게 도대체 무얼까? 나는 아무리 생각해도 알 수 없었다. 그리하여 결국 '아드님'으로 옮기기로 마음먹었던 것이다. 뫼르소는 지금 '엄마의 장례식'에 온 것이니 그분의 '아들'이라고 부를 수도 있지 않겠는가 하는 나름의 논리를 세웠던 것이다.

그랬던 것인데, 아니나 다를까(뭔가 어색하면 그건 누구에게나 그런 것이다) 강팀이 지적을 해왔다. 나는 준비되어 있던 답변을 했다. 그러곤 덧붙였다.

"적어도 김수영 교수처럼 주를 다는 건 너무 무책임한 것 같아요. 정확한 뜻을 모르겠다고 발음을 적어놓고 가다니 분명히 적당한 의미가 있을 텐데……. 강팀 생각은 어때요?"

"그럴 바엔 아예 '젊은이'로 가면 어떨까요? 뫼르소의 나이도 있고 하니……."

젊은이? 그렇다면 그 문장은, "그는 나를 '젊은이'라고 부르며 몇 마디를 더했다"가 되는 것이었다. 조금 어색했지만 나는 말했다.

"괜찮네요! 그게 좋겠어요."

그래서 나는 강팀의 말대로 'mon fils'를 젊은이로 바꾸고 번역을 끝냈다.

연재 글이 올라가자 바로 댓글이 달렸다. 이제 시작이지만 매회 댓글이 늘고 있는 추세였다. 짧은 격려 글도 있었지만 내 번역이 어이없다는 악플이 공존했다. 왜 안 그럴 것인가. 이름도 없는 무명 역자가 25년 동안 문제되지 않던 최고 번역가의 문장을 오역이라고 지적하고 있으니……. 나는 정말 잘하고 있는 것일까?

10. 7.

출근해서 메일을 확인해보니 마침내 '카뮈'라는 자로부터 편지가 와 있었다. 나는 사실 지금까지의 상황을 고려해보았을 때, 그가 제법 긴 격려의 글과 더불어 앞으로의 번역에 도움이 될 만한 내용을 줄 거라 생각했던 것이다. 그러나 그것은 나만의 생각이었고, 글만으로만 보자면 그는 마치 연재조차 당연시하고 있는 것 같았다. 글도 마치 지난번 글에 이어 쓰듯 너무나 자연스럽고 짧았다.

잘하고 계십니다. 'mon fils'는 너무 어렵게 생각하지 마세요. 눈에 보이는 그대로 지극히 상식적인 단어입니다. 지금은 모르더라도 곧 알게 되실 겁니다. 아무튼 이런 걸 두고 거기 말로 '대세엔 지장이 없다'고 하는 건가요?

_A. 카뮈

뭐야, 이 사람. 연재를 처음부터 보고 있었다는 것인데……. 연재야 그렇다 치고, 대체 내가 무엇을 고민하는 것까지 알고 있다는 투가 아닌가. 도대체 이 사람은 누구일까?

그런데, 곧 알게 될 거라고? 그럼 mon fils가 젊은이를 가리키는 말이 아니라는 이야기인가?

지난번에 회신 메일이 가지 않아 섬뜩했던 기억이 떠올라 찝찝하기도 했지만, 나는 다시 한 번 답신 버튼을 누르고 글을 썼다. 다시 시험을 해본다는 생각으로 짧게. 'Qui es-tu?' 그리고 보내기 버튼을 눌렀다. 그러나 이번에도 내 예상은 빗나갔다. 당연히 반송 메시지가 뜨리라고 생각하고 장난스럽게 글을 썼던 내 예상과 달리 그것은 그대로 전달되어버린 것이다.

이건 또 뭔가? 나는 놀라서 망연자실 비어 있는 노트북 화면을 오래도록 들여다보았다.

10. 8.

"적을 너무 많이 만드는 게 아닐까요?"

오늘 연재분 '보론'을 읽은 강팀의 우려였다. 이번 회에서 김수영 이외에 또 다른 역자 한 분의 이름을 언급했던 것이다.

"강팀 생각은 어떤데요?"

"빼고 가시는 게 좋을 것 같습니다. 한 분도 벅차실 텐데……."

강팀은 진심으로 나를 걱정하고 있었다. 사실 누군가의 번역서를 언급한다는 것은 단지 한 사람만의 문제가 아니었다. 그것은 그 책을 펴낸 출판사를 언급하는 것이나 마찬가지니, 거기에 그 모든 관계자들과 지인까지 더해져, 강팀의 표현대로라면, 의도치 않게 '적'을 기하급수로 늘리게 되는 것이었다. 강팀은 지금 그걸 감당할 수 있겠느냐는 것이었다. 본질이 그게 아니었으므로 나는 조금 생각해본 뒤 말했다.

"그럽시다. 오늘은 '보론' 빼고 김수영 교수 번역과 제 번역, 둘만 올리고 독자들이 비교해서 읽어볼 수 있도록 합시다."

그렇게 해서 아래 부분은 블로그에 올라가지 않았다.

그다음에는 모든 것이 어찌나 신속하고 확실하고 또 자연스럽게 진행되었는지 더 이상 아무것도 기억나지 않는다. <u>다만 한 가지 기억에 남는 것은 마을 어귀에서 담당 간호사가 나에게 말을 한</u>

것이다. 얼굴과 어울리지 않는 기이한 목소리를 지닌 그녀는, 매끄럽고 떨리는 목소리로 말했다. "천천히 가면 더위를 먹을 염려가 있어요. 하지만 너무 빨리 가면 땀이 나서 성당 안에 들어가면 으슬으슬 춥답니다." 그녀의 말이 옳았다. 정말 빠져나갈 길이 없는 것이었다. (김수영 역 p.24)

Tout s'est passé ensuite avec tant de précipitation, de certitude et de naturel, que je ne me souviens plus de rien. Une chose seulement : à l'entrée du village, l'infirmière déléguée m'a parlé. Elle avait une voix singulière qui n'allait pas avec son visage, une voix mélodieuse et tremblante. Elle m'a dit : « Si on va doucement, on risque une insolation. Mais si on va trop vite, on est en transpiration et dans l'église on attrape un chaud et froid. » Elle avait raison. Il n'y avait pas d'issue. (원서 pp.29-30)

이 대목은, 어머니의 장례를 치르고 돌아온 뫼르소가, 기억나는 것은 아무것도 없지만, 딱 하나 기억에 남았다면 간호사가 한 '그 말'이라며 회고하는 장면이다.
그런데 김수영은 지금, 보다시피 더 이상 기억나는 게 없지만 한 가지 기억에 남는 것은 그녀가 '말을 했다는 것'이다, 라고 번역하고 있다.

저렇게 되면 마치 그녀가 처음으로 '말을 했다'는 행위 자체가 기억에 남는다는 의미가 되는 것이다. 원문 속의 세미콜론(;) 때문에 생긴 오해 같은데, 저건 '그녀가 말을 한' 것이 기억에 남는다는 의미가 아니라, '그녀가 한 말'을 제외하곤 기억에 남는 게 없다는 의미로 해석되어야 한다.

무엇보다 이 말이 중요한 것은, 뒤에 가서 뫼르소가 감옥에서 사형선고를 받고 다시 이때 상황을 떠올리며 혼잣말로 이 말을 되풀이하기 때문이다. "Il n'y avait pas d'issue(출구는 없었다)"라고(카뮈는 지금 뒤에서 이 말을 반복하기 위해 복선을 깔아두고 있는 것이다).

아무튼 김수영의 오해는 다음 의역으로 이어진다. Elle avait raison. 보다시피 이 문장 어디에도 그녀의 '말'이 옳았다는 단어는 없다. 그냥 '그녀가 옳았다'인 것이다. 따라서 카뮈가 이 문맥에서 말하고자 하는 것은, 유일하게 기억나는 것은 그녀의 말이고, 그 말을 통해 얻는 인식, 바로 이 두 문장인 것이다.

'그녀가 옳았다. 출구는 없었다.'

그런데 번역을 마치고 보니, 문득 저 단문을 그대로 표지 카피('그렇다, 출구는 없었다')로 올렸던 출판사의 책이 생각났다. 과연 그 역자는 이 대목을 어떻게 옮겼는지 궁금하지 않을 수 없었다(앞의 예문에서 김수영과 달리 이해하다comprenez를 살려두었던 바로 그분이다).
그분은 이렇게 옮겼다.

그다음의 모든 절차는 하도 급하고 확실하고 자연스럽게 이루어졌기 때문에 더 이상 기억에 남아 있지 않다. 단 하나 생각나는 일이 있다면, 마을 입구에 다다랐을 때 대표로 온 간호사가 내게 말을 걸었다는 사실이다. 그녀는 자기 얼굴과 어울리지 않는 기묘한 목소리를 지니고 있었다. 노래 부르듯 떨리는 억양의 음성이었다. 그녀는 내게 〈천천히 걷다 보면 일사병에 걸릴 위험이 있어요. 하지만 또 그렇다고 지나치게 빨리 걸으면 땀을 많이 흘리게 되고, 그러면 교회당에서 오한이 나게 되지요〉라고 말했다. 맞는 말이었다. 해결책은 없는 거였다. (김*령 역)

나는 놀랐다. 앞은 그렇다 치고, 이분은 Elle avait raison. Il n'y avait pas d'issue를 '맞는 말이었다. 해결책은 없는 거였다"로 옮기고 있었던 것이다. 만약 저 문장만 따로 떼어놓고 보면 도저히 출처조차 찾는 게 불가능할 것 같은 의역인 셈이었다. 책 표지에는 저렇듯 힘 있고 정확하게 옮겨두고 있는데, 실제 본문에서는 왜 이런 의역을 해둔 것일까, 의아하지 않을 수 없었다. 원래 작가의 문장 그대로를 저렇듯 옮기면, 보다시피 훨씬 철학적이고 잘 읽히는 문장이 되는데 우리 역자들은 왜 (저렇듯 모르지 않으면서도) 임의의 해석을 통해 오히려 요령부득의 문장으로 바꾸어버리고 있는 것일까? 도대체 우리에게 번역이란 무엇일까?

영어 번역자는 이렇게 옮겼다.

After that, everything seemed to happen so fast, so deliberately, so naturally that I don't remember any of it anymore. Except for one thing: as we entered the village, the nurse spoke to me. She had a remarkable voice which didn't go with her face at all, a melodious, quavering voice. She said, "If you go slowly, you risk getting sunstroke. But if you go too fast, you work up a sweat and then catch a chill inside the church." She was right. There was no way out.

(Matthew Ward 역 p.17-18)

그러고 나서는 모든 것이 매우 신속하고 확실하게, 또한 자연스럽게 흘러가서 더 이상 남아 있는 기억이 없다. 다만 한 가지, 마을 어귀에서 담당 간호사가 내게 한 말, 얼굴과는 사뭇 다른 기묘한 목소리를 가진 그녀는 매끄럽고 떨리는 목소리로 내게 말했다. "천천히 가면 일사병에 걸릴 염려가 있어요. 그렇다고 너무 빨리 가면 땀을 많이 흘려서 성당 안에 들어가면 오한을 느끼게 되지요." 그녀가 옳았다. 출구는 없었다. (졸역)

10.10.

번역을 하다, 문득 내가 이게 무슨 짓인가 하는 회의가 찾아들었다. 회사 일, 퇴근 후의 술자리, 가족과의 시간, 거의 모든 것을 반납하고 이 일에 매달리고 있는 것이다. 강팀의 그 말도 머릿속을 떠나지 않았다.

'적을 너무 많이 만드는 거 아닐까요?'

적이라……. 멍하니 창밖을 내다보았다. 부윰하게 여명이 밝아오고 있었다.

일어나서 서성이다 책꽂이로 눈이 갔다. 대충 책등의 제목을 훑어가다, 〈무소유〉가 눈에 들어왔다. 그 새벽에, 왜 그 제목이 눈에 들어온 것일까? 법정 스님이 타계하신 뒤 절판된 책이다. 그보다 훨씬 젊은 시절 문고판으로 읽었던 기억은 있지만, 기억에 남는 내용은 하나도 없었다. 이 책이 왜 여기에 있지? 내가 샀을 리는 없는데……. 기억을 더듬어보니, 어느 날 제본소 유

사장이 이제 돈 주고도 살 수 없는 거라며 선물이라고 가져다 준 책이었다.

그러고 보니 양장본에 두른 노란색 띠지에 '〈무소유〉 발간 25주년 기념 개정판'이라고 적혀 있다. 그 밑에 적힌 카피들이 재미있다. 역시 지금은 고인이 되신 김수환 추기경의 말.

"이 책이 아무리 무소유를 말해도 이 책만큼은 소유하고 싶다."

당시 공동체운동을 하던 윤구병 씨 말.

"나무 한 그루 베어 내어 아깝지 않은 책."

나는 책을 펼쳐 보았다. 후루룩 넘기는 책장 속에서 '오해'라는 제목이 눈길을 잡았다. 나는 선 채로 읽었다.

> 세상에서 대인관계처럼 복잡하고 미묘한 일이 또 있을까. 까딱 잘못하면 남의 입살에 오르내려야 하고, 때로는 이쪽 생각과는 엉뚱하게 다른 오해도 받아야 한다. 그러면서도 이웃에게 자신을 이해시키고자 일상의 우리는 한가롭지 못하다.
>
> 이해란 정말 가능한 걸까. 사랑하는 사람들은 서로가 상대방을 이해하노라고 입술에 침을 바른다. 그리고 그런 순간에서 영원을 살고 싶어 한다. 그러나 그 이해가 진실한 것이라면 항상 불변해야 할 텐데 번번이 오해의 구렁으로 떨어진다.

나는 당신을 이해합니다, 라는 말은 어디까지나 언론 자유에 속한다. 남이 나를, 또한 내가 남을 어떻게 온전히 이해할 수 있단 말인가. 그저 이해하고 싶을 뿐이지. 그래서 우리는 모두가 타인이다.

사람은 저마다 자기중심적인 고정관념을 지니고 살게 마련이다. 그러기 때문에 어떤 사물에 대한 이해도 따지고 보면 그 관념의 신축 작용에 지나지 않는다. 하나의 현상을 가지고 이러쿵저러쿵 말이 많은 걸 봐도 저마다 자기 나름의 이해를 하고 있기 때문이다.

'자기 나름의 이해'란 곧 오해의 발판이다. 우리는 하나의 색맹에 불과한 존재다. 그런데 세상에는 그 색맹이 또 다른 색맹을 향해 이해해주지 않는다고 안달이다. 연인들은 자기만이 상대방을 속속들이 이해하려는 맹목적인 열기로 하여 오해의 안개 속을 헤매게 된다.

그러고 보면 사랑한다는 것은 이해가 아니라 상상의 날개에 편승한 찬란한 오해다. "나는 당신을 죽도록 사랑합니다"라는 말의 정체는 "나는 당신을 죽도록 오해합니다"일지도 모른다.

언젠가 이런 일이 있었다. 불교종단 기관지에 무슨 글을 썼더니 한 사무승이 내 안면 신경이 간지럽도록 할렐루야를 연발하는 것이었다. 그때 나는 속으로 이렇게 뇌고 있었다. '자네는 날 오해하고 있군. 자네가 날 어떻게 안단 말인가. 만약 자네 비위에 거슬리는 일이라도 있게 되면, 지금 칭찬하던 바로 그 입으로 나를 또 헐뜯을 텐데. 그만두게, 그만둬.'

아니나 다를까, 바로 그 다음 호에 실린 글을 보고서는 입에 개거품을 (아니, 스님이 이런 표현을? 아마 '게거품'의 오자겠지……. 법정 스님이라도 오해가 없을까? 이런 건 출판사에서 바로잡아줘야 하는데……. 편집자의 슬픈 운명이여!) 물어가며 죽일 놈 살릴 놈 이빨을 드러냈다. 속으로 웃을 수밖에 없었다. '거 보라고, 내가 뭐랬어. 그게 오해라고 하지 않았어. 그건 말짱 오해였다니까.'

누가 나를 치켜세운다고 해서 우쭐댈 것도 없고 헐뜯는다고 해서 화를 낼 일도 못 된다. 그건 모두가 한쪽만을 보고 성급하게 판단한 오해이기 때문이다. 오해란 이전의 상태 아닌가. 문제는 내가 지금 어떻게 살고 있느냐에 달린 것이다. 실상은 말 밖에 있는 것이고 진리는 누가 뭐라 하건 흔들리지 않는다. 온전한 이해는 그 어떤 관념에서가 아니라 지혜의 눈을 통해서만 가능할 것이다. 그 이전에는 모두가 오해일 뿐이다.

나는 당신을 사랑합니다.

무슨 말씀, 그건 말짱 오해라니까.

글의 말미에 1972년이라는 연도가 표기되어 있다. 글이라는 것, 문자의 힘은 정말 무서운 것이다. 72년이라면 내가 초등학교 때가 되나? 40년 전 글이 지금 내 마음에 조용한 파문을 불러오고 있는 것이다. 나는 다시 책상에 앉았다가 번역을 포기하고는 집을 나섰다. 요즘은 번역 때문에 거의 하지 못한 새벽 산행에 나선 것이다.

회사에 출근해 이것저것 챙기고 있는데, 강팀이 폰을 했다.

"연재분이 아직 안 와서요."

"오늘은 올리지 맙시다. 번역을 못했어요."

"예."

폰을 내려놓으려다가 강팀에게 문득 말이 나갔다.

"그런데, 강팀. 우리가 지금 오해를 하고 있는 걸까요? 사랑을 하고 있는 걸까요?"

"예……?"

10.14.

점심을 먹고 들어오는데 경리과 두둘레 씨가 책을 읽고 있는 게 눈에 들어왔다.

"무슨 책이에요?"

"〈이방인〉이요. 출판사에서 연재도 하고 해서 한번 읽어보려고……."

"재미있어요?"

내 물음에 그녀가 묘한 표정을 지었다.

"잘 모르겠어요. 진도가 잘 안 나가요. 우리하고 문화적 차이가 커서 그런지……."

문화적 차이라……. 나는 호기심에 이야기를 이어갔다.

"잠깐 줘볼래요?"

두둘레 씨에게 받아든 책은 내가 가지고 있는 책들 하곤 또 다른 번역본이었다. 아예 제목부터 달랐다. 〈이인〉. 나는 서서 몇 장을 들춰 보았다.

> 에파뇰 종인 개는 피부병을 앓고 있었는데, 내 짐작으로는 습진이었다. 습진 때문에 털이 거의 다 빠져서 온통 누런 반점과 딱지투성이였다. 개와 함께 조그만 방에서 단둘이 살다 보니, 살라마노 영감은 개를 닮고야 말았다. 영감의 얼굴에는 불그스레한 반점들이 있고, 수염은 노랗고 듬성듬성했다. 한편, 개는 주인의 구부정한 자세를 닮아서 주둥이와 모가지를 앞으로 삐죽 내밀고 있었다. 둘이 같은 종족인 듯한데, 둘은 서로를 너무나 미워한다. (이*언 역)

이 문맥이 이런 내용이었던가? 우선 '에파뇰 종 개'라는 말이 너무 낯설었다. 앞서 김수영 교수의 '몽 피스'와 결을 같이 하는 것이다. 문득 김수영 교수도 이렇게 했을까 궁금해졌다. 사실 나는 지난 주 이후 번역을 안 하고 있었다. 힘이 들기도 했지만, 아무리 명분 있는 일이라 해도 역시 남의 번역을 두고 이러쿵저러쿵하는 일이 즐거울 수는 없었다. 그래서 의식적으로라도 차일피일 미루고 있었는데, 결국 다시 보게 된 것이다.

나는 책을 돌려주고는 내 방으로 들어와 김수영 교수의 〈이방인〉을 찾았다. 그리고 그 부분을 펼쳐 보았다.

'그 스패니얼 개는 내가 보기에 습진인 듯한 피부병 때문에 털이 거의 다 빠지고 온몸이 반점과 갈색의 딱지투성이가 되어 있다…….'

김수영 교수는 스패니얼로 옮기고 있었다. 그러나 역시 잘 읽히지 않는 것은 매한가지였다. 그런데 이게 이런 내용이었나 하는 생각이 들었다. 이 장면은 살라마노 영감과 스패니얼 개를 통해, 뫼르소와 어머니의 관계를 대비시켜 보여주고 있는 장이다. 그런데 이런 식의 번역에서 과연 독자는 그 느낌을 이해할 수 있을까? 독자들은 갑자기 등장한 '병든 개'와 '심술궂은 노인' 얘기에 의아해하지는 않을까? 이 부분은 원래 이런 내용이다.

그 스패니얼은 습진처럼 보이는 피부병 때문에 털이 거의 빠지고 온몸이 반점과 갈색 딱지투성이였다. 좁은 방 안에서 단둘이서만 살아온 때문인지 살라마노 영감은 끝내 그 개를 닮아 버렸다. 그는 얼굴에 불그스름한 검버섯이 폈고 노란 머리는 성겨졌다. 개 역시 주인의 구부정한 자세를 본받아 주둥이를 앞으로 내밀고 목을 빳빳하게 세우고 다녔다. 그들은 마치 동일종인 듯 보이면서도 서로를 미워했다. (졸역)

김수영 교수는 뒤를 이렇게 옮기고 있었다.

하루에 두 번씩, 11시와 오후 6시에 영감은 개를 데리고 산책을 나선다. 팔 년 전부터 그들은 한 번도 산책 코스를 바꾼 적이 없다. 언제나 리옹 거리에서 그들을 볼 수 있는데, 개가 늙은이를 끌고 가다가는 기어코 살라마노 영감의 발부리가 무엇에 걸려 버리고 만다. 그러면 영감은 개를 때리고 욕지거리를 하는 것이다. 개는 무서워서 설설 기며 끌려간다. 이번에는 영감이 개를 끌고 갈 차례다. 개가 그것을 잊어버리고 다시금 앞서서 주인을 끌어당기면 또 매를 맞고 욕을 먹는다. 그때는 둘이 멈춰 서서, 개는 공포에 떨며, 주인은 미움에 떨며 서로를 노려본다. 매일처럼 그 모양이다. 개가 오줌을 싸고 싶어 해도, 영감은 그럴 시간을 주지 않고 끌어당기니까, 스패니얼 개는 오줌 방울을 찔끔찔끔 흘리면서 따라간다. 어쩌다가 개가 방 안에서 오줌을 싸면 또 매를 맞는다. 그렇게 지낸 것이 팔 년째다. 셀레스트는 늘 '가엾다'고 말하지만 사실인즉 아무도 알 수가 없는 일이다. (김수영 역 p.35)

그제서야 나는 이 낯선 느낌이 왜 그런지 알 것 같았다. 나는 이미 이 대목을 번역해둔 마당이었던 것이다. 원문은 이렇게 되어 있었다.

Deux fois par jour, à onze heures et à six heures, le vieux mène son chien promener. Depuis huit ans, ils n'ont pas changé leur itinéraire. On peut les voir le long de la rue de Lyon, le chien tirant l'homme jusqu'à ce que le vieux Salamano bute. Il bat son chien alors et il l'insulte. Le chien rampe de frayeur et se laisse traîner. À ce moment, c'est au vieux de le tirer. Quand le chien a oublié, il entraîne de nouveau son maître et il est de nouveau battu et insulté. Alors, ils restent tous les deux sur le trottoir et ils se regardent, le chien avec terreur, l'homme avec haine. C'est ainsi tous les jours. Quand le chien veut uriner, le vieux ne lui en laisse pas le temps et il le tire, l'épagneul semant derrière lui une traînée de petites gouttes. Si par hasard le chien fait dans la chambre, alors il est encore battu. Il y a huit ans que cela dure. Céleste dit toujours que « c'est malheureux », mais au fond, personne ne peut savoir. (원서 p.44)

Twice a day, at eleven and six, the old man takes the dog out for a walk. They haven't changed their route in eight years. You can see them in the rue de Lyon, the dog pulling the man along until old Salamano stumbles. Then he beats the dog and swears at it. The dog cowers and trails behind. Then it's the old man who pulls the dog. Once the dog has forgotten, it starts dragging its master along again, and again gets beaten and sworn at. Then they both stand there on the sidewalk and stare at each other, the dog in terror, the man in hatred. It's the same thing every day. When the dog wants to urinate, the old man won't give him enough time and yanks at him, so that the spaniel leaves behind a trail of little drops. If the dog has an accident in the room, it gets beaten again. This has been going on for eight years. Céleste is always saying, "It's pitiful," but really, who's to say? (Matthew Ward 역 p.27)

오전 11시와 오후 6시, 하루 두 번씩 영감은 개를 산책시켰다. 8년 전부터 산책 코스가 바뀐 적은 한 번도 없었다. 리옹 가를 따라 걷는 그들을 볼 수 있었는데, 개가 끌어당기는 통에 영감은 끈에 발이 걸려 넘어질 뻔하기도 했다. 그럴 때마다 그는 개를 때리며 욕설을 퍼붓곤 했다. 그러면 개는 무서워서 설설 기며 끌려갔다. 그때부터는 영감이 개를 끌고 갈 차례인데, 개가 조금 전 일을 까맣게 잊고 다시 제 주인을 끌어당기면 또 매를 맞고 욕설을 들었다. 그때는 둘이 다 보도에 멈춰 서서 개는 공포에 떨고 주인은 증오에 떨면서 서로를 응시하는 것이었다. 매번 그 모양이었다. 오줌을 싸고 싶어도 영감은 그럴 시간을 주지 않고 끌어당기니까 스패니얼은 오줌 방울을 질금거리며 따라갈 수밖에 없었다. 그러다 방 안에서 오줌을 싸게 되면 또 매를 맞았다. 그렇게 지낸 것이 8년째였다. 셀레스트는 늘 "불행한 일이야"라고 말했지만, 실제 속사정은 누구도 모르는 일이었다. (졸역)

지금 작가는 살라마노 영감과 그가 기르는 개와의 관계를 통해, 뫼르소와 어머니의 관계를 대비시켜 보여주고 있다. 거기엔 애증이 동반되고 있다. 사랑과 미움 말이다. 그런데 보다시피 번역된 문장에는 증오만 남아 있을 뿐이다. 왜 이런 번역이 된 것일까. 여기서는 무엇보다 역자가 인간과 반려견의 관계에 대해 잘 모르고 있었다는 사실을 확인할 수 있다.

역자는 첫째 줄, Deux fois par jour, à onze heures et à six heures, le vieux mène son chien promener.를 '하루에 두 번씩, 11시와 오후 6시에 영감은 개를 데리고 산책을 나선다'로 번역했다. 아마 이 문장을 떼어놓고 보면 어디가 틀렸다는 것인지 알 수가 없다. 그러나 이것을 작품 속에 넣고 보면 여기서는 영감이 '개를 데리고 산책을 나서'는 게 아니고 '개를 산책시키'는 것이라는 사실을 알 수 있다(mène가 타동사다).

무슨 소리인가 하면, 집 안에서 개를 키워본 사람만 알 수 있는 게 한 가지 있다. 하루에 두 번, 개를 '산책시키는' 일은 보통 정성으로 할 수 있는 일이 아니다. 카뮈는 지금 노인이 그 일을 하루도 빠짐없이 8년 동안 했다는 걸 말하고 있는 것이다. 어른이 아이를 키우듯, 와중에 부모 자식처럼 미워도 하고 싸우기도 하면서. 그러한 맥락을 이해하지 못하고 번역을 하면 정작 '고르고 다듬은' 작가의 의도는 사라지고 저렇듯 증오심만 남는 팍팍하기만 한 문장만 남게 되는 것이다.

맨 밑줄의 번역을 봐도 이 작품에 대한 역자들의 몰이해를 확인할 수 있다.

그렇게 지낸 것이 팔 년째다. 셀레스트는 늘 '가엾다'고 말하지

만 사실인즉 아무도 알 수가 없는 일이다. (김수영 역)

Il y a huit ans que cela dure. Céleste dit toujours que « c'est malheureux », mais au fond, personne ne peut savoir. (원서)

여기서 c'est malheureux는 '가엾다'가 아니라 '불행한 일'이다.

우리말에서 '불행하다'와 '가엾다'는 완전히 다른 말이다. 그럼 '가엾다'가 맞을 수도 있고, '불행하다'가 틀릴 수도 있지 않은가 의심스러울 수도 있을 것이다. 그러나 그러한 오해를 피하기 위해서인지도 모르겠지만, 작가는 저 똑같은 말을 여러 곳에 배치해두었다. 이 소설에서 저 말은 그저 단순한 말이 아니라는 뜻이기도 하다.

무엇보다 저 말은 이후 셀레스트의 법정 증언에서 집약되어 쓰이는데, 그 자리에서 그는 이렇게 말한다.

« Pour moi, c'est un malheur. Un malheur, tout le monde sait ce que c'est. Ça vous laisse sans défense. Eh bien ! pour moi c'est un malheur. » (원서 p.140)

"제 생각에 그건 불행입니다. 모든 사람들이 불행이 어떤 것이라는 것은 잘 알고 있습니다. 그것은 막을 수 없는 것입니다. 그

렇습니다! 제 생각에 그것은 불행입니다." (졸역)

셀레스트가 앞서 한 저 말, '불행한 일'은 곧 훗날의 이 말을 위한 복선이었던 것이다(김수영은 여기서 불운이라고 옮기고 있다. 전체 문장은 완전히 다른 맥락으로 오해하고 번역하고 있지만…….)

또한 이 말은 소설 〈이방인〉을 집약적으로 보여주는 본문 속의 저 유명한 문장에도 그대로 쓰이고 있음을 확인할 수 있다.

Et c'était comme quatre coups brefs que je frappais sur la porte du malheur. (원서 p.93)

그것은 불행의 문을 두드리는 네 번의 짧은 노크 같은 것이었다. (졸역)

이 멋진 문장에 대해서는 김수영 교수나 영역자 매슈 워드 역시 malheur를 '불행'으로 번역한 것을 확인할 수 있었다.

And it was like knocking four quick times on the door of unhappiness. (Matthew Ward 역 p.59)

그것은 마치, 내가 불행의 문을 두드리는 네 번의 짧은 노크 소리와도 같은 것이었다. (김수영 역 p. 70)

이렇게 〈이방인〉에서 malheur의 쓰임에 대해 비교해 살펴보니 흥미로운 사실이 눈에 들어왔다.

매슈 워드 역시, 카뮈가 일관되게 쓰고 있는 저 malheur를 김수영처럼 그때그때 자기 입맛에 맞게 의역하고 있었다. 그는 "c'est malheureux"를 처음에는 "It's pitiful,"로 김수영처럼 '가엾다'고 옮기고는 셀레스트의 법정 증언에서는 다시 이렇게 옮긴다.

> "The way I see it, it's bad luck. Everybody knows what bad luck is. It leaves you defenseless. And there it is! The way I see it, it's bad luck." (Matthew Ward 역 p.92)

malheur를 'bad luck'이라고 옮기고 있는 걸 볼 수 있다. 앞선 unhappiness와는 또 다른 의미인 것이다.

정리하자면, 매슈 워드 역시 카뮈가 쓴 malheur를 pitiful-unhappiness-bad luck으로 그때그때 상황에 따라 다르게 번역해놓고 있는 것이다.

그의 〈이방인〉 번역판은 미국에서 가장 신뢰받는 번역서 가운데 하나이다. 그럼에도 저런 정도인 것이다.

그러고 나자 불문 소설을 영문판에 기대 번역하면 큰 사달

이 날 수 있겠구나, 하는 생각이 문득 들었다. 번역을 나처럼 생각하는 사람은 세계적으로 나 혼자뿐이 없는 것은 아닐까? 하는 엉뚱한 생각도 함께.

아무튼 한글날과 주말 연휴를 보내는 동안, 가능한 한 무시하려 했던 〈이방인〉인데, 결국 또 이렇게 보게 된 것이다. 어찌되었건 벌여놓은 일이니 적당한 역자가 나설 때까지 연재를 이어가야 하겠지만, 여기에 빼앗기는 시간이 너무 많았다.

고민 끝에 퇴근 무렵 강팀을 불러 속내를 털어놓았다. 그러자 강팀이 주저하면서 직원을 한 명 뽑아보는 게 어떻겠느냐는 의견을 내놓았다.

직원 채용이라고……? 정말 뛰어난 불어 실력자가 응시해준다면 좋은 일이겠지만…….

조금은 회의적이었지만 생각해보자고 하고 자리를 마무리지었다.

내가 7시가 다 되어 회사를 나서는데, 편집부 쪽이 수선스러웠다. 늦어도 6시 반이면 퇴근을 하도록 하고 있는데 아직 남아들 있는 모양이었다. 무슨 일인가 궁금했지만 그냥 문을 나섰다.

10.15.

« Tu m'as manqué, tu m'as manqué. Je vais t'apprendre à me manquer. » (원서 p.57)

이게 도대체 무슨 뜻일까? 사실 나는 번역 도중 이 문장에 막혀 지난 주말 내내 한 줄도 앞으로 나갈 수 없었다.

영문판을 들여다봐도 도저히 알 수가 없었다.

"You used me, you used me. I'll teach you to use me." (Matthew Ward 역 p.35)

나는 아마 유진을 비롯해 내가 아는, 이 문장을 알 만한 모든 이에게 문자를 날리거나 전화를 한 것 같다. 후배인 불문학 교수는 물론, 영어책을 수십 권 낸 베스트셀러 저자인 선배에게까지. 그러나 마땅한 답은 돌아오지 않았다. 물론 내가 번역을 하는 중에 막혔다는 말을 할 수는 없었다. 그냥 읽던 원고 중에 궁금한 게 있어서 그런다고 얼버무렸다. 오랜만에 연락을 해서 뜬금없이 불어(혹은 영어) 문장에 대해 물었으니 대부분 황당해했지만, 그만큼 나는 절실했던 것이다. '앞뒤 맥락을 알아야지, 뜬금없이 그 문장만으로는 알 수 없지 않냐'고 되묻는 이들에게는 친절하게 앞뒤도 설명하고 문장도 찍어 보냈지만 누구로부터도 명쾌한 답을 얻지 못했다.

다른 역자들은 어떻게 번역했는지 궁금해서 살펴보기도 했다.

> 네년이 날 골려 먹으려 했겠다. 나를 골려 먹으면 어떻게 되는지 가르쳐 주지. (김수영)
>
> 니가 날 우습게 봤어. 니가 날 우습게 봤어. 내 생각이 간절하도록 만들어 주지. (이*언)
>
> 네가 나를 속여? 나를 배신해? 앞으로 날 속이면 어떻게 되는지 본보기를 보여주지. (김*령)
>
> 네가 날 골탕 먹였어. 네가 날 골탕 먹였다고. 골탕 먹이는 게 뭔지 내가 제대로 가르쳐주지. (최*철)

모두가 달랐지만, 내가 보기에 또한 어느 것도 맞는 것 같지 않았다. 모두가 앞뒤 맥락과 연결이 되지 않았던 것이다. 도대체 여기서 manqué와 manquer의 뜻이 뭘까? 골려먹었다. '우습게봤다. 속였다'고? 설상가상 영역자는 'used me'라고 번역했다. '이용했다/사용했다'고? 설사 앞 문장은 그렇게 옮길 수 있다고 해도 그럼 뒤 문장과 호응하지 않는 것이었다. 도대체 이게 무슨 뜻일까? 이 문장이 해결되지 않고서는 결코 다음이 이어질 수 없는 것이었다.

내가 이 문장을 두고 얼마나 고민했는가 하면, 급기야 그 카뮈라는 자에게 물어봐야겠다는 데까지 생각이 미쳤다. 지난번에 답은 없었지만('당신 누구냐?'라고 장난처럼 물은 것이었으니 당연히 답이 없었겠지만) 메일이 송신되었던 것을 기억하고는 '다음'에 접속했다. 좀 황당한 생각이 들어서 길게는 쓰지 않고 짧게 물었다.

> 안녕하셨습니까? 이윤입니다. 이번 회에 도저히 이해할 수 없는 문장을 만났습니다.
>
> « Tu m'as manqué, tu m'as manqué. Je vais t'apprendre à me manquer. »
>
> 정말 님이 카뮈시라면 답을 주실 수 있겠는지요?

긴장된 손으로 '보내기' 버튼을 누르자, 메일은 거짓말처럼 휘익 사라졌다. 성공적으로 메일이 보내졌다는 아주 평범한 문구가 오히려 난생처음 보는 외래어처럼 낯설게 느껴질 지경이었다.

다시 한 번 메일이 알 수 없는 어느 곳인가로 날아갔다는 것을 확인한 뒤 나는 심호흡을 했다. 그러고 나자 나는 다시 거짓말처럼 뒤를 번역해갈 마음이 들기 시작했다. 혹시라도 카뮈라는 자로부터 답이 온다면, 그때까지 더 물을 게 있으면 준비해야겠다는 생각에 조바심이 났던 것이다. 나는 수시로 메일을 확인하면서도 그 어느 때보다 번역에 집중할 수 있었다.

그런데 정말 놀라운 일이 벌어졌다.

마침내 어제 새벽 답 메일이 온 것이다. 그러나 그 대답은 실망스러운 것이었다.

저는 이미 그에 대한 답을 다 드렸습니다. 더 이상 저와 연결되지 않을 것입니다. 필요한 경우 제가 연락드리겠습니다.

_A. 카뮈

이건 또 무슨 소리인가?

나는 놀라서 이전에 그로부터 온 편지를 모두 살펴보았다. 그러나 역시 그에 대한 답은 당연히 없었다. 언제 내게 manqué에 대해 설명했단 말인가? 역시 장난 편지였던가? 여러 생각이 들었다.

나는 다시 한 번 그가 보내온 편지를 세심히 살폈다. 이미 '다' 주었다고 하는 것은 꼭 짚어 하나의 문장이라고 할 수는 없었다. 그렇다면 딱히 연관시킬 수 있는 말이라면…….

이윤 씨는 그냥 몸과 마음이 가는 대로 쓰고 행동하시면 됩니다. 그게 길이 되고 답이 될 것입니다.

그가 말하는 '답'이라는 것이 이걸 말하는 걸까? 별수 없이 나는 그 부분을 내 방식대로 번역하고(나는 일단 manqué를 농락하다라는 뜻으로 보고 '너는 나를 농락했어, 농락했다구. 나를 농락했다는 걸 깨닫게 해주지'라고 옮겼다) 한 회분을 끝마쳤다.

강팀이 오늘 글을 보더니 내 글이 너무 공격적인 것 같다는 지적을 해왔다. 그게 뭐 중요할까 싶었지만, '보론'의 서술어를 경어체로 바꾸어보니 한결 나아 보이긴 했다. 본질은 달라진 게 없는데……. 글이라는 게 참 묘한 것이다.

〈보론〉

먼저 여자의 날카로운 목소리가 들리더니 레몽이, "네년이 나를 골려 먹으려고 했겠다. 나를 골려 먹으면 어떻게 되는지 가르쳐 주지." 했다. 이어서 퍽퍽 소리가 나고 여자가 비명을 지른 것인데, 그 비명이 어찌나 날카로운지 층계참에는 곧 사람들이 가

듯 모여들었다. (김수영 역 p.45)

On a d'abord entendu une voix aiguë de femme et puis Raymond qui disait : « Tu m'as manqué, tu m'as manqué. Je vais t'apprendre à me manquer. » Quelques bruits sourds et la femme a hurlé, mais de si terrible façon qu'immédiatement le palier s'est empli de monde. (원서 pp.57-58)

First we heard a woman's shrill voice and then Raymond saying, "You used me, you used me. I'll teach you to use me." There were some thuds and the woman screamed, but in such a terrifying way that the landing immediately filled with people. (Matthew Ward 역 pp.35-36)

Quelques bruits sourds(몇 번의 둔탁한 소리)를 김수영 교수는 저렇듯 '이어서 퍽퍽 소리가 나고'로 의역하고 있습니다. 저 둔탁한 소리가 무슨 소리인지는 원문을 보곤 알 수 없지만, 적어도 저렇듯 역자 마음대로 여자를 때리는 소리라고 지레짐작하고 '퍽퍽'이라고 옮길 말은 아닌 것 같습니다.
무엇보다 밑줄 친 « Tu m'as manqué, tu m'as manqué. Je vais

t'apprendre à me manquer. »를 보면 얼마나 의역이 심한지를 알 수 있습니다. 이 문장을 보다시피 김수영 교수는, "네년이 나를 골려 먹으려고 했겠다. 나를 골려 먹으면 어떻게 되는지 가르쳐 주지."라고 옮겨두었습니다. Tu가 갑자기 '네년'이 된 것입니다.

한번 보십시오. 위 문장은 뫼르소가 써준 편지를 받고 집에 온 여자에게 레몽이 하는 말을 벽 너머에 있는 뫼르소가 듣게 되는 대목입니다. 이러저러한 사정은 다 버려두고 우선 위의 저 말이 풍기는 뉘앙스가 어떤가요? 보다시피 악랄하고 파렴치하기가 이를 데 없습니다. 만약 레몽이 저런 식으로 욕설을 하고 있고, 그걸 듣고 모른 체하는 뫼르소라면 둘은 똑같은 사람이 될 것입니다. 지금으로서는 저게 무슨 소리인지 정확히 모르겠지만, 뫼르소가 특별한 반응을 보이고 있지 않다는 점에서 그 말은 뫼르소 역시 알고 있는 내용이었다는 것만은 미루어 짐작할 수 있습니다.

아무튼 역자인 김수영 교수는 지금 그 말을 하는 화자의 어투는 딱 저래야만 한다고 여기고 있는 것입니다. 뭔가 치사하고 악랄해 보이게……. 그래서 역자는 화자가 하는 말마다 위에서처럼 원문에는 있지도 않은 욕설을 '친절하게' 붙이고 있는 것입니다. 모든 권위와 선입관을 버리고 일단 문장을 보십시오. 저기 어디에 '네년'이라는 말이 있단 말입니까.
어투를 통해 그 사람의 성격이며 배경 등을 드러내는 것은 소설의 기본입니다. 역자는 아마 그런 상식에 충실하려 했던 모양입니다. 그러나 문제는 화자가 원래 그런 사람이 아니라는 데 있습니다.
카뮈 〈이방인〉의 레몽은, 이 장에서도 확인되는바, 조금 거칠고 허세가 심하지만, 자신을 속인 여자를 벌하고 나서 불편한 마음에 친구를 찾아와 침묵할 줄도 알고, 개를 잃어버린 살라마노 노인을 나름 위로할 줄도 아는 성격의 소유자입니다. 이 사태가 있기 전, 그가 여자를 '처음으로' 때린 것은 분명하지만, 여기서는 먼저 따귀를 맞은 것이 그이고, 그에 앞서 정말 저렇듯 무지막지한 폭력이 행사되었는지도 확실치 않은 상황입니다.
선입관을 버리고 문장 그대로만 보면, 벽 너머에서 여자가 소리를 지른 것은, 앞서 레몽이 뫼르소에게 설명한 것처럼 그 여자의 버릇이었던 것입니다. 소리는 요란했지만, 여자의 비명 소리에 사람들이 모여들고 경찰이 와서 문이 열렸을 때, 달려 나온 여자의 상태에서도 짐작할 수 있습니다. 여자는 다만 달려와 "저 사람이 나를 때렸어요, 저 사람은 포주예요"라고 말했을 뿐입니다. 그건 그냥 '언사'였을 뿐입니다. 문장 어디에도 심하게 매 맞은 여자의 상태는 전혀 언급되지 않고 있습니다. 한마디로 이 상황은 이 소설 전체를 관통하고 있는 주제인, 단지 '그랬다'는 '말'이 전부인 것입니다.
카뮈가 이 장면에서 보여주고 싶었던 것은 결코 레몽의 폭력성이 아니었던 것입니다. 오히려 일방적으로 여자의 말만 듣는 경찰에게 야유를 보내고, 친구(뫼르소) 앞에서 '남자'다운 모습을 보이고 싶어 하는 '레몽'의 어설픈 모습이었던 것입니다. 그래서 경찰 앞에서 레몽이 여자에게 마지막으로 하는 말을 주의해 살펴볼 필요가 있습니다.

« Attends, petite, on se retrouvera. »

레몽이 여자에게 한 이 말, 이것을 김수영 교수는 "두고 봐, 요년아. 다시 만날 날이 있을 테니"라고 옮기고 있습니다. 역시 요년petite이라는 비속어를 쓰고 있습니다. 영역자는, You just wait, sweetheart– we're not through yet으로 옮기고 있습니다. sweetheart 역시 '요년'이라고 불릴 어떠한 근거도 없습니다.
지금 이 상황은 어찌 되었건 그녀와 섹스하고 싶다고 말하고, 그녀를 불러 바로 마지막 순간에 침을 뱉어 쫓아내버리는 것으로 복수하겠다던 레몽의 계획이 오히려 자신이 따귀를 먼저 맞으면서 꼬여버렸고, 급기야 경찰이 오고 한바탕 소란이 있은 뒤 뫼르소를 비롯해 많은 이들 앞에서 여자에게 하는 말입니다. 저렇게 되면, 경찰 앞에서 '협박' 아닌 협박을 하고 있는 셈이 되니 그조차 말이 안 되는 것입니다.

조금 다른 방향으로 살펴보겠습니다.

무엇보다 뫼르소는 대단히 이성적인 인물입니다. 그런 뫼르소의 눈에 레몽의 여러 행위가 '소문'처럼 상식 밖이었다면, 뫼르소는 결코 '그녀'에 관한 이야기를 듣고, 편지를 써달라는 그의 부탁을 들어주었을 리가 만무한 것입니다. 더군다나 친구가 되기로 하고 같이 나가 당구를 치고, 술을 마시고, '여자' 이야기도 하면서 '좋은 기분'이었다고 독백할 리는 더더군다나 없었던 것입니다(그럼에도 기존의 번역서는 이 모든 상황들을 한 부조리한 인물의 '실존적' 행위처럼 번역해버렸던 것입니다).

뫼르소는 누구보다 이 모든 상황을 '소문'에 의해서가 아니라 그 중심에서 실체적 진실을 파악하고 있었기에, 옆에서 마리가 그 '소리만 듣고' 끔찍하다며 경찰을 부르라고 하지만 대꾸도 하지 않았습니다. 뫼르소는 적어도 레몽이 그렇게 위험한 인물이 아님을 이미 알고 있었던 것입니다. 오히려 뫼르소에게 레몽은 소문과 외모 등과 달리 자기 자신처럼 거짓말을 할 줄 모르는 사람이었던 것입니다.

그래서 마지막에 법정에서 재판관이 뫼르소에게 레몽이 당신의 친구냐고 묻자, 자신에게 불리할 줄 알면서도 '그렇다'고 대답하고, 마지막에 이와 같이 독백하는 것입니다.

Qu'importait que Raymond fût mon copain autant que Céleste qui valait mieux que lui? (원서 p.182)

What did it matter that Raymond was as much my friend as Céleste, who was worth a lot more than him? (Matthew Ward 역 p.121)

"레몽이 그보다 훨씬 나은 셀레스트와 똑같이 나의 친구라는 게 뭐가 그리 중요하단 말인가?" (졸역)

이렇듯 소설은 앞뒤 문맥이 맞아야 합니다. 그래서 '이야기'라는 것이고, 그래야 읽히는 것이지요. 한 줄의 문장이 그러할진대, 앞뒤가 통째로 설명이 안 되는 이것을 결코 대단한 소설이라고 할 수는 없는 것이겠지요.

나는 '보론' 말미에 다른 분들의 번역도 함께 실었다. 각기 다른 세 사람의 번역을 통해 소설 속 인물에 대한 역자의 이해

관계에 따라 번역이 어떤 차이를 가져왔는지 보여주기 위해서였다. 그만큼 이 소설에서 레몽이 차지하는 비중이 크기도 해서였다.

10.16.

오전회의에서 다른 직원들의 의견을 물은 뒤, 편집장에게 직원모집 공고를 준비하라고 지시했다. 새로운 사람을 들이는 일은 정말 신중을 기해야 할 터이지만, 강팀 말대로 확실히 손이 필요하긴 했다. 이왕 채용 공고를 내는 마당이니, 마케터도 함께 뽑기로 했다.

편집장이 문구를 만들어 가지고 왔다. 기획편집자에 괄호를 넣어 '불어 능력자 우대'라고 되어 있었다. 나는 내용을 검토한 뒤 OK 사인을 냈다. 이제 북에디터, 출판영업인협의회, 리크루트 등에 공고가 나갈 것이다. 좋은 사람이 같이해야 할 텐데…….

오후 늦게 강팀이 폰을 해왔다.

"어제 글에 막 달린 댓글 보셨어요?"

"아니요. 뭐죠?"

"어제 언급한 역자 가운데 한 분이 출판사를 통해 의견을 보내온 모양이에요. 어떻게 할까요?"

"한번 볼게요."

블로그에 들어가 보자 여러 댓글 가운데 강팀이 말한 글이 눈에 들어왔다.

「M출판사 편집부입니다. 〈이방인〉의 문장을 언급한 부분에 대해, 역자님의 답변을 그대로 전달하겠습니다. 참조하시기 바랍니다. 원문은 이렇습니다.

« Tu m'as manqué, tu m'as manqué. Je vais t'apprendre à me manquer. »

manquer 동사에는 여러 가지 용법이 있는데, 간접타동사 manquer à qn의 의미는 '……를 우습게 보다/소홀히 대하다'이고, 자동사 manquer에는 'Tu me manques(네가 그립다/네가 보고 싶다)'에서처럼 '몹시 그립다, 보고 싶다, 간절하게 생각나다'라는 의미가 있습니다. 카뮈가 두 가지 용법을 써서 일종의 말놀이를 한 것인데, 앞의 'Tu m'as manqué'는 간접타동사이고, 뒤의 'Je vais t'apprendre à me manquer'는 자동사로 쓴 것입니다.

가전제품 사용설명서 번역이라면 모르되, 문학작품의 번역은 번역가의 주관적인 작품 해석을 거쳐 나올 수밖에 없습니다. 그러므로 문학작품에서는 여러 번역본이 각기 의미 있게 존재할 수 있다고 생각합니다. 수비니겨출판사의 판본도 그 여러 번역본 중에 하나로 의미 있게 출간되기를 바랍니다. 카뮈의 《이인(혹은 이방인)》에 관한 한 '제대로 된 번역서'는 이미 존재한다고 생각합니다.」

도대체 무슨 소리지? 나는 몇 번을 되풀이 읽어도 이분이 여기서 하고자 하는 말의 의미를 이해하기 힘들었다. 여기에서 굳이 간접타동사, 자동사를 끌어와 설명하는 것도 그랬지만, Tu m'as manqué.가 카뮈의 말장난이라고……? 그런데 '그립다'라고……?

역자야 그럴 수 있다 치고, 그걸 그대로 가져다 옮기면서 어렵게 제기하고 있는 오역 문제에 대해 실드를 치고 있는 것 같은 편집자도 이해하기 힘들었다. 하고 싶은 말은 많았지만, 일단 위의 의견에 반응하지 않기로 했다. 무엇보다 manquer에 대한 내 해석 역시 마음에 들지 않았기 때문이기도 했다.

시원스레 설명해줄 수 없는 내 불어 실력이 원망스러웠고, 답답하기도 했으며, 그 밑에 비아냥거리는 말도 거슬렸지만 결국 강팀에게조차 아무 말 않고 회사를 나와버렸다.

10.18.

밖으로는 꿋꿋한 척했지만 처음으로 해보는 불어 번역이니 보통 힘든 게 아니다. 더군다나 남의 번역에 대해 왈가왈부하는 일이니. 솔직히 말하자면 하루에도 몇 번씩 그만두고 싶은 마음이 솟구쳤다. 이쯤 하면 누군가 나서도 나서지 않겠는가 싶었던 내 예상은 보기 좋게 빗나갔다. 결과적으로 이러한 지경까지 몰고 온 것은 내 잘못이 가장 클 것이다. 어제는 정말이지 이 일을 더 이상 하고 싶지 않아, 강팀에게 불문 번역할 사람이 그렇게 없냐고 괜한 짜증을 내고, 다시 찾아보라고 재촉했다. 직원모집 공고에는 이틀 만에 수십 통씩의 이력서가 쌓였다는데, 잘못된 번역을 바로잡자고 역자를 찾는 데 응하는 사람이 한 명도 없다니, 우리 불문학계가 원래 이렇게 좁은 건가? 그런 생각도 했다.

나는 오후 늦게 당일분 연재를 올렸다.

그때 내가 하품을 하자 노인은 가겠노라고 말했다. 나는 좀 더 있어도 괜찮다고 말하고 개가 그렇게 된 것을 딱하게 생각한다고 했더니, 그는 고맙다고 했다. 그리고 엄마가 그 개를 몹시 귀여워했다고 말했다. 엄마 이야기를 하면서 그는 '가엾은 자당님'이라고 말했다. 엄마가 죽은 뒤 필시 내가 매우 상심하고 있을 것이라는 추측을 말했지만, 나는 아무런 대답도 하지 않았다. 그러자 그는 빠른 어조로 어색한 낯을 보이며, 어머니를 양로원에 넣었다고 동네에서 나를 좋지 않게 생각하고 있다는 것을 알지만, 그는 내가 어떤 사람인지 잘 알며, 내가 엄마를 퍽 사랑했다는 것을 알고 있노라고 말했다. 지금도 여전히 그 까닭을 알 수 없지만, 나는 엄마 때문에 내가 악평을 받고 있다는 것을 그때까지 전혀 모르고 있었으며 나에게는 엄마를 돌볼 사람을 둘 만한 돈이 없었으므로 양로원에 넣는 것이 마땅한 처사로 생각되었던 것이라고 대답했다. "게다가 엄마는 오래전부터 내게 할 말도 없어서 외롭고 적적해했는걸요." 하고 덧붙였더니 그는, "그럼요, 양로원에선 친구라도 생기지요." 하고 말했다. 그리고 그는 자리에서 일어섰다. 그만 가서 자려는 것이었다. 이제 그의 생활이 바뀌게 됐는데, 앞으로 어떻게 해야 좋을지 알 수가 없다는 것이었다. 그와 알게 된 이래 처음으로 그는 슬그머니 나에게로 손을 내밀었다. 내 손에 그의 피부의 비늘같이 거슬거슬한 부분이 느껴졌다. 그는 약간 웃어 보이고 방을 나서려다가 말했다. "오늘 밤은 제발 개들이 짖지 말았으면 좋으련만. 내 개가 아닌가 하는 생각이 자꾸 들어서요." (김수영 역 pp.55-56)

À ce moment, j'ai bâillé et le vieux m'a annoncé qu'il allait partir. Je lui ai dit qu'il pouvait rester, et que j'étais ennuyé de ce qui était arrivé à son chien : il m'a remercié. Il m'a dit que maman aimait beaucoup son chien. En parlant d'elle, il l'appelait « votre pauvre mère ». Il a émis la supposition que je devais être bien malheureux depuis que maman était morte et je n'ai rien répondu. Il m'a dit alors, très vite et avec un air gêné, qu'il savait que dans le quartier on m'avait mal jugé parce que j'avais mis ma mère à l'asile, mais il me connaissait et il savait que j'aimais beaucoup maman. J'ai répondu, je ne sais pas encore pourquoi, que j'ignorais jusqu'ici qu'on me jugeât mal à cet égard, mais que l'asile m'avait paru une chose naturelle puisque je n'avais pas assez d'argent pour faire garder maman. « D'ailleurs, ai-je ajouté, il y avait longtemps qu'elle n'avait rien à me dire et qu'elle s'ennuyait toute seule. — Oui, m'a-t-il dit, et à l'asile, du moins, on se fait des camarades. » Puis il s'est excusé. Il voulait dormir. Sa vie avait changé maintenant et il ne savait pas trop ce qu'il allait faire. Pour la première fois depuis que je le connaissais, d'un geste furtif, il m'a tendu la main et j'ai senti les écailles de sa peau. Il a souri un peu et avant de partir. il m'a dit : « J'espère que les chiens n'aboieront pas cette nuit. Je crois toujours que c'est le mien. » (원서 p.73-74)

원본을 대조해 보고 있는 독자라면 앞의 번역이 첫 문장부터 상당한 의역과 윤문이 행해진 것을 한눈에 알 수 있을 것입니다. 다음 문장을 보십시오.

En parlant d'elle, il l'appelait « votre pauvre mère »

김수영 교수는 이것을 "엄마 이야기를 하면서 그는 '가엾은 자당님'이라고 말했다."라고 옮겨두었습니다. 보다시피 문장 속에 '엄마'라는 말은 나오지 않습니다. 오역이라는 이야기가 아니라, 여기서만큼은 d'elle를 '엄마'라고 해서는 안 되는 이유가 있습니다. 바로 뒤에 mère(어머니)가 있기 때문이기도 하지만, 이 소설에서 엄마와 어머니의 뉘앙스가 얼마나 중요한지에 대해서는 연재 첫 회에 충분히 설명드렸습니다(그에 대해서는 김수영 교수 자신조차 자신의 책 후기에 상세히 밝히고 있기도 합니다).
김수영 교수는 보다시피 mère를 앞에서는 '어머니'라 옮기고 여기서는 우리말 극존칭 '자당님'이라고 바꾸어 옮기고 있습니다. 그러고는 다시 바로 다음 문장, depuis que maman était morte는 '엄마가 죽은 뒤'라고 옮겨두고 있습니다. 굳이 저기서 어머니를 자당님이라고 쓸 정도로 언어가 지닌 특수성을 자연스럽게 여기신다면, 여기서 maman était morte도 '엄마가 죽고'가 아니라, '엄마가 돌아가시고'가 훨씬 자연스럽고 일관성 있다는 말씀을 드리는 것입니다(이런 이유 때문에 〈이방인〉의 첫 문장, maman était morte는 '엄마가 죽었다'가 아니라, '엄마가 돌아가셨다'가 옳은 번역일 수 있다는 말씀도 드린 것입니다).
그 뒤의 'malheureux'도 이 소설의 중요한 키워드라는 말씀도 드렸습니다. malheureux는 우리말로 '불행한'이라는 뜻으로 일관되게 옮겨져야 이 소설, 〈이방인〉이 사는 것입니다. 그러나 여기서도 김수영 교수는 단지 어머니의 죽음을 위로하는 사람의 입에서 나오는 평범한 말로 생각하고 저것을 '상심하다'로 해석하고 있습니다. 완전히 다른 이야기를 하고 있는 것입니다.
무엇보다 이 대목은 어떠한 격한 행동이나 말이 아니라 돌아가신 어머니를 추억하며 살라마노 영감과 뫼르소가 조용하고 차분하게 마음을 나누는 장면입니다. 그래서 이 장면은 기본적으로 따뜻한 인정이 느껴져야 하는 것입니다. 더불어 이 장면을 통해 카뮈는 어머니의 죽음을 대하는 '뫼르소'의 진정한 속내를 드러내 보이고 있습니다. 그런데 이 대목이 저와 같이 건조하게 의역됨으로써, 세상 사람들이 아니라 책을 읽는 독자들조차 뫼르소를 이해하기보다는 단순한 '냉혈한'으로 오해하게 되었던 것입니다.

그때 나는 하품을 했고, 노인이 이제 자기는 가보겠다고 말했다. 나는 좀 더 있어도 된다며, 그의 개에게 일어난 일은 유감이라고 말했다. 그는 내게 고마움을 표했다. 그는 엄마가 자기 개를 매우 좋아했다고 말했다. 그녀에 대해 말하면서 그는 "댁의 가엾은 어머니"라고 불렀다. 그는 엄마가 돌아가신 뒤 틀림없이 내가 매우 불행할 거라고 했지만, 나는 아무 대답도 하지 않았다. 그러자 그가 매우 빠르게 어색한 낯빛으로, 동네 사람들이 엄마를 양로원에 보낸 일로 나를 안 좋게 여기는 걸 알고 있지만, 자기는 나를 알고, 내가 어머니를 얼마나 사랑했는지 잘 안다고 말했다. 나는 아직도 왜 그랬는지 모르겠지만, 그 일로 사람들이 나를 안 좋게 여기고 있는지를 그때까지도 몰랐고, 엄마를 보살펴 드릴 돈을 충분히 가지고 있지 못했기에 양로원에 보내드리는 게 당연하다고 생각했다고 말했다. "게다가, 그분은 오래전부터 제게 전혀 아무 말도 하지 않으셨고 혼자서 지루해하셨습니다." 나는 덧붙였다. "그럼요." 그가 말했다. "적어도 양로원에서는 친구라도 사귈 수 있죠." 그러고는 이만 실례하겠다며 자러 가기를 원했다. 그의 생활은 이제 바뀌었고 어떻게 해나갈 것인지에 대해서는 썩 잘 알지 못했다. 그는 내가 그를 안 이후 처음으로 슬며시 손을 내밀었고, 나는 그의 까칠한 살갗을 느꼈다. 그는 살며시 미소를 지어 보이더니 떠나기 전에 말했다. "오늘 밤엔 개들이 짖지 않았으면 좋겠소. 나는 항상 그것이 내 개라는 생각이 드니 말이오." (졸역)

10. 21.

새로 식구가 될 만한 사람을 고르는 면접을 봤지만, 딱히 마음이 가는 사람이 없었다. 이야기를 나누어보니, 수비니겨출판사에 대해 아무런 사전 정보도 가지고 있지 않았다. 그냥 기계적으로 이력서와 자기소개서를 보낸 것이다. 기분이 별로 좋지 않았다. 편집장에게 신간 도서와 차비를 챙겨 주라고 하고 면접을 마쳤다. 그사이에도 새로운 이력서는 쌓였다.

10. 22

어제의 글에도 남의 번역을 두고 단어 하나하나에 대해 문제를 제기하는 것은 너무 심한 것 아니냐는 댓글이 달렸다. 과연 그럴까? 정말 나는 말도 안 되는 트집을 잡고 있는 것일까?

앞서의 살라마노 영감과 뫼르소와의 대화.

실상 이 장면은 〈이방인〉이라는 전체 이야기 구도 속에서 상당히 중요한 역할을 하고 있는 장이기도 하다.

'꼭 할 말이 아니면 하지 않는다는 점에서 내성적인' 뫼르소에게 똑같은 상황에서 무안 아닌 무안을 당한 사람이 이제 둘이 되는 것이다. 그 한 사람은 앞서 나온 양로원 원장으로, 그는 무안을 당한 뒤 그길로 침묵해서 뫼르소를 '냉혈한'으로 오해하게 되었고, 또 다른 한 사람, 살라마노 영감은 무안을 당해 어색한 중에도 오히려 주변 사람들이 그를 안 좋게 보고 있다는 말을 솔직히 털어놓고 대화를 이어감으로써 결국에 뫼르소를 이해하게 되었던 것이다(이 소설에서 이해하다comprends라는 단어의 중요성에 대해서는 앞서 충분히 설명했다).

> 그는 엄마가 돌아가신 뒤 틀림없이 내가 매우 불행할 거라고 했지만, 나는 아무 대답도 하지 않았다. 그러자 그가 매우 빠르게 어색한 낯빛으로, 동네 사람들이 엄마를 양로원에 보낸 일로 나를 안 좋게 여기는 걸 알고 있지만, 자기는 나를 알고, 내가 어머니를 얼마나 사랑했는지를 잘 안다고 말했다. (졸역)

말을 않고 그냥 오해해버린 사람(양로원 원장)과 어쨌든 말을 해서 상대를 이해한 사람(살라마노 영감), 그래서 이 둘은 이후 법정에서 피고인 뫼르소를 두고 180도 완전히 다른 증언을 하게 되고, 둘 중 사회적 지위가 있고, 언변이 뛰어난 자들에 의해 뫼르소는 단두대로 보내지게 되는 것이다.

카뮈는 여기서도 상대를 '이해'하지 못해 만들어내는 우리 사회의 엄청난 '부조리'에 대해 여전히, 줄기차게, 메시지를 던져나가고 있었던 것이다.

무엇보다 훌륭한 작가에게 한 문장 한 문장은 단순한 게 아니다. 단어 하나하나에는 정말이지 그에 합당한 이유가 있는 것이다. 거기, 바로 그 자리에, 왜 그 단어를 선택했는지에 대해서 작가는 언제나 설명할 준비가 되어 있다. 이것도 되고 저것도 될 수 있는 문장은 사실 하나도 없다는 이야기다. 독자에게 쉽고 편하게 읽히는 문장일수록 오히려 작가의 깊은 고뇌가 담겨 있다. 그러한 작가를 우리는 훌륭한 작가라고 하는 것이고, 그래서 카뮈를 위대하다 하고 세계인이 인정하는 것이다. 이것이 글쓰기의 기본인 것이다. 그 기본이 번역이라고 해서 바뀔 수는 없는 것이다.

그런데 이러한 번역을 대하는 우리의 인식은 어떠한가?

엊그제 한 편집자는 댓글을 통해, 자신의 출판사에서 〈이방인〉을 펴낸 번역자를 옹호하면서 내게 충고하듯 말했다.

"가전제품 사용설명서 번역이라면 모르되 문학작품의 번역은 번역가의 주관적인 작품 해석을 거쳐 나올 수밖에 없다. 그러므로 문학작품에서는 여러 번역본이 각기 의미 있게 존재할 수 있다고 생각한다. 카뮈의 〈이인(혹은 이방인)〉에 관한 한 '제대로 된 번역서'는 이미 존재한다고 생각한다."

그의 말대로 정말 '문학작품의 번역'이란 그런 것일까? 무엇보다 내가 놀란 것은, 그 밑에 달리는 댓글들과 실제로 이야기를 나누어본 내 주변의 사람들조차 번역에 대한 인식이 그의 생각과 크게 다르지 않았다는 사실이다.

도대체 어디서부터 잘못된 것일까? 아니, 그의 말대로 내가 편협하고 잘못된 것일까?

나는 이제 정말 힘에 부쳤다. 출판사의 동료 편집자들조차 이해시키지 못하는 내 번역과 설명이라면 분명히 나에게도 문제가 있을 수 있었다.

나는 그제서야 오히려 당사자인 김수영 교수에게 직접 메시지를 보내보면 어떨까 하는 생각이 들었다.

잘못된 것을 바로잡는 것은 오히려 타인보다 본인 스스로가 하는 게 훨씬 쉬운 일이고 빛나는 일이 아닐 터인가.

이제 고인이 된 '이윤기' 선생도 자신의 번역에 문제가 있다는 것을 지적받자 100% 인정하고 책을 거두어들인 뒤 다시 재번역을 해서 펴낸 일도 있지 않은가? 그때 독자들은 누구 하나

출판사나 번역자를 탓하지 않았고 오히려 그 용기에 박수를 보내지 않았던가.

나는 강팀에게도 말하지 않고 하루를 고민한 뒤, 마침내 연재란에 김수영 교수 앞으로 보내는 공개서한을 올렸다.

김수영 교수님께

어제는 산에서 내려오다 정몽준 씨를 만났습니다. 언제나 그렇듯 눈에 익은 벙거지모자 차림의 그분과 슬쩍 눈길만 교환한 채 스치듯 지나친 것이지만요. 제가 그분을 알 듯 그분도 저를 알는지는 모르겠습니다. 제 산행 코스는 북한산 평창동 입구에서 일선사(고은 시인이 지어준 이름이라고 합니다) 방향으로 오르다 머루교에서 돌아 내려오는 게 보통입니다. 운동 삼아 산을 오르내리다 보면 지역적 특성 때문인지, 알 만한 얼굴들을 가끔 만나게 됩니다. 탤런트 고두심 씨부터 정치인 문재인 씨까지(문재인 씨는 청와대 왕수석으로 불리던 당시 뵈었는데, 어느새 그분이 자신이 모시던 분을 보내고, 직접 대통령 선거까지 치르고 난 마당이니 시간이 참 빠르다는 걸 느낍니다). 아무튼 그렇듯 다양한 사람들과 자연스럽게 눈이 마주치기도 하는 것인데, 사람들은 쉽게 인사를 나누는 눈치지만 저는 그게 잘 되지 않습니다. "안녕하세요?" 한마디 하면 제 자신도 기분이 좋아질 텐데, 그걸 못하는 것입니다.

연세 때문인지 산은 아니고 동네에서 산책 중인 이어령, 김우창 교수님 등도 자주 뵈었는데, 두 분은 언제나 내외분이 조근조근 정담을 나누며 한가로이 걸으십니다. 기실 두 분은 다양한 저작으로 제 젊은 날 사유의 폭을 넓혀주셨으니, 제 정신적 스승님들이시기도 한 셈입니다. 그러니 그냥 "선생님, 안녕하세요?" 하기만 하고 지나쳐도 좋으련만 그러지를 못하는 것입니다. 서너 걸음 지나쳐서야 후회하며 돌아보면, 내외분은 이미 저만치 가 계십니다. 다음엔 꼭 인사를 드려야지 하지만, 매번 마찬가지입니다. 그러고 보니 이어령 교수님 내외분은 엊그제도 뵈었지만 김우창 교수님 내외분은 (길에서) 뵌 지가 참 오래된 것 같습니다. 건강하셨으면 좋겠습니다.

아마 김수영 교수님께서도 이 동네를 걷거나 산에 오르실 일이 있어 뵙게 되더라도 아마 저는 그전의 저와 똑같을 것입니다. 제가 이 글을 쓴다고 해서, 지금까지 선생님께 향했던 존경심이 조금이라도 바뀐 것이 아니라는 말씀을 우선 드리고 싶어서 좀 장황하게 제 주변 이야기를 하였습니다.

이제 어려운 말씀을 드려야 할 것 같습니다.

저는 얼마 전 우연한 기회에 선생님이 번역하신 〈이방인〉을 다시 읽고 몹시 놀랐습니다. 예전에는 느끼지 못했던 이질감 때문이었습니다. 하여 호기심 반, 우연 반이 더해져 원서를 보게 되었고, 저는 더더욱 놀라게 되었던 것입니다. 그게 왜 제 눈에만 보였는지 그건 저로서도 지금까지 잘 이해가 안 되는 일입니다만, 저는 거기서 분명 번역의 오류를 느꼈고, 다시 호기심에 이끌려 꼼꼼한 대조를 해보게 되었으며, 필경에 지금과 같은 번역 연재에까지 이른 것입니다.

연재를 해오면서 저는 줄곧, 정말 미숙한 제 눈에도 보이는 이러한 문제점들이 어떻게 선생님 눈에는 보이지 않았던 것일까 하는 의구심에 시달려야 했습니다. 무엇보다 의아했던 것은 선생님의 번역서 출간 이후에도 30여 년 시간이 흐르는 동안 우리 사회에는 카뮈 〈이방인〉에 대한 끊임없는 재번역이 이루어지고 있었고, 또 그때마다 새로운 번역이라는 의미가 부여되고도 있었지만, (제가 살펴본 바로는) 그 번역서들 역시 선생님의 번역과 별반 다르지 않았고, 제가 느끼는 문제점들에 대해서는 누구도 언급조차 않고 있었다는 점입니다.

도대체 어떻게 이런 일이 가능했을까요? 저는 오래 고민했고, 이제라도 누군가 바로잡지 않으면 당대는 물론 후대까지도 〈이방인〉에 대한 오해는 지속되겠다는 생각에 직접 번역까지 하게 되었던 것입니다.

그리하여 이제 이렇듯 선생님께 편지를 드리게 된 것입니다.
이제라도 선생님께서 직접 이 〈이방인〉 번역의 오류를 바로잡고 혼란을 막아줄 수는 없으시겠는지요. 너무나 뿌리 깊은 이 오류는 결코 다른 누군가가 아니라 이 땅에 불문 번역의 뿌리를 내려주셨다 해도 과언이 아닌 선생님의 결자해지로 이루어지는 게 가장 합당하지 않겠는가 하는 생각이 뒤늦게 들었던 것입니다.
갑작스러운 후학의 편지, 당혹스러우실 터인데 즉시 답변을 주십사 하는 것은 아닙니다.
당연히 선생님께서는 아직 앞의 제 글도 못 보셨을 터이니, 충분히 살펴보고 생각할 시간이 필요하실 것으로 여겨집니다. 하여 저는 일단 오늘 편지를 드리는 것을 끝으로 제 연재를 중단하고 선생님의 의견을 기다리도록 하겠습니다.
일면식도 없는 후학의 결례를 용서하시고, 다만 '건방'지다 내치지 마시고 넓은 마음으로 살펴주시길 간곡히 부탁드립니다.
다시 한 번, 선생님의 건강과 건승을 기원합니다.

_아직은 이름을 밝힐 수 없는 후학 드림

p. s. 혹시라도 김수영 교수님이 이 글을 못 보실 수도 있으니, 선생님을 아시는 누군가라도 꼭 전달해주시길 부탁드리겠습니다.

저 또한 무작정 기다릴 수만은 없으니 가능한 한 빠른 회신을 부탁드린다는 말씀도 전해주시면 고맙겠습니다.

편지글을 강팀의 손을 거치지 않고 블로그에 직접 올린 뒤 강팀에게 폰을 했다.

"블로그에 올린 글 보고 건너와보세요. 차 한잔 합시다."

나는 강팀이 그 글을 보고 내 방으로 건너오길 기다리며, 나가서 커피 두 잔을 타왔다.

강팀이 건너와서 물었다.

"김수영 교수님이 사장님 글을 보시긴 할까요?"

"글쎄……. 보긴 하시겠죠?"

"답을 주실까요?"

"강팀 생각은 어떤데요?"

"안 하실 거 같은데요."

나는 긍정도 부정도 않은 채 대답 대신 찻잔을 들어 올려 입을 적셨다.

"기다려봅시다."

강팀도 커피를 한 모금 마셨다.

"얼마나 기다리실 생각인데요?"

"글쎄, 어느 정도면 될까요?"

"일주일 정도면 충분하지 않을까요?"

이번에도 나는 대답 대신 고개를 끄덕이며 찻잔을 들어 올렸다. 사실 내가 그녀를 부른 것은 '카뮈'라는 자에 대해 묻고 싶어서였다. 아니, 그에 대해 이야기해보고 싶어서였다. 김수영 교수에게 편지를 쓰면서도 가장 망설여졌던 것은 그 때문이었다. 얼마 전 보낸 편지가 수신된 것으로 보아, 그는 분명히 우리 근처에 존재하고 있었다. 그렇다면 도대체 그는 누구이고, 왜 자신을 숨기고 있는 것일까? 왠지 강팀은 알고 있지 않을까 하는 생각이 막연히 들었다. 그러나 그렇다고 쉽사리 꺼내놓기도 뭣한 말이었기에 그녀가 먼저 이야기를 꺼내주길 바랐던 것이다. 그러나 그녀는 역시 모르고 있는 것일까? 강팀이 다른 걸 물었다.

"새로운 직원 뽑는 건 어쩌실 건가요?"

"그건, 당연히 그대로 진행해야겠죠?"

이번엔 강팀이 말없이 고개를 끄덕이며 찻잔을 들어 올렸다.

결국 나는 '카뮈'를 입에 올리지 못했다.

10. 23.

새로운 편집자를 뽑는 일은 쉽지 않았다. 편집자는 면접을 보고 2차로 간단한 교정교열 테스트를 치르는데, 오늘 두 사람은 그 단계까지 살펴볼 생각도 들지 않아 생략하고 면접을 마쳤다. 내가 까다로운 것일까? 그럴지도 모른다. 그러나 경영을 해보니 모든 일의 성패는 결국 사람에게 달려 있었다. 사람을 뽑아 쓰는 일은 언제나 버겁다. 그동안 회사가 어려워지면서, 혹은 개인적 사정으로 지금은 함께하지 못하고 있는 많은 사람들, 개중에는 나와 혹은 수비니겨출판사와 맞지 않아 회사를 떠난 사람도 있을 것이다. 그 모두가 어쨌든 내가 선택하고 결정한 사안이었으니, 누굴 탓하고 원망할 입장은 아니었다. 그러나 그런 경험들이 더 이상 사람으로 인해 상처받고 실패하고 싶지 않다는 강박감을 만들었을 것이다.

그런 내 마음을 읽었던지, 함께 면접을 마친 오늘, 강팀이 주저하며 "얼마 전 개인적으로 알게 된 사람이 있는데, 한번 만나보실래요?" 하고 물었다.

어떤 사람이냐고 묻자 "불어와 독어를 비롯해 4개 국어가 가능하다고 하는데요" 했다. 4개 국어를 한다니, 그런 사람이 우리가 외서 전문 출판사도 아닌데 오려고 하겠느냐고 되묻자, "우리 블로그의 〈이방인〉 연재에 관심이 많은 모양이더라구요" 하는 것이었다.

나는 그렇다면 어차피 강팀이 데리고 쓸 사람이니 자기소개서 같은 것도 생략하고 한번 만나보자고 했다.

김수영 교수로부터는 아무 연락이 없었다. 나는 정말 연락을 기다리고 있는 것일까?

10. 25.

강팀이 추천한 편집자를 만났다. 어휴정. 서른두 살의 남자였다.

그의 이름을 보고 나는 농담을 했다.

"어, 서산이네요?"

"네?"

서산대사의 호가 휴정이어서 분위기를 풀기 위해 던진 것이다.

"하하, 농담이에요. 내 이름은, 이윤이에요. 내 이름을 내 입으로 말하면 참 어색한데, 우리 아버지들은 왜 우리 이름을 이렇게들 지어놓은 걸까요?"

"사장님 성함은 좋은 것 같은데요? 사업가에 맞는 이름 같기도 하구요."

"그래요? 여기서 이윤이 그 이윤은 아닌 거 아시죠?"

"물론입니다. 하하."

"그런데 어떻게 4개 국어나 해요? 난 외국어 콤플렉스가 있어서 회화는 한 마디도 못 하는데……. 아무튼 대단하시네요."

"아닙니다. 독어 쪽이 전공이고 다른 것은 그냥 기본만 하는 정도예요."

독일과 프랑스에 3년 가까이 체류했다는 그는 함께 일하기에 나빠 보이지 않았다. 강팀의 소개로 보는 면접이라 신입임에도 불구하고, 남들에게 치르는 간단한 교정교열 테스트도 생략했다.

강팀과 그를 내보내고 책상으로 돌아와 마케팅팀 민 과장이 올린 인터넷서점 관련 보고서를 살핀 뒤, 강팀에게 폰을 했다.

"어휴정 씨, 언제부터 출근하나요?"

"지금 번역하는 책이 한 권 있다고, 그거 끝내고 왔으면 하던데요. 그러라고 그랬습니다. 다음 달 15일경이 될 것 같습니다."

나는 알겠다고 하고 폰을 내려놓으려다 덧붙여 물었다.

"김 교수님으로부터는 아무 연락 없죠?"

"네."

나는 정말 그분이 연락을 줄 거라고 믿고 있는 것일까?

10.29.

은연중 강팀과 데드라인으로 두고 있던 일주일이 지났지만, 김수영 교수로부터는 어떤 답변도 없었다. 여전히 당신의 번역이 옳다고 여겨서 답변할 가치를 못 느끼셨을 수도 있고, '이름도 없는' 후학의 치기쯤으로 생각해서 저러다 말겠거니, 대수롭지 않게 여기셨을 수도 있다.

오후에 유진으로부터 전화가 왔다. 내가 번역을 시작한 이후 줄곧 관심을 갖고 지켜봐주고 있는 친구였다. 외부인 중에 내가 역자라는 것을 아는 유일한 사람이기도 했다.

"김 교수 연락 없지?"

"응."

"교수 사회가 어떤 곳인데…… 당연히 연락 안 한다니까. 이제 잊어버리고 연재 시작해. 나도 다시 보니까 너 지적한 거 틀린 말 하나도 없더라."

유진의 말이 아니더라도 나는 회신을 기다리면서 그분의 번역본과 원본을 한 번 더 비교해 보았다. 그런데 뒤로 갈수록 사태는 더욱 심각했다.

결국 나는 블로그에 그간의 사정을 이야기하고 번역 연재를 이어갈 것을 고지했다.

10. 30.

일주일을 중단했다 이어지는 대목은 마침내 뫼르소가 살인 사건에 휘말리게 되는 과정을 보여준다.

이제 친구가 된 레몽의 제안으로 뫼르소는 마리와 함께 해변가로 놀러 가게 된다. 레몽은 자신을 도와준 뫼르소에게 고맙다는 의미로 자신의 오랜 친구 마송의 해변가 오두막으로 초대를 했던 것이다.

여기서부터 레몽이라는 사람이 동네의 소문과 험악한 외모와 달리 친구와 친구의 애인까지 배려하는 모습이 그려지는데, 김수영 교수는 이미 레몽에 대해 완전히 오해하고 있는 마당이라 원래의 뉘앙스를 자꾸만 놓치고 있는 것을 확인할 수 있다.

나는 해당 부분 번역을 싣고 '보론'을 첨가해 김수영 교수 오역 부분을 지적했다.

〈보론〉

그는 휘파람을 불면서 내려왔는데, 자못 만족스러운 눈치였다. 레몽은 나에게, "잘 잤나, 자네." 하고 말한 다음, 마리를 '마드모아젤'이라고 불렀다.

그 전날 경찰서에 함께 가서 나는, 그 여자가 레몽에게 '버릇없이 굴었다'고 증언을 했다. 레몽은 경고를 받고 나왔다. 나의 진

숟을 트집 잡는 사람은 없었다. (김수영 역 p.58)

Il sifflait en descendant et il avait l'air très content. Il m'a dit : « Salut, vieux », et il a appelé Marie « mademoiselle ».

La veille nous étions allés au commissariat et j'avais témoigné que la fille avait « manqué » à Raymond. Il en a été quitte pour un avertissement. (원서 p.76)

레몽이 내려오면서 둘에게 인사를 합니다. 뫼르소에게는 '비외vieux', 마리에게는 '마드모아젤mademoiselle'이라고. 여기서 비외는 프랑스인들이 '오랜 친구'를 부를 때 쓰는 호칭입니다. 그런 점에서 김수영 교수의 '자네'는 그것만 떼어놓고 보면 딱히 틀린 번역이라고 할 수는 없을 것입니다. 그러나 그 뒤의 마드모아젤을 두고 보면 역자가 저것을 왜 '자네'라고 했는지 명백히 확인되는 것입니다.

무슨 소리인가 하면, 우선 앞의 비외를 '자네'라고 한 마당이라면, 당연히 그에 걸맞게 '마드모아젤'도 우리말로 옮기는 게 옳았을 것입니다. 마드모아젤은 우리가 흔히 쓰는 불어니까 이렇게 한 걸까요? 아닙니다. 앞을 그냥 '친구'라고 했으면(또 친구라는 의미가 담긴 긍정적인 뜻으로서 '자네'라고 불렀다면) 고민할 필요도 없이 뒤의 마드모아젤은 친구의 여자친구로서 그에 걸맞은 우리말 호칭을 사용하면 되었을 터입니다. 그러나 김수영 교수는 은연중 레몽의 어투 속에 불량스러움을 넣어, 뫼르소를 얕잡아 보듯 '친구'가 아니라, '자네'라고 해놓은 마당이라 '마드모아젤'을 대신할 적당한 우리말을 찾을 수 없었던 것입니다. 이렇듯 앞을 잘못 번역하고 뒤를 번역하려다 연결되지 않자, 그대로 불어 발음을 쓰고 지나간 것입니다.
더불어 다음 줄의, 이 사태의 가장 중요한 지점인, 레몽에게 맞은 여자의 정체를 드러내는 저 단어(카뮈는 강조표시까지 하고 있습니다) 'manqué'를 김수영 교수는 다시 뜬금없이 '버릇없이 굴었다'고 의역을 하고 있습니다.
폭행이 일어나고 경찰관이 달려오고, 고발을 당해 경찰서까지 와서 상대 여자가 '버릇없이 굴어서' 폭행까지 저질렀다고 증언하는데, 경고만 하고 내보내줄 경찰은 세상 어디에도 없을 것입니다. 그래서 저기에는 이 사태를 한마디로 요약해 보여주는 중요한 '어떤 것'이 담긴 한 단어여야만 하는 것입니다.
보다시피 카뮈는 그것을 « manqué »로 택한 것입니다.
이 부분을 직역하면 이렇게 될 것입니다.

그는 휘파람을 불며 계단을 내려왔는데, 매우 만족스러운 표정이었다. 그는 내게 "안녕, 친구?" 하고는 마리를 "아가씨"라고 불렀다.

그 전날, 우리는 경찰서에 갔고, 나는 그 여자가 레몽에게 '사기를 쳤다'고 증언했다. 그는 경고를 받고 나왔다. 그들은 내 진술의 진위를 확인하지 않았다. (졸역)

이들이 이렇게 인사를 나누고 밖으로 나왔을 때, 밖에서는 문제의 그 '아랍인 사내' 패거리들이 기다리고 있습니다. '사기꾼 여자'의 일로 그 여자의 정부인 '아랍인 사내'가 레몽의 뒤를 쫓고 있었던 것입니다.

이제 뫼르소 일행은 그들을 무시하고, 서둘러 버스를 타고 마송의 오두막으로 오게 되는 것인데, 그 중간의 레몽의 여러 행동은 사실 친구(뫼르소)와 그 친구의 애인에 대한 나름의 배려로 꾸며져 있습니다. 그런데 그것을 김수영 교수는 역시, 레몽이 마치 마리에게 치근덕거리는 것 같은 인상을 풍기게 번역을 하고 있는 것입니다. 그에 대한 미묘한 감정선의 차이는 어떠한 설명보다 두 번역본을 비교해 보면 아실 것 같아 다른 설명은 생략하였습니다.

그보다는 여기에서 이 소설에서 정말 중요한 레몽의 친구 마송의 됨됨이와 말버릇에 관한 복선이 깔리는 장면이 나옵니다. 김수영 교수는 이 부분을 이렇게 옮겼습니다.

마송과 나는 잠시 동안 그대로 서 있었다. 그는 말을 천천히 했다. 나는 그가 말끝마다 '그뿐만이 아니라'를 덧붙이는 버릇이 있다는 것을 알아차렸다. 실제로 그가 한 말의 뜻에 보탬 되는 것이 없을 때에도 그러는 것이었다. 마리에 대해서 이야기를 할 때 그는 "아주 그만입니다. 그뿐만이 아니라 매력이 있어요." 하고 말했다. 이윽고 나는 햇볕을 쬐면서 느끼는 흐뭇한 기분을 음미하는 데 정신이 팔린 나머지 그의 버릇에는 주의를 기울이지 않게 되었다. (김수영 역 p.58)

Masson et moi, nous avons attendu un peu. Lui parlait lentement et j'ai remarqué qu'il avait l'habitude de compléter tout ce qu'il avançait par un « et je dirai plus », même quand, au fond, il n'ajoutait rien au sens de sa phrase. À propos de Marie, il m'a dit : « Elle est épatante, et je dirai plus, charmante. » Puis je n'ai plus fait attention à ce tic parce que j'étais occupé à éprouver que le soleil me faisait du bien. (원서 pp.79-80)

번역본만 보면 부드럽게 읽히지만 원본을 비교해 보면, 이 번역은 매우 심각한 오역입니다.
왜냐하면 이건 단지 문장 하나가 틀린 것이 아니라 인물의 캐릭터를 완전히 다르게 번역해놓았기 때문입니다.

김수영 교수는 마송이 마리를 두고 하는 이 말, « Elle est épatante, et je dirai plus, charmante. »를 "아주 그만입니다. 그뿐만이 아니라 매력이 있어요"라고 다소 불량스럽게 옮기고 있지만, 실제 소설 속의 마송이라는 인물은 저런 말투를 사용하는 사람이 아닙니다.

그는 아내를 진심으로 아끼는 진중하고 가정적인 남자입니다.

그렇다면 마송은 저기서 무어라고 한 걸까요? 선입관을 버리고 문장만 보십시오.

카뮈가 따옴표 속에 넣어둔 'et je dirai plus'는 그냥 '그뿐만이 아니라'가 아니라, '그리고 나는 더해서 말하자면'이 되는 것입니다.

카뮈는 저기 한 문장 속에서 다시 한 번 접속사와 주어까지 넣어 확실히 구분을 짓고 있는데, 이것은 바로 두 가지 효과를 노리고 있는 것입니다.

'마송은 답답할 정도로 말이 느릴 뿐만 아니라, 레몽의 절친이지만 다혈질인 그와는 달리 매우 신중한 사람이다.'

카뮈는 이 소설에서 여러 사람을 등장시키지만 누가 어떤 사람이다, 라고 직접적으로 설명하는 법은 없습니다. 모두의 개성을 통해 독자들로 하여금 그 사람의 형상을 상상하게 하는 것이지요.

지금 마송은 뫼르소에게 그의 여자친구 마리에 대해 진심으로 칭찬해주고 있는 것입니다.

« Elle est épatante, et je dirai plus, charmante. »

언뜻 보면 여기서 'et(그리고)'는 쓸데없이 들어간 사족 같습니다. 그래서 이에 대해서도 번역이니까 저것은 빼는 게 오히려 깔끔한 거 아니냐고 생각하실 분이 있을 것 같습니다. 보다시피 김수영 교수도 '윤문'이라는 이유로 저에 대한 해석을 빼버렸을 정도이니까요.
그렇다면, 왜 여기서 단어를 최대로 절약해 쓰는 카뮈는 저 말을 그냥 'bien plus(뿐만 아니라)'라고 쓰지 않았을까요?
이유는 바로 뒤에 뫼르소의 이러한 설명이 있기 때문입니다.
'심지어 실제로는 문맥상 아무 의미도 덧붙이지 않을 때도 말이다.'
이러한 마송의 말투와 'et je dirai plus'는 훗날 뫼르소의 재판을 위해 마련해둔 소설적 장치입니다. 그것도 단순한 장치가 아니라, 정말이지 당시로서는 카뮈만이 할 수 있었던 소설적 장치로 그의 천재성이 돋보이는 부분인 것입니다.

Masson and I waited a little. He spoke slowly, and I noticed that he had a habit of finishing everything he said with "and I'd even say," when really it didn't add anything to the meaning of his sentence. Referring to Marie, he said, "She's stunning, and I'd even say charming." After that I didn't pay any more attention to this mannerism of his, because I was absorbed by the feeling that the sun was doing me a lot of good. (Matthew Ward 역 p.50)

마송과 나는 잠깐 기다렸다. 그는 말투가 느렸는데, 나는 그가 말을 마칠 때마다 "그리고 더해서 말하자면"이라고 덧붙이는 버릇이 있다는 것을 알아챘다. 심지어 실제로는 문맥상 아무 의미도 덧붙이지 않을 때도 말이다. 마리에 대해 말하면서 그는 "그녀는 근사해요. 그리고 더해서 말하자면 매력적이오"라고 했다. 이후 나는 태양이 가져다주는 좋은 기분을 느끼느라 더 이상 그의 습관에 관심을 둘 여유가 없었다. (졸역)

10. 31.

번역을 해가면 해갈수록 의구심이 커간다. 작가의 문장 그대로를 옮기면 훨씬 재미있고, 잘 읽히는데 왜 이분은 이렇듯 의역을 한 것일까? 더군다나 자신은 작가의 문체에 최대한 충실했다고까지 하고 있다. 그분이 거짓말을 할 리는 없는 것이니, 내가 오해하고 있는 것일 수도 있어서 한 문장 한 문장을 더욱더 세심히 들여다보게 된다. 그래서 그런 것일까? 보면 볼수록 매 문장이 내게는 어색하고 어설퍼 보이기만 했다. 어색하다는 것은 뭔가 문제가 있다는 것이다. 원작이 문제이든 번역이 문제이든. 그런데 그 어색함이 정말 나한테만 보이는 것일까? 결코 내 외국어 실력이 뛰어난 것도 아닌데……. 정말 미스터리한 일이 아닐 수 없었다. 특히나 오늘 번역분을 읽고 강팀이 놀라는 걸 보고, 나도 많이 놀랐다.

강팀은 내게 이런 말조차 했던 것이다.

"〈이방인〉에 이런 장면이 있었나요?"

어쩌면 강팀의 그 질문에는 많은 것이 함축되어 있을 것이다. 아마 이런 부분 때문이었을 것이다.

> 우리가 돌아왔을 때, 마송은 아까부터 우리를 부르고 있는 중이었다. 내가 몹시 배가 고프다고 말하자, 그는 대뜸 아내에게 내가 자기 마음에 든다고 말했다. 빵 맛이 좋았고, 나는 내 몫의 생선을 단숨에 먹어 치웠다. (졸역)
>
> Quand nous sommes revenus, Masson nous appelait déjà. J'ai dit

que j'avais très faim et il a déclaré tout de suite à sa femme que je lui plaisais. Le pain était bon, j'ai dévoré ma part de poisson. (원서 p.82)

우리는 뫼르소라는 인물에 대해 별로 말도 없고 까다로운 사람이라는 인상을 가지고 있다. 그러나 뫼르소는 보다시피 배고프면 배고프다 말하고, 좋으면 좋다 싫으면 싫다를 말할 줄 아는 평범한 구석도 있는 젊은이였던 것이다. 기존 번역에 익숙해 있는 이에게는 이러한 주장이 낯설겠지만 일단 이 문장이 만들어지기까지 상황을 살펴보자.

마송은 자기 집을 방문한 손님인 뫼르소, 마리와 함께 해변가로 나와서 함께 있다 먼저 집으로 돌아간다. 그사이 뫼르소와 마리는 '기분 좋은' 해수욕을 즐긴다. 둘은 멋진 스킨십으로 사랑까지 확인한다. 한편 점심 준비로 먼저 돌아와 있던 마송은 이미 해변가에서 이야기를 나눠본 뫼르소에게 호감을 느끼고 있던 터라 문 앞까지 나와 그를 기다리고 있었던 것인데, 마침내 돌아온 뫼르소가 자신에게 격의 없이 '배고파 죽겠다'며 친밀감을 드러내자, 기쁜 마음으로 아내에게 '대뜸' '나는 이 친구가 마음에 든다'고 말하는 것이다.

흔히 있을 수 있는 자연스러운 상황인 것이다. 그렇다면 이 흔한 장면이 왜 들어가 있는 것일까. 이 역시 후일 법정 증언을 위해 준비된 장면인 것이다. 이러한 장면이 있었기에 법정에서 마송은 뫼르소를 한마디로 "착한 사람, 그리고 더해서 말하자면 선량한 사람"이라고 증언하는 것이고, 책을 읽는 우리들에게 그 증언의 신빙성을 확인시켜주는 것이다(물론 여기서도 카뮈는 마송이란 인물에 대해 친구인 레몽과는 많이 다른 점잖은 사람이라는 것을 부지불식간에 알려주고 있기도 하다).

그런데 이 대목을 김수영 교수는 이렇게 옮겨두었다.

> 우리 둘이 다시 돌아오는데 마송은 벌써부터 우리를 부르고 있었다. 내가 몹시 배가 고프다고 말했더니 마송은 곧, 내가 자기의 마음에 들었노라고 그의 아내에게 말했다. 빵은 맛있었고, 나는 내 몫의 생선을 허겁지겁 먹었다. (김수영 역 p.62)

결코 틀린 곳을 찾아보기 힘든 문장이지만, 단지 이 문장만 떼어놓고 보면 도대체 여기서 작가는 무슨 말을 하고 싶었던 것인지 막막해지는 것이다. 굳이 차이를 들자면 여기서도 김수영은 'tout de suite'를 '곧'으로 해석하면서 '대뜸, 즉시'를 대처한 것에 불과한 것 같지만, 기실 문장 전체가 작가의 의도를 전혀 반영하지 못해 모호한 문장이 되어버린 것이다.

이것이 잘못된 해석이며, 모호한 번역이라는 점은 이어지는 다음 대목을 보면 더욱 확실해진다.

마리가 갑자기 "지금 몇 신지 아세요? 11시 30분이에요." 하고 말했다. 우리들은 모두 놀랐다. 그러나 마송은, 매우 일찍 식사를 했지만 배고플 때가 결국 식사 시간이니까 별로 이상할 것은 없다고 말했다. 그 말을 듣고 마리가 왜 웃었는지 나는 모른다. 아마 술을 좀 지나치게 마신 탓이었을 것이다. (김수영 역 p.62)

Marie nous a dit tout d'un coup : « Vous savez quelle heure il est? Il est onze heures et demie. » Nous étions tous étonnés, mais Masson a dit qu'on avait mangé très tôt, et que c'était naturel parce que l'heure du déjeuner, c'était l'heure où l'on avait faim. Je ne sais pas pourquoi cela a fait rire Marie. Je crois qu'elle avait un peu trop bu. (원서 p.82)

책을 읽다 이 문장에 이르러, 고개를 갸웃거리지 않을 독자가 과연 얼마나 될까? 이게 무슨 소리일까? 갑작스러운 마리의 물음이며, 마송의 대답…… 거기에 더해 '마리가 왜 웃었는지 나는 모른다'라는 뫼르소의 독백까지…….

여기에 무슨 깊은 뜻이 있을 것 같은데 도대체 맥락을 알 길이 없는 것이다. 번역 문장으로 앞뒤 문맥들을 아무리 살펴도 전혀 연결이 되지 않기 때문에, 생각을 집중해서 몇 번을 읽어도 저 문장의 의미를 파악할 길은 막연할 뿐이다.

저렇듯 의미가 파악이 안 되는 문장이 따로 놀고 있기 때문에 전체 작품이 잘 읽힐 리가 없었던 것이다. 〈이방인〉이라는 카뮈의 소설 내용이 어려워서가 아니라…….

아무튼 김수영 교수는 지금 보다시피 저곳을 원문과는 전혀 다르게 뭔가 미스터리하고 음침하기조차 한 분위기로 만들어 버리고 있다. 마치 마리가 좀 이상한 여자인 것처럼.

그러나 이 대목은 실상 저와는 정반대로 아주 밝고 유쾌한 장면이다. 한번 보라. 지금 상황은 뫼르소와 마리가 레몽의 초대로 그의 친구인 마송의 집으로 놀러 와서, 해변가에서 뜨거운 사랑까지 나누고 돌아와 '아점'을 맛있게 먹은 직후다.

음식도 더할 나위 없이 맛있어서 허겁지겁 점심을 먹으며, 과할 정도의 와인까지 마시고 난 후 한껏 고조된 마리가 소리친 것이다. "점심도 다 먹었는데 아직 12시도 안 됐어요!" 하고 말이다.

언뜻 보면 여기서 우리가 놀란 것이 '너무 일찍 점심을 먹은 것을 깨달아서'라고 여길 수도 있다. 그런데 그게 아니다. '우리'가 놀란 것은 바로, 갑작스러운 마리의 외침 때문이다. "지금 몇 신 줄 아세요? 11시 반이에요!" 갑작스러운 마리의 외침에 마송도 놀랐지만 차분하게 대답한다. "시장할 때 먹는 게 가장 자연스러운 거"라고 그런 자리에서 있을 수 있는 흔한 대답이다. 그런데 다시 마리가 무슨 까닭인지 크게 웃어댄 것이다.

왜 웃었을까? 뫼르소의 다음 독백처럼 지금 마리는 술에 취해 있었던 것이다. 마리의 애교스러운 '주정'이었던 것이다.

그야말로 소소하고 일상적인 풍경이다. 그런데 김수영 교수는 저기를 '그 말을 듣고 마리가 왜 웃었는지 나는 모른다'라는 의역을 하고 더불어 거기에 방점을 찍고 번역해둠으로써 뭔가 다른 의미가 있어 보이는 것처럼 만들어버린 것이다.

원래 이 문장은 그냥,

> 갑자기 마리가 "지금 몇 신 줄 아세요? 11시 반이에요!" 하고 말했다. 우리는 전부 놀랐는데, 마송은 우리가 아주 일찍 먹긴 했지만 모두가 시장할 때가 바로 점심시간이니 이건 아주 자연스러운 거라고 말했다. 무슨 까닭인지 그게 마리를 웃게 만들었다. 나는 마리가 너무 많이 마신 모양이라고 생각했다. (졸역)

그렇다면 카뮈는 왜 이런 마리의 가벼운 '주정(애교)' 장면을 여기에 넣었던 것일까? 카뮈는 여기서 그녀의 '순진한' 성격을 드러내 보여주고 있었던 것이다.

'순진한 마리.' 그래서 이 장면 역시 소소하고 일상적인 풍경이지만 이 작품의 중요한 소설적 개연성을 확보하고 있는 것이다. '순진한 마리'의 '순진한 법정 증언 장면'이 이래서 가능해지기 때문이다.

아무리 소소한 일상이라도 그것이 작품 속에 들어오려면 반드시 어떠한 이유가 있어야 하는 것이다. 그냥 원고량을 늘리기 위해 의미 없이 쓰는 문장은 한 문장도 없다. 특히 카뮈 같은 작가에게는.

어쩌면 김수영 번역본으로 소설을 읽은 사람이라면 이것이 왜 소설적 장치라는 것인지조차 깨닫지 못할 수도 있다. 뒤에 나오는 마리의 법정 증언 장면 역시 너무나 많은 왜곡이 이루어져 있기에…….

강팀은 이러한 대목들을 보고, 지금까지 자신이 읽어온 〈이방인〉과 너무나 다른 분위기에 놀랐던 것이다. 무엇보다 내게 직접 번역을 해보라고 충동하기까지 하던 그녀였지만, 이 대목에서만큼은 내가 아무리 설명해도 역시 잘 믿지 못하겠다는 분위기였다. 그만큼 기존 번역서가 드리운 그늘은 넓고도 깊다는 뜻이 아닐까.

그러나 그런 강팀 역시 영역자의 번역까지 비교해 보고서는 (그녀 역시 불어보다는 영어가 강하다) 김수영 교수의 오역에 대해 인정하지 않을 도리가 없었던 것이다.

나는 강팀의 의견을 받아들여 이 부분 '보론'은 가능한 한 생략해서 연재 글을 올렸다. 독자들이 한꺼번에 너무 많은 것을 받아들이긴 벅찰 거라는 그녀의 생각이 옳다고 여긴 것이다.

참고로 두 예문이 나오는 대목을 영역자는 이렇게 옮겼다.

When we got back, Masson was already calling us. I said I was starving and then out of the blue he announced to his wife that he liked me. The bread was good; I devoured my share of the fish. After that there was some meat and fried potatoes. We all ate without talking. Masson drank a lot of wine and kept filling my glass. By the time the coffee came, my head felt heavy and I smoked a lot. Masson, Raymond, and I talked about spending August together at the beach, sharing expenses. Suddenly Marie said, "Do you know what time it is? It's only eleven-thirty!" We were all surprised, but Masson said that we'd eaten very early and that it was only natural because lunchtime was whenever you were hungry. For some reason that made Marie laugh. I think she'd had a little too much to drink. Then Masson asked me if I wanted to go for a walk on the beach with him. "My wife always takes a nap after lunch. Me, I don't like naps. I need to walk. I tell her all the time it's better for her health. But it's her business." Marie said she'd stay and help Madame Masson with the dishes. The little Parisienne said that first they'd have to get rid of the men. The three of us went down to the beach.

(Matthew Ward 역 pp.51-52)

11.1.

우리는 〈이방인〉에서 뫼르소가 사람을 죽인 이유를 단지 태양 때문이라고 알고 있다. 어머니의 장례 이후 마음을 못 잡고 있다가, 우연히 마리를 만나고 다시 우연히 '악한'인 레몽을 사귀게 되고, 다시 우연히 그를 따라 해수욕을 갔다가 싸움에 휘말리게 되고, 또 우연히 그 아랍인 사내와 단둘이 남게 되자, 머리 위의 '태양 때문에' 총을 쏘게 된다는 게 지금까지 우리가 알고 있는 뫼르소의 살인 동기였던 것이다.

그러나 과연 그럴까? 나는 이번 회 번역을 하면서 충격적인 사실을 깨닫고 잠을 이룰 수 없었다.

나는 다시 한 번 내 번역이 잘못되었는지를 거듭 확인해야 했다. 물론 강팀에게도 아직 넘기지 않았다.

〈보론〉

이번 회부터는 워낙 중요한 부분이라 인용을 길게 해야 할 것 같습니다. 우선 해변가에서 뫼르소가 처음으로 싸움에 연루되는 상황입니다. 불어 원문은 밑에 따로 두었습니다. 우선 선입관을 버리고 읽어봐주십시오.

"만약 싸움이 벌어지면 마송, 네가 다른 하나를 맡아. 내 쪽은 내가 처리할게. 뫼르소, 만약 또 다른 자가 오면 그자는 네 몫이야." 나는 "그래"라고 말했고, 마송은 두 손을 호주머니에 찔러 넣었다. 뜨겁게 달아오른 모래가 지금의 내게는 붉게 보였다. 우리는 일정한 걸음걸이로 아랍인들 쪽으로 걸어갔다. 우리 사이의 간격이 차츰 좁혀졌다. 우리가 그들까지 몇 걸음 남겨 두지 않았을 때 그 아랍인들이 멈춰 섰다. 마송과 나는 걸음을 늦추었다. 레몽은 곧장 그의 상대에게 걸어갔다. 그가 그에게 뭐라고 했는지는 알아들을 수 없었지만 다른 한 녀석이 그를 머리로 들이받으려 했다. 그러자 레몽이 먼저 주먹을 한 방 날리고는 즉시 마송을 불렀다. 마송이 이미 맡기로 되어 있던 자에게로 가서 힘껏 두 방을 먹였다. 아랍인이 물속으로 얼굴을 처박으며 엎어졌고, 그러더니 몇 초간 그 상태로 있었는데, 그의 머리 주변으로 수면에서 물거품이 터져 나왔다. 그러는 중에 레몽 역시 상대를 쳤고, 그자의 얼굴에서 피가 흘렀다. 레몽이 나를 돌아보며 말했다. "이자가 어떻게 되는지 두고 봐." 나는 그에게 소리쳤다. "조심해, 그자가 칼을 갖고 있어!" 그러나 레몽의 팔은 이미 베였고 입은 찢어졌다.
마송이 후다닥 앞으로 달려들었다. 그러나 다른 아랍인이 일어나서는 칼을 쥐고 있는 자의 뒤에 섰다. 우리는 감히 움직일 수 없었다. 그들은 우리에게서 눈을 떼지 않은 채 칼로 위협하며, 천천히 뒷걸음질 쳐 갔다. 그들은 우리에게서 충분히 멀어졌다고 생각되었을 즈음 매우 빠르게 달아났다. 그사이 우리는 햇볕 아래 못 박힌 듯 서 있었고, 레몽은 피가 뚝뚝 떨어지는 팔을 움켜쥐고 있었다. (졸역)

우선 첫 문장부터 보겠습니다.

« S'il y a de la bagarre, toi, Masson, tu prendras le deuxième. Moi, je me charge de mon type. Toi, Meursault, s'il en arrive un autre, il est pour toi. » (원서 p.84)

이것을 김수영 교수는 이렇게 번역해두고 있습니다.

"마송, 싸움이 붙으면 넌 둘째 녀석을 맡아. 내 상대는 내가 알아서 해. 그리고 뫼르소, 만약 또 다른 놈이 오면 그건 네가 맡아." (김수영 역 p.62)

번역된 문장은 나름 깔끔하지만 자세히 들여다보면 여기서도 상당한 '의역'이 이루어졌음을 알 수 있습니다. 이 문맥에서 강조되어야 할 것은, 실상 맨 앞의 '자칫/만약(S'il)'입니다. 그런데 김수영 교수는 저 말을 저렇듯 단순하게 처리했습니다. 그러고 나니 보다시피 '싸움(la bagarre)'만 남게 된 것입니다. 저 말만 두고 보면, 말을 하는 저 사람(레몽)은 마치 '싸움을 준비하는 양아치 우두머리'처럼 보이게 됩니다. 그러나 원문의 '자칫/만약'을 살려서 원래대로 번역하면 이렇게 됩니다.

"만약 싸움이 벌어지면 마송, 네가 다른 하나를 맡아. 내 쪽은 내가 처리할게. 뫼르소, 만약 또 다른 자가 오면 그자는 네 몫이야." (졸역)

지금 레몽은 싸움을 부추기는 게 아니라 혹시 싸움이라도 벌어지면 어찌어찌하자고 친구들에게 의견을 주고 있는 것입니다.

여기서 레몽이 하는 저 말, '뫼르소, 만약 또 다른 자가 온다면 그자는 네 몫이야'라는 말도 주의해 볼 필요가 있습니다. 과연 저 말이 뜻하고 있는 것이 뭘까요?
지금 상대가 둘뿐이니, 자칫 싸움이 벌어지더라도 자기 둘이 상대할 테니 뫼르소는 끼어들 필요 없다고 말하고 있는 것입니다. 뫼르소를 배려하는 레몽의 '사내다움', 혹은 '정당성'을 말하고 있다고도 볼 수 있습니다. 돌려 말하면, 여기서 김수영 식으로 이해한 '욕을 입에 달고 사는' 치사한 레몽이라면 저렇게 얘기할까요? 아무리 순화시켜도 '야, 우린 셋이니까, 저 두 새끼들 혼내주자!'가 되었겠지요?
일단 말로 해결하러 다가간 레몽에게 먼저 '머리를 받아' 온 자가 그 '아랍인 사내'였다는 사실도 눈여겨볼 대목이지만, 가장 중요한 것은 문장 중의 저 대목입니다.

레몽이 나를 돌아보며 말했다. "이자가 어떻게 되는지 두고 봐." 나는 그에게 소리쳤다. "조심해, 그자가 칼을 갖고 있어!" 그러나 레몽의 팔은 이미 베였고 입은 찢어졌다. (졸역)

Raymond s'est retourné vers moi et a dit : « Tu vas voir ce qu'il va prendre. » Je lui ai crié : « Attention, il a un couteau! » Mais déjà Raymond avait le bras ouvert et la bouche tailladée. (원서 p.133)

보다시피 이것은 명백히 상대측이 비난받아야 할 상황입니다. 레몽과 마송은 어쩌면 정말로 '뒷골목' 친구였었는지도 모릅니다. 설사 그렇다 해도 과거의 전력으로 현재의 모든 행위가 오해받아서는 곤란할 것입니다.
아무튼 이 아랍인 사내는 애초부터 레몽의 상대가 되지 못했습니다. 그럼에도 이렇게 양아치처럼 따라붙는 것은 바로 그 여자 때문입니다. 여자에게만큼은 정말 바보스러울 만큼 순진한 레몽. 친남매처럼 위장된 이들에게 레몽은 외모는 험상궂게 생겼어도 그저 등쳐먹기 딱 좋은 어리숙한 사내에 불과했던 것입니다. 그렇기에 이 사내는 레몽을 끝까지 얕잡아 보고 있었던 것입니다. 앞서 나왔지만 이 사내는 지금 레몽이 별로 힘쓸 것 같지도 않은 '뫼르소'와 해변가로 놀러 가는 것을 보고 둘이면 충분하겠다고 보고 칼을 품고 레몽을 추적해온 것입니다(마송까지 있을 거라고는 전혀 생각지 못했던 것이지요). 어쨌든 그렇게 해서 싸움이 벌어졌는데, 정작 레몽은 시비를 걸어온 그를 때려눕히고 나서, 무슨 일인지 뒤돌아서 뫼르소에게 소리를 칩니다. 그리고 그사이 사내가 일어나 칼로 레몽의 입을 찌른 것이고요.
중요한 것은 보다시피 여기서도 뫼르소는 끝까지 싸움에 개입하지 않았습니다. 누구의 편도 든 게 아니라는 것입니다. 그렇다면 카뮈가 단지 그걸 말하기 위해 이 장면을 설정했을까요? 그렇지 않습니다. 단순한 싸움 장면 같지만 여기에도 〈이방인〉 전체가 그렇듯 많은 것이 함축되어 있습니다. 무엇보다 이 장면으로 뫼르소는 역시 단지 충동적으로 총을 쏠 만큼 감정적인 사람이 아니라는 것을 보여주고 있습니다. 더불어 저 상황을 통해, 총을 쏘아 사람을 죽이게 될 당시, 뫼르소는 자신을 지키기 위해서 총을 쏘지 않으면 안 될 상황이었다는 점을 미리 보여주고 있는 것입니다.

소설적으로 보면 개연성을 확보해둔 것이고, 소설 밖 현실에 대응시키면 '정당방위'일 수 있었다는 점을 앞서 확인시켜주고 있는 것입니다.

소설은 현실을 담아내는 것입니다. 무슨 소리인가 하면, 우리는 전지적 관점에서 책을 읽고 상황을 판단할 수 있지만, 저 상황을 보지도 듣지도 못한 법정의 배심원들은 저러한 사실을 전혀 알 수 없기에 증인이라는 게 필요하고, 그 증언을 통해 판단을 내릴 수밖에 없게 되는 것입니다. 만약 이 상황만이라도 법정에서 증언이 되었다면 뫼르소에게는 충분히 정상참작이 되었을 것입니다. 그러나 증언이 이루어질 수 없는 상황, 그것이 합리적이어야 사람들은 수긍하고 이해하게 되는 것입니다.

정리하면, 이후 뫼르소가 총을 쏠 수밖에 없었던 상황은 혼자

한 행위이므로 누구도 증언을 해줄 수 없는 것이지만, 지금 이 상황은 누구라도 증언이 가능하다는 것입니다. 따라서 만약 법정에서 이 상황만이라도 증언되었다면 뫼르소에게 정상참작이 되고도 남았을 것이지만, 이러한 사실은 누구의 입에서도 나오지 않습니다. 그렇다면 레몽은 왜 이 이야기를 하지 않았을까요? 일단 판사가 묻지도 않았지만(그 역시 묻지 않아도 전혀 이상하게 여길 수 없게 소설이 치밀하게 구성되어 있기도 하지만), 무엇보다 레몽이 그 증언을 안 한 이유가 명확해야 하므로 그 역시 카뮈는 그럴 수밖에 없었던 개연성을 소설 곳곳에 설정해두고 있는 것입니다.

계속해서 살펴보겠습니다.

칼을 맞은 레몽이 피를 흘리고 있는 장면에서 이어지는 문장입니다.

김수영 교수는 이렇게 번역했습니다.

마송은 곧, 일요일마다 언덕 위 별장으로 와서 지내는 의사가 있다고 말했다. 레몽은 즉시 가자고 했다. 그러나 이야기를 할 적마다 상처에서 흐르는 피가 입속에서 거품을 일으켰다. 우리는 그를 부축해 허둥지둥 오두막으로 돌아왔다. 거기서 레몽이, 상처는 가벼우니까 의사에게 갈 수 있다고 말했다. 그는 마송과 함께 갔고, 나는 남아서 여자들에게 사건 이야기를 해 주었다. 마송 부인은 울고 있었고, 마리는 파랗게 질려 있었다. 나는 그들에게 설명을 하는 게 귀찮아서 이야기를 그쳐 버리고, 담배를 피우면서 바다를 바라보았다. (김수영 역 p.64-65)

우선 첫 문장의 원문은 이렇습니다.

Masson a dit immédiatement qu'il y avait un docteur qui passait ses dimanches sur le plateau. Raymond a voulu y aller tout de suite. (원서 pp.85-86)

마송이 바로 그 고원에 와서 휴일을 보내는 의사가 있다고 말했다. 레몽은 즉시 가길 원했다. (졸역)

연재를 따라 읽은 독자라면 아마 여기서 눈에 익은 부사 하나를 기억하실 것입니다. 앞에서 김수영 교수가 '곧'이라고 옮긴 것을 두고 '절대 그래서는 안 된다'고 지적했던 바로 그 'tout de suite'입니다(양로원을 찾은 뫼르소가 '즉시' 엄마를 보려 했다는 뉘앙스가 느껴져야 한다고 지적하면서 언급했던 말입니다).

우선 여기서도 김수영 교수는 저 첫 문장의 immédiatement 다음에 원문에 있지도 않은 쉼표를 찍습니다. 왜 그랬을까요?

바로 뒤에 동의어인 tout de suite가 나오기 때문입니다. '즉시'라는 의미의 단어가 두 번 쓰이자 일단 반복을 피해 앞의 immédiatement를 '곧'이라고 옮겼고, 그러다 보니 문장이 자연스럽지 못하자 쉼표를 찍었던 것입니다. 그러고는 평소 '곧'이라고 해석해오던 tout de suite를 여기에서는 '즉시'라고 옮깁니다(뒤늦게 이유를 깨달아서가 아니라, 앞에서 이미 '곧'이라는 우리말을 써먹었기에 반복을 피하고자 해서였을 것입니다).

여기서 이 단어에 담은 작가의 의도는 분명합니다.

상황의 '긴박감'에 더해, 카뮈는 지금 레몽의 '캐릭터'를 보여주고 있는 것입니다.

무슨 소리인가 하면, 아랍인에게 예기치 못하게 칼을 맞고 피를 흘리는 레몽에게 마송이, 이곳에 의사가 있다고 말하자, 그는 '즉시/곧장' 그리로 가자고 말하고 있는 것입니다.

레몽은 지금 이렇듯 사고를 당한 것을 오두막에 있는 여자들에게 보이고 싶지 않으니, (오두막에 들르지 말고) '즉시/곧장' 그리로 가자고 말하고 있는 것입니다. 이 소설에서 레몽이라는 인물은 거친 외모와 달리 여자에게만큼은 바보스러울 만큼 순정적이면서 남자답게 보이고 싶어 하는 캐릭터입니다. 그래서 뫼르소는 한눈에 알아볼 수 있었던 '무어 여자'의 사기극조차 그는 끝내 알지 못했고, 법정에서의 저러한 소동에 대한 증언은 없었던 것이며, 레몽은 끝까지 그 사실을 모르는 것으로 소설이 끝나는 것입니다. 이에 대해서도 카뮈는 그것을 독자만이 알 수 있게 곳곳에 설정을 해두고 있습니다.
아무튼, 그래야 다음 문장들이 자연스럽게 이어지는 것입니다.

그러나 말을 할 적마다 입안에서 피거품이 일었다. 우리는 그를 부축해 최대한 빨리 오두막으로 돌아왔다. 거기서, 레몽은 가벼운 상처라며, 의사에게 가면 된다고 말했다. (졸역)
Mais chaque fois qu'il parlait, le sang de sa blessure faisait des bulles dans sa bouche. Nous l'avons soutenu et nous sommes revenus au cabanon aussi vite que possible. (원서 p.86)

다시 정리하면, 레몽은 여자들에게 보이지 않기 위해 곧장 의사에게 가길 원했지만 피거품이 일어서 뫼르소와 마송은 어쩔 수 없이 그를 부축해 서둘러 오두막으로 돌아온 겁니다. 응급처치를 하고 나서도 레몽은 역시 '가벼운 상처'라고, '의사에게 가면 되는 일'이라고 남자다운 모습을 보이고 있는데, 이 부분을 김수영 교수는 다음과 같이 옮기고 있습니다.

그러나 이야기를 할 적마다 상처에서 흐르는 피가 입속에서 거품을 일으켰다. 우리는 그를 부축해 허둥지둥 오두막으로 돌아왔다. 거기에 레몽이, 상처는 가벼우니까 의사에게 갈 수 있다고 말했다. (김수영 역 p.64)

보시다시피 '허둥지둥'이나 제멋대로 옮겨 붙인 쉼표(,) 등으로 레몽이 완전히 다른 인물이 되어버린 것입니다.
그다음 문장도 보십시오.

그는 마송과 함께 갔고, 나는 남아서 여자들에게 사건 이야기를 해 주었다. 마송 부인은 울고 있었고, 마리는 파랗게 질려 있었다. 나는 그들에게 설명을 하는 게 귀찮아서 이야기를 그쳐 버리고, 담배를 피우며 바다를 바라보았다. (김수영 역 p.64-65)

Il est parti avec Masson et je suis resté pour expliquer aux femmes ce qui était arrivé. Mme Masson pleurait et Marie était très pâle. Moi, cela m'ennuy ait de leur expliquer. J'ai fini par me taire et j'ai fumé en regardant la mer. (원서 p.86)

무심히 읽으면 역시 아무 문제가 없어 보입니다. 그러나 여기서도 사실은 완전히 다른 이야기를 하고 있는 것입니다. 자세히 보면, 원래는 이런 것입니다.

그는 마송과 함께 떠났고 나는 여자들에게 일어난 일을 설명해 주기 위해 남았다. 마송 부인은 울었고 마리는 매우 창백해져 있었다. 나는 그것에 대해 설명하는 게 내키지 않았다. 그래서 결국은 입을 다물었고 바다를 바라보며 담배를 피웠다. (졸역)

두 번역의 차이는 무엇일까요?
사실 김수영 교수의 저것은 '번역'이라기보다는 창작에 가깝다고 할 수 있습니다.
무슨 소리인가 하면, 김수영 교수는 "나는 남아서 여자들에게 사건 이야기를 해 주었다"라고 했지만 작가인 카뮈는 분명히 '나는 설명하기 위해 남았다(je suis resté pour expliquer)'라고 쓰고 있기 때문입니다.
뫼르소는 남긴 했지만 이야기 하는 게 내키지 않아서 그냥 담배를 피우며 창문 밖을 내다본다는 게 원래 카뮈가 쓴 문장입니다. 이야기를 듣고 말 것도 없이 이미 상황 파악을 하고 울고 있는 여자들, 그리고 되풀이 설명하는 것을 포기하고 창밖을 내다보는 뫼르소를 통해 카뮈는 다시 한 번, 평소 불필요한 말은 하지 않는 뫼르소의 캐릭터를 유지시키고 있는 셈입니다.
저것을 김수영 교수는 뫼르소가 '말을 하다 귀찮아서 그만두었다'고 한 것입니다.

참고로 영역자는 이렇게 번역했습니다.

Masson immediately said there was a doctor who spent his Sundays up on the plateau. Raymond wanted to go see him right away. But every time he tried to talk the blood bubbled in his mouth. We steadied him and made our way back to the bungalow as quickly as we could. Once there, Raymond said that they were only flesh wounds and that he could make it to the doctor's. He left with Masson and I stayed to explain to the women what had happened. Madame Masson was crying and Marie was very pale. I didn't like having to explain to them, so I just shut up, smoked a cigarette, and looked at the sea. (Matthew Ward 역 p.54)

위의 글을 원문과 대조해 보고 오후 늦게 내 방으로 넘어온 강팀의 얼굴이 긴장되어 있었다.

'뫼르소의 살인이 정당방위였다'는 내 주장은 사실 기존 번역서의 근간을 흔드는 것이었다. 뫼르소가 사람을 죽인 이유가 단지 태양 때문이 아닐 수도 있다는 주장은 maman est morte.가 '엄마가 돌아가셨다'라고 주장하는 것과는 차원이 다른 문제였다. 자칫하면 앞서의 오역 문제를 모두 무위로 돌릴 수도 있을 만큼 중차대한 문제 제기였기 때문이다.

그에 대해 강팀과 나는 긴 이야기를 나누었다. 역시 이번에도 그녀는 보론을 줄여서 가자는 의견을 내놓았다. '정당방위'나 '태양 때문에'라는 말을 단정적으로 내놓기에는 시기상조라는 이야기도 했다.

"우리는 번역으로만 보여주면 되지 않을까요?"

일단 나는 강팀의 우려를 완전히 무시할 수 없었기에 하루만 더 생각해보자고 하고 자리를 마무리하려 했다. 그런데 그녀가 불쑥 오늘 번역 가운데 한 문장을 지적해왔다.

> Raymond s'est retourné vers moi et a dit : « Tu vas voir ce qu'il va prendre. » Je lui ai crié : « Attention, il a un couteau! » Mais déjà Raymond avait le bras ouvert et la bouche tailladée. (원서 p.133)
>
> 레몽이 나를 돌아보며 말했다. "이자가 어떻게 되는지 두고 봐." 나는 그에게 소리쳤다. "조심해, 그자가 칼을 갖고 있어!" 그러나 레몽의 팔은 이미 베였고 입은 찢어졌다. (졸역)

"여기서 'Tu vas voir ce qu'il va prendre'는 좀 이상한데요?"

역시 강팀은 강팀이었다. 역시 이상한 건 이상한 거였다. 레몽이 아랍인 사내를 한 방 먹이고 뫼르소를 돌아보며 하는 저 말, 'Tu vas voir ce qu'il va prendre'의 뉘앙스는 내 상식으로는 도저히 알 수 없는 표현이었다. 번역 초기에는 불어든 영어든 알 만한 사람에게 전화로 물어라도 보곤 했지만, 실제 김수영 교수조차 틀린 부분을 다른 누군가에게 물어서 그 짧은 시간에 답을 구한다는 것은 애초부터 어불성설이라는 생각이 들었기에 이제 더 이상 누군가에게 전화로 묻고 말고 하는 일도 없어져버린 것이다.

사실 나는 저 한 문장 때문에 하룻밤 내내 고민했었다. 그러나 아무리 사전을 뒤져도 도저히 그 뜻을 파악할 수가 없었다. 상식적으로 단어를 꿰어 맞춰서는 도저히 문맥이 연결되지 않았던 것이다. 결국 나는 고민 끝에 저와 같은 의역을 내놓은 것인데, 강팀이 그 문장을 지적해왔던 것이다.

"글쎄, 솔직히 난 도저히 모르겠더라고……. 강팀 같으면 어떻게 하겠어요?"

내 되물음에 그녀가 말했다.

"아니요, 저도 답을 가지고 있어서는 아니구요……. 그래도 사장님 번역은 아닌 거 같아서……. 혹시 김수영 교수는 뭐라고 했는지 기억나시나요?"

"'이놈 꼬락서니 좀 봐.'"

"네?"

"김수영 교수가 그렇게 번역했다고요. '이놈 꼬락서니 좀 봐'라고."

"……?"

강팀이 입을 다물었다. 뭔가 깊이 생각하는 눈치였다.

"'Tu vas voir ce'에서 저런 의역을 가져온 거 같은데……. 아무튼 잘 모르겠더군."

나는 다시 한 번 '뫼르소의 정당방위' 주장 문제와 이 문장에 대해 하루만 더 생각해보자고 하고 자리를 마무리했다.

"'이놈 꼬락서니 좀 봐'는 좀 심하지만, 그건 김수영 교수다운 것 같아요."

강팀이 일어서며 말했다.

"그래요……?"

나는 고개를 끄덕이며 대답했다.

"고민해볼게요."

어쩌면 그것은 불어를 모국어로 사용하는 이들만이 알 수 있는 뉘앙스일 터였다.

11. 4.

출근해서 나는 강팀에게 미루어둔 연재를 올리라고 말했다.

강팀 의견대로 '뫼르소의 행위는 정당방위였다'는 보론의 내용은 생략했다.

이런저런 생각으로 복잡한 가운데서도 새벽녘 다음 문장의 번역을 보고서는, 지금 무엇보다 중요한 것은 어쨌든 끝까지 번역을 마치는 데 있다는 생각이 들었던 것이다.

J'ai remarqué que celui qui jouait de la flûte avait les doigts des pieds très écartés. (원서 p.87)

나는 피리를 불고 있는 녀석의 발가락들이 사이가 몹시 벌어져 있다는 것을 눈여겨보았다. (김수영 역 p.66)

지금의 상황은 이런 것이다. 칼부림을 당한 뒤 울분을 참지 못한 레몽이 집을 나섰고, 뫼르소가 뒤따랐다. 우연히 해변 끄트머리까지 왔는데, 그곳에 자기에게 칼질을 한 아랍인 사내들이 있다. 그런데 그들은 얼굴에 반창고를 붙이고 나타난 레몽을 보고도 아무 반응을 보이지 않는다. 그뿐만 아니라 여전히 평온하고 만족스러운 기색으로 상대를 무시하기까지 하는 모습이다. 레몽이 뒷주머니의 권총을 잡으며 위협했으나, 어찌 된 일인지 그들은 여전히 아무런 반응이 없다. 그러나 실상 그들도 바짝 긴장하고 있었던 것이다. 그래서 긴장하여 쭈뼛 세워지는 상대의 발가락이 뫼르소의 눈에 들어왔다는 것을 카뮈는 저렇게 쓰고 있는 것이다.

이 장면은 마침내 '문제의 권총'이 뫼르소 손으로 넘어가게 되는 상황을 위해 설정된 장면이기도 하다. 이 위기 상황에 뫼르소가 '상대의 발가락 사이가 몹시 벌어져 있는 것을 눈여겨보았다'라니…….

정작 의역은 이러한 곳에서 필요할 터이다. 지금 번역은 très écartés를 '매우 간격이 넓은'이라고 직역했기 때문이다. 이것은 또 "Tu vas voir ce qu'il va prendre"를 나름의 뉘앙스로 "이놈 꼬락서니 좀 봐"라고 해석한 것과 정반대로 언어의 특수성을 전혀 고려하지 않은 것이다.

김수영 교수의 이러한 희화적 표현이 틀렸다고 보기보다는 번역에서 오는 필연적인 어색함일 수도 있겠다. 그러나 이로써 이 문맥 전체를 이끌어가는 동사 'remarqué(눈길을 끌다, 알아챘다)'를 'remarquer(눈여겨보다, 알아보다)'로 바꾸어 번역해버리게 만든다는 점에서 오역인 것이다.

'눈길을 끈 것'과 '눈여겨본 것'은 완전히 다른 말이다. 제대로 번역하면 이런 의미일 것이다.

나는 피리를 불고 있는 자의 발가락이 바짝 긴장한 것을 알아보

았다. (졸역)

11. 5.

오늘로써 1부 번역을 마쳤다. 〈이방인〉 1부의 마지막 장면은 그야말로 압권이다. 뫼르소가 사람을 죽이게 되는 광경. 이것은 아마 어떠한 번역으로도 세계인의 마음을 사로잡을 만한 명문일 것이다. 이번 회분 역시 김수영 번역이 놓치고 있는 중요한 부분이 있었지만 더 이상 보론을 쓸 기분이 아니었거니와, 독자들이 이 문장 자체를 즐겁게 읽어주었으면 하는 바람으로 아무 언급 없이 번역 문장만 올렸다.

시뻘건 폭발은 그대로였다. 바다는 모래 위로 급하고 숨 가쁘게 잔물결들을 토해 내며 헐떡이고 있었다. 나는 천천히 바위를 향해 걸었는데 햇볕에 쪼여 이마가 부풀어 오르는 느낌이었다. 더위 전체가 나를 짓누르며 내 걸음을 막아서는 것 같았다. 얼굴을 때리는 뜨거운 숨결을 느낄 때마다, 나는 이를 악물고, 바지 주머니 속의 주먹을 움켜쥐며, 태양과 태양이 쏟아붓는 그 영문 모를 취기를 이겨 내느라 전력을 다하고 있었다. 모래와 흰 조개껍데기, 깨진 유리조각에서 솟구쳐 나오는 빛이 칼날처럼 번득

일 때마다 내 턱은 경련했다. 나는 오랫동안 걸었다.

저 멀리 빛과 바다의 먼지가 만들어 내는 눈부신 후광에 둘러 싸인 작고 어슴푸레한 바윗덩이가 보였다. 나는 그 바위 뒤의 차가운 샘물을 생각했다. 나는 졸졸 흐르던 그 샘물 소리를 다시 듣고 싶었고, 태양과 수고로움과 여자들의 눈물로부터 벗어나고 싶었으며, 그리하여 마침내 그늘과 휴식을 되찾고 싶었다. 그러나 좀 더 가까이 다가갔을 때, 나는 레몽을 노렸던 그 자가 다시 돌아와 있는 것을 보았다.

그는 혼자였다. 두 손을 머리 뒤로 깍지 끼고 드러누워 있었는데, 머리는 바위 그늘 안에 있고, 나머지 몸은 햇볕에 드러난 채였다. 열기 때문에 그의 푸른 작업복에서 김이 오르고 있었다. 나는 조금 놀랐다. 내게 있어서 그 일은 이미 끝난 것이었고, 그것에 관해 어떤 생각도 하지 않은 채 거기에 갔었던 것이다.

그는 나를 보자마자, 조금 몸을 들어 올리고 호주머니에 손을 넣었다. 자연스레 나도 호주머니 속 레몽의 권총을 움켜쥐었다. 그러자 그는 다시 몸을 뉘었으나 주머니에서 손을 빼지는 않은 채였다. 나는 그에게서 제법 멀찍이, 한 10여 미터쯤 떨어져 있었다. 나는 간혹 반쯤 감긴 눈꺼풀 사이로 움직이는 그의 시선을 눈치챌 수 있었다. 그러나 대체로 그의 모습은 내 눈앞의 불타는 듯한 공기 속에서 춤추듯 흔들거렸다. 파도 소리는 정오 때보다 더욱 나른하고 평온해졌다. 이전과 같은 태양, 같은 빛이 같은 모래 위로 연장되고 있었다. 낮이 더 이상 나아가지 않는 것처럼, 끓어 넘치는 금속의 대양 속에 닻을 내린 지 벌써 두 시간이 흘렀다. 수평선 위로 작은 증기선이 지나갔다. 나는 아랍인으로부터 한시도 눈을 떼지 않고 있었기에 한쪽 시선의 끝에 검은 얼룩같이 보이는 그것을 알아볼 수 있었다.

내가 뒤로 돌아서기만 하면 모두 끝나는 일이라는 생각이 들었다. 그러나 햇볕으로 이글거리는 해변 전체가 뒤에서 나를 압박했다. 나는 샘을 향해 몇 걸음 내디뎠다. 아랍인은 움직이지 않았다. 어쨌든 그는 아직 제법 멀리 떨어져 있었던 것이다. 아마 얼굴 위에 드리운 그늘 때문이었는지, 그는 웃고 있는 것처럼 보였다. 나는 기다렸다. 햇볕이 내 빰을 불태웠고, 눈썹에 땀방울이 맺히는 것이 느껴졌다. 그 햇볕은 엄마를 묻던 날의 것과 똑같은 것이었다. 특히나 그때처럼 나는 이마가 지근거렸고, 피부 밑에서 모든 정맥이 울려 댔다. 더 이상 참을 수 없는 그 뜨거움이 나를 한 걸음 더 나아가게 만들었다. 나도 알았다. 그것이 어리석은 짓임을, 한 걸음 더 옮겨 봤자 태양으로부터 벗어날 수 없다는 것을. 그러나 나는 한 걸음을, 다만 한 걸음을 더 앞으로 나아갔던 것이다. 그러자 이번엔 아랍인이 몸을 일으키지는 않은 채 칼을 뽑아서 태양 안에 있는 내게 겨누었다. 빛이 강철 위에서 번쩍 반사되며 길쭉한 칼날이 되어 내 이마를 쑤시는 것 같았다. 동시에 눈썹에 맺혔던 땀이 한꺼번에 눈꺼풀 위로 흘러내려 미지근하고 두꺼운 막이 되어 눈두덩을 덮었다. 이 눈물과 소금의 장막에 가려 내 눈은 보이지 않게 되었다. 이제 내가 느낄 수 있는 것이라곤 이마에서 울려 대는 태양의 심벌즈 소리, 정면의 단검에서 여전히 희미하게 번쩍이는 빛의 칼날뿐이었다. 그 타는 듯한 칼날은 속눈썹을 파고들어 아픈 두 눈을 후벼 팠다. 모든 것이 휘청거린 건 바로 그때였다. 바다로부터 무겁고 뜨거운 입김이 실려 왔다. 온 하늘이 활짝 열리며 비 오듯 불을 뿜어 대는 것 같았다. 나는 온몸이 긴장했고, 손으로 권총을 힘 있게 그러쥐었다. 방아쇠가 당겨졌다. 나는 권총 손잡이의 매끈한 배를 느꼈다. 그리고 거기에서, 날카롭고 귀청이 터질 듯한 소음과 함께 그 모든 것이 시작되었다. 나는 땀과 햇볕을 떨쳐 버렸다. 나는 내가 한낮의 균형을, 스스로 행복감을 느꼈던 해변의 그 예외적인 침묵을 깨뜨려 버렸다는 사실을 깨달았다. 그러고는 미동도 않는 몸뚱이에 네 발을 더 쏘아 댔고 탄환은 흔적도 없이 박혀 버렸다. 그것은 불행의 문을 두드리는 네 번의 짧은 노크 같은 것이었다. (졸역)

퇴근 후 강팀과 '화도 일식'에서 저녁을 먹었다. 1부를 마친 기념이라고 할까? 그러고 보니 3년을 같이 일했지만 단 둘이 저녁을 먹은 것은 처음인 것 같았다. 술도 한잔했다.

이야기는 번역 얘기로 모아질 수밖에 없었다.

"김수영 교수님이 어느 인터뷰에서 '창작이 작곡이라면, 번역은 연주다'라는 말을 남긴 모양이에요."

"그래요? 멋진 말이네요……."

나는 문득 떠오른 다음 말을 삼키느라 술잔을 비어야 했다.

'교수님, 그런데 이건 연주가 아니라 편곡이 아닐까요. 그것도 아주 질 낮은……'

11. 6.

새벽녘 잠이 깨어 인터넷에 접속해 보니 카뮈로부터 편지가 와 있었다. 예전과는 다르게 제법 긴 글이었다.

친애하는 이윤.

수고 많으셨어요. 그간의 번역 잘 보았어요. 그렇게 복잡하게 형성된 내 모국어가 한국이라는 나라에서는 저렇게 표현되는구나 하는 걸 보는 재미도 쏠쏠하네요. 하하. 물론 이윤 씨가 내가 아닌 이상 내 문장 전부를 100% 적확하게 옮기고 있다고 할 수는 없겠지만 말입니다. 어느 대목에서는 더 좋은 표현이 있지 않을까 하는 생각도 하지만, 전반적으로 문제는 없어 보입니다. 물론 군데군데 제 표현과 다른 번역을 보이기도 하지만 그런 것들은 일단 이야기 전개에 아무 문제가 없으니 안심하셔도 됩니다.

사실 저는 한국의 능력 있는 역자들이 왜 내 소설에 대해서 저렇듯 오해를 하고 있을까? 생각해본 적이 있어요. 그에 대해서 한국의 제 지인(이윤 씨를 소개한 바로 그분입니다)과 대화를 나누다 보니 이해할 수 있을 것 같더군요. 이윤 씨는 아무 고민 없이 넘어간 것 같은 단어, insultés. 나는 이것이 지금의 오역 사태를 이해할 수 있는 상징적 단어가 아닐까 생각해보았습니다. 이윤 씨는 한국의 다른 역자들과 달리 '레몽'이라는 인물을 오해하지 않았고 그랬기에 내가 쓴 저 말의 시니피앙과 시니피에, 둘 다를 이해할 수 있었던 것이 아닐까 하는 것입니다. 그렇지 않은가요?

힘드시겠지만 서두를 필요는 전혀 없는 일이라고 생각해요. 내가 이 짧은 소설을 쓰는 데 3년이 걸렸다면 믿으시겠어요? 썼다 지우길 수없이 했죠. 심지어 갈리마르로 원고가 넘어간 다음에도 두 번이나 손을 댔어요. 그만큼은 아닐지라도 번역 역시 그만한 고뇌가 따라야 하는 게 당연한 일이겠지요. 문학작품을 다른 언어로 옮기는 일은 분명 그 이상의 고통스러운 과정이랄 수 있을 테니까요. 아무튼 1부를 마치느라 고생 많이 하셨어요. 끝까지 건투를 빌어요.

_루르마랭에서 당신의 친구 카뮈

p. s. 내 증조할아버지 '클로드 카뮈'는 프랑스 남서부 보르도 출신이고 할아버지는 마르세유에서 나셨습니다. 그런데 두 분 모두 알제리의 울레드 파레트라는 농촌에 정착해 삶을 꾸려가셨죠. 그렇듯 제 아버지 '뤼시엥 오귀스트 카뮈'는 순수한 프랑스 혈통이지만, 어머니는 다릅니다. 제 외증조부모가 스페인 영토 시우다델아에서 결혼해 알제리로 이주해 오셨고, 제 외할머니인 '카트린 마리 카르도나'는 발레아레스제도인 메노르카 출신으로, 그곳은 무어인, 영국, 프랑스에 의해 차례로 지배당하다가 스페인으로 귀속된 땅입니다. 그래서 세상에는 제 외가가 스페인 혈통으로 알려져 있습니다. 그러나 저는 어머니인 제 외가 쪽으로는 무어인의 피가 흐르고 있지 않은가 생각합니다. 물론 그에 대해 관심이 깊었던 저는 기록을 좇았지만 문서는 남아 있지 않았습니다. 문맹이셨고, 말을 더듬으셨던 어머니를 대신해 제 집안을 건사하셨던 외할머니를 통해 나름 짐작하고 있는 것이지요.

왜 갑자기 내가 우리 가족사를 늘어놓느냐 하면, 당시의 알제는 프랑스 식민지의 이주정책에 따라 다양한 종족들이 모여들어 글자와 언어가 섞여버렸다는 걸 미리 알려드리고 싶어서입니다. 〈이방인〉은 그러한 배경 아래 놓여 있던 알제에서 쓰인 소설입니다.

앞으로 맞닥칠 2부 번역은 이러한 제 가족사를 이해하는 게 무엇보다 도움이 되지 않을까 싶어서 두서없이 내 가족사를 정리해보았어요.

노파심에 하나만 덧붙이자면, 앞으로는 번역 연재에 가능한 보론을 달지 않으면 어떨까 생각해보았어요. 열에 아홉이 맞아도 하나가 틀리면 그 아홉이 빛을 잃을 수 있기 때문이지요.

마지막으로 이윤 씨의 이 작업은 틀려야만 끝까지 갈 수 있는 길이라는 말씀을 드리고 싶네요. 진심으로 응원을 보냅니다.

글을 다 읽고 나는 잠시 묘한 기분에 빠졌다. 이제는, '이자는 정말 누구일까?'라는 생각보다, '이분은 정말 카뮈가 아닐까?' 하는 생각이 더 깊어졌다. 아니, 그가 정말 카뮈이면 좋겠다는 생각을 했다. 그러나 역시 그건 말도 안 되는 일이었다. 도대체 이렇듯 내 일거수일투족을 지켜보듯 글을 써 보낼 수 있는 사람은 누구란 말인가?

욕을 하다(insultés)라고? 시니피앙과 시니피에라고? 도대체 이분은 또 무슨 소리를 하는 걸까? 또 긴 추신의 의미는 무엇일까?

나는 망연자실 앉아 있다가 떠오른 생각에 〈이방인〉에서 insultés가 쓰인 문장을 찾아보기로 했다. 그것은 바로 전 회에 나온 표현이었기에 오래 찾을 필요도 없었다.

한 시 반쯤, 레몽이 마송과 함께 돌아왔다. 그는 팔에 붕대를 감고 입 한 귀퉁이에는 넓은 반창고가 붙어 있었다. 의사는 그에게 별거 아니라고 했지만, 레몽은 몹시 침울해 보였다. 마송이 그를 웃기려고 애썼다. 그러나 그는 여전히 아무 말도 하지 않았다. 해변에 나가 봐야겠다고 그가 말했을 때, 어디로 갈 참이냐고 내가 물었다. 바람을 좀 쐬고 싶다고 그가 답했다. 우리도 함께 가자고 마송과 내가 말했다. 그러자 그가 화를 내며, 우리에게 욕을 했다. 마송이 그의 비위를 거스르면 안 되겠다고 말했다. 어쨌든 나는 그를 따라나섰다. (졸역)

Vers une heure et demie, Raymond est revenu avec Masson. Il avait le bras bandé et du sparadrap au coin de la bouche. Le docteur lui avait dit que ce n'était rien, mais Raymond avait l'air très sombre. Masson a essayé de le faire rire. Mais il ne parlait toujours pas. Quand il a dit qu'il descendait sur la plage, je lui ai demandé où il allait. Il m'a répondu qu'il voulait prendre l'air. Masson et moi avons dit que nous allions l'accompagner. Alors, il s'est mis en colère et nous a insultés. Masson a déclaré qu'il ne fallait pas le contrarier. Moi, je l'ai suivi quand même. (원서 pp.86-87)

이분은 지금 레몽이 우리에게 '욕을 했다'는 저 단어가 김수영 번역의 오역을 이해하는 단초가 될 거라고 말하고 있는 셈이었다. 그런데 나는 저 부분을 번역하면서는 거의 고민하지 않았던 것이다. 혹시 김수영 교수는 이 부분을 어떻게 옮겼는지 찾아보았다.

1시 30분쯤 레몽이 마송과 함께 돌아왔다. 그는 팔에는 붕대를 감고 입가에는 반창고를 붙이고 있었다. 의사는 대수롭지 않다고 했으나, 레몽은 매우 침울한 낯을 하고 있었다. 마송이 웃기려고 애를 써봤지만, 레몽은 여전히 말이 없었다. 바닷가로 내려간다고 하기에 나는 그에게 어디로 가느냐고 물었다. 그는 바람을 쐬고 싶다고 대답했다. 마송과 나도 함께 가겠노라고 하자, 레몽이 화를 내며 우리에게 욕을 했다. 그의 비위를 거스르지 말자고 마송이 말했다. 나는, 그래도 그의 뒤를 따랐다. (김수영 역 p.65)

역시 내 번역과 별반 다르지 않았다. 카뮈라는 자는 도대체 무엇을 말하고 싶었던 것일까?

그런데 도대체 지금 메일을 보내오고 있는 카뮈라는 자는 그렇다 치고, 그의 편지 속에 등장하는 지인은 누구이며, 지금의 내 일상은 또 어떻게 이리 상세히 알고 있는 것일까……?

생각이 깊어지다 보니 이제는 모든 게 의심스럽기만 했다. 혹시 이 일의 중심에 강팀이 있는 것은 아닌가 하는 생각이 다시 든 것도 그래서였다. 여러 생각을 해보니, 처음에 카뮈에게서 온 것이라며 편지를 가져다준 것도 그녀였고(그러고 보니 그녀가 프랑스로 여름휴가를 다녀온 직후였다), 내가 직접 번역을 해보는 게 어떻겠느냐고 처음으로 제안한 것도 그녀였다. 공교롭게 누군가 카뮈의 전기와 일본어 번역판을 보내온 날도 그녀는 휴가 중이었다. 설마…… 그렇다면 그녀가 왜……? 생각은 거기서 길을 잃었다. 그럴 이유가 전혀 없는 것이었다. 나는 애써 어리석은 생각을 떨쳐버리고는 간편한 복장으로 집을 나섰다. 뒤늦은 산행에 나선 것이다.

11. 7.

2부를 번역하다 보니 카뮈가 얼마나 단어를 경제적으로 골라 썼는지를 새삼 깨닫게 된다.

2부의 첫 장에는 두 명의 새로운 사람이 등장한다. 예심판사와 변호사다. 앞서 살핀 1부의 등장인물들도 그랬지만, 이 둘 또한 너무도 개성이 뚜렷한 인물들이다. 저 짧은 분량 속에, 또 저 짧은 문장만으로 인물들의 전형을 하나같이 어떻게 저렇게 뚜렷이 그려낼 수 있는 것인지. 그의 작가로서의 천재성에 절로 감탄이 나왔다.

그는 매우 합리적으로 여겨졌고, 입술을 씰룩거리는 신경성 안면 경색에도 불구하고, 어쨌든 호감이 갔다. 나는 심지어 방을 나오면서 그에게 손을 내밀 뻔했는데, 그러나 그때 마침, 내가 사람을 죽였다는 것이 떠올랐다. (졸역)

Il m'a paru très raisonnable et, somme toute, sympathique, malgré quelques tics nerveux qui lui tiraient la bouche. En sortant, j'allais même lui tendre la main, mais je me suis souvenu à temps que j'avais tué un homme. (원서 p.98)

해당 부분을 찾아보니 김수영 교수는 이렇게 옮기고 있었다.

그는 분별력이 있고, 입술을 쫑긋거리는 신경질적인 버릇이 있기는 해도 그럭저럭 호감을 느낄 수 있을 듯이 보였다. 방을 나서면서 나는 그에게 손을 내밀려고 했지만 때마침 내가 사람을 죽였다는 사실을 상기했다. (김수영 역 p.74)

역시 매끄럽게 윤문이 되어 문제없는 번역 같지만, 여기서 '신경질적인 버릇(tics nerveux)'은 '신경성 안면 경련'으로 옮겨야 옳다. 그래야 문장 속 'sympathique(호감이 가다)'와도 충돌하지 않기 때문이다. 무엇보다 카뮈는 이 'tics nerveux' 속에 예심판사의 특징을 고스란히 담아내고 있다. 저걸 그냥 '신경질적인 버릇'이라고 해버리면 '신경질을 버릇처럼 부리는 이에게 호감을 느꼈다'는 의미가 되니, 그렇게 쓸 작가도 없겠지만, 무엇보다 어떤 문학적 상상력도 끼어들 여지가 없게 되는 것이다.

더불어 카뮈는 이 짧은 문장을 통해, '매우 합리적이고, 호감이 가게 만드는' 예심판사의 가식(그의 본색은 뒤에 가서 적나라하게 드러난다)과, 그런 그에게 '심지어' 악수를 청할 생각을 할 정도로 호감을 느끼는 뫼르소의 단순성을 대비시킴으로써 극적 효과를 가져오고 있는 것이다. 그런데 이러한 작가의 의도를 읽지 못한 역자는 단순히 단어의 뜻만 나열해둔 셈이다.

오늘 치 번역을 올리자 여러 댓글이 달렸는데, 그 가운데 역시 tics에 대한 나름의 견해들이 많았다.

「지적하신 '신경성 안면 경련'은 그냥 있는 그대로 '틱 장애'라고 표현하는 게 어떨까 합니다. '틱'은 국립국어원 표준어사전에도 등재된 낱말로, 그 단어 자체에 신경성 질병이라는 게 포함되어 있고, 최근에는 일상적으로 쓰이고 있는 말이기에 그렇게 직역해도 무방할 것 같습니다.」

「김수영 교수가 《이방인》을 '처음' 번역했을 때는 틱 장애(신경성 안면 경련)라는 것이 한국인들에게는 그리 알려지지 않은 병증이었고, 그래서 저런 오역이 나온 게 아닌가 짐작해봅니다.」

물론, 독자의 지적처럼 나 역시 여기서 tics은 '틱 장애'가 어울린다고 생각한다.

김수영 교수의 번역 시점 문제는, 김 교수가 이 책을 처음 번역한 것은 25년 전이 맞지만, 바로 두 해 전(2011년) 현재 시점에 맞게 꼼꼼히 재번역을 했다고 개정판의 해설 속에 밝혀두고 있으니 적절한 지적은 아니었다(그 전에도 세 번의 재번역이 있었다).

물론 독자는 그런 사정을 전혀 알 리 없을 테지만……. 아무튼 작품 속에서 tics이 어떻게 일관성 있게 옮겨지는 게 바람직할지는 전체 번역을 끝내고 생각해도 늦지 않을 일이었다.

오후 늦게 강팀을 불러 이런저런 얘기를 나누던 끝에 나는 슬쩍 물었다.

"강팀, 그런데 말예요. 요즘 보내오는 편지 말이죠?"

"예? 무슨 편지요?"

은근히 떠본 것인데, 그녀의 얼굴에선 전혀 이상한 기색을 느낄 수 없었다. 일보 전진.

"카뮈 이름으로 보내오는 편지 말이에요."

"카뮈요? 그 사람이 또 편지를 보내왔나요?"

역시 아니었다. 하긴 그녀가 쓴 편지라 한들 이런 정도로 인정할 요량이었다면 아마 시작도 하지 않았을 것이다. 정작 그녀가 아니라면 오히려 내가 귀신으로부터 편지를 받는 사람이 될 터이니…… 일단은 그냥 덮기로 했다.

나는 강팀을 내보내고, 괜한 질문을 했구나 싶어 약간의 후회도 들었다. 어떤 이유였건, 또 그가 누구건 간에, 정말이지 이 작업은 누군가 반드시 해야 할 일인 것만은 분명했다.

11. 8.

오늘 연재분은 예심판사의 심문을 받는 뫼르소의 태도와 심경을 그린 장면으로 상당히 긴장감이 넘친다. 보론을 이용해 하고 싶은 말이 많았지만, '카뮈'의 편지가 마음에 걸렸다.

'열에 하나를 틀려도 나머지가 빛이 바랠 수도 있으니 이제 보론은 쓰지 않는 게 좋겠다.'

그러나 꼭 그래서만은 아니었다. 따로 쓸 시간도 여의치 않았기에 나는 강팀에게 대조 후 문제가 없으면 그냥 번역문만 올리라고 했다.

회의시간에 편집장이 이상한 소리를 했다. 기존의 수비니겨 작가가 아닌, 내일이 기대되는 작가들의 작품을 출간해보자는 취지하에 기획을 했고, 그 가운데 한 분에게 청탁을 해서 소설을 받았는데, 원고를 보내면서 자신의 이름을 가명으로 해달라고 하더라는 것이었다. 그는 지지난해 '올해의 작가상'을 수상한 이로 그 이름을 믿고 청탁을 했던 것인데, 자기 이름을 가명으로 해달라니, 이건 무슨 소리일까? 필명도 아니고 가명이라니? 잘 이해가 되지 않았다.

"무슨 소린지 모르겠네. 작품은 어떤데요?"

"편집부에서 돌려 봤는데 흥미는 있다고……."

"그런데 자기 이름을 쓰지 않겠다? 문학상까지 받은 작가가……?"

나는 의아해하며 일단 원고를 내 메일로 보내보라고 하곤 다른 안건으로 넘어갔다.

11.14.

연재가 제때 올라가지 않고 보론도 쓰지 않고 있자, 역자에게 무슨 일이 있느냐고 묻는 댓글이 달렸다. 출판사 사장이 역자인 줄 전혀 모르는 독자들로서는 당연한 반응일 것이었다.

많은 사람들의 관심이 한편 기쁘면서도 부담스러웠다.

나는 정말 잘하고 있는 것일까?

오늘 번역 중에 메모해둔 몇 가지.

Il était deux heures de l'après-midi et cette fois, son bureau était plein d'une lumière à peine tamisée par un rideau de voile. (원서 p.101)

오늘 연재분의 첫 문장이기도 한 이것을 김수영 교수는 이렇게 옮겨두었다.

오후 2시였는데, 이번에는 그의 사무실이 얇은 커튼을 뚫고 새어드는 빛으로 가득 차 있었다. (김수영 역 p.76)

무심히 보면 그냥 넘어갈 수 있는 대목이지만, 사실은 매우 큰 차이가 있는 문장이다. 저기에서 '2시'라는 시간의 '태양'은 〈이방인〉의 가장 중요한 '상징'이다. 실상 어머니의 장례식도 그러했고, 뫼르소의 살인 또한 저 2시의 태양에서 기인하고 있기 때문이다.

이 문장은 위에서처럼 그냥 '얇은 커튼을 뚫고 새어드는 빛'이라고 무심히 옮겨서는 안 된다. 이 문장에서 가장 중요한 것은 역자가 '새어들다'라고 옮기고 있는 tamisée에 있기 때문이다. 저 단어에는 분명 '새어들다'라는 뜻이 있긴 하다. 카뮈는 이 소설에서 저렇듯 중의적인 뜻을 가진 단어를 아주 많이 사용한다. 김수영 교수는 그때마다 〈이방인〉의 본뜻과는 다른 의미를 선택하고는 이어지는 이야기를 비트는 경향을 여러 곳에서 볼 수 있었다. 여기서도 저 단어는 밖의 폭압적인 햇볕과 대비되는, 판사실과 법정 안의 차단된 볕을 이야기하기 위해 작가가 일부러 골라 쓴 단어로 보인다. '새어들다'가 아니라 '누그러지다(걸러지다, 여과되다)'라는 의미인 것이다.

그러므로 저 문장은,

오후 2시였는데, 이번에 그의 사무실은 얇은 커튼에 의해 그나마 누그러진 볕이 가득 차 있었다. (졸역)

로 해야 할 것이다.

À chaque phrase il disait : « Bien, bien. » Quand je suis arrivé au corps étendu, il a approuvé en disant : « Bon. » (원서 p.103)

후반부의 이 문장 역시 거슬렸다. 김수영 교수는 이것을,

한마디 할 적마다 그는 "네, 네" 하고 말하는 것이었다. 쓰러진 시체에 이야기가 미치자 그는 "좋아요" 하면서 내 이야기를 확인했다. (김수영 역 p.77)

로 옮겼다. 'Bien'과 'Bon'의 차이. 김수영은 저것을 "네, 네"와 "좋아요"로 구분해 번역했다. 저런 차이일까? 특별한 차이가 있을 것 같지 않은 저 말을 카뮈는 왜 굳이 저렇게 구분해서 썼

을까? 내가 과민 반응일까? 그냥, 반복이 싫어서? 그럴 수도 있겠다. 사전에 기대면, bon보다는 bien이 좀 더 강한 의미의 긍정으로 쓰인 듯하다. 그 차이라면, 단지 그 차이라 하더라도 김수영은 틀린 번역이 된다. 앞의 '네, 네' 보다는 뒤의 '좋아요'가 오히려 우리말로는 강한 긍정으로 보이니까…….

저 둘의 차이는 틀림없이 뉘앙스 차이일 것이다.

나는 영어판을 살펴보았다.

After each sentence he would say, "Fine, fine." When I got to the body lying there, he nodded and said, "Good." (Matthew Ward 역 p.67)

매슈 워드는 'Fine, fine'과 'Good'으로 구분하여 번역하고 있었다. 더 궁금증이 일었다.

Bien과 Bon의 차이, 명료히 잡히지는 않았지만 분명 차이가 있을 것 같은데……. 주변의 누군가에게 묻기도 뭣한 문제였다. 그렇다면 우리말에서 '좋다'는 의미를 가진 강한 긍정은 무엇이 있을까? '괜찮군'? '아주 좋아'? '좋아, 아주 좋아.' 그렇다면 뒤의 일반적 긍정 'Bon'은……?

나는 고민 끝에 일단 내 방식대로 번역하곤 넘어갔다. 대세는 아니었으므로.

강팀에게도 당연히 묻지 않았다. 아마 강팀조차 무슨 이런 걸 두고 고민하고 있느냐고 생각할 게 틀림없기 때문이었다.

11.15.

편집장이 준, '내일이 기대되는 작가들의 작품' 취지로 기획해 청탁했던 소설 원고를 읽었다. 그런데 첫 장부터 원고가 좀 이상했다. 내가 예민한 건가? 다른 사람들의 지적이 없었으므로 나는 좀 더 주의를 기울여 원고를 읽어나갔지만 결국에는 중간에 포기하고 말았다. 내가 보기에 그것은 명백한 표절이었다. 아니, 표절이라는 표현은 맞지 않을 수 있다. 그보다는 명백히 '하루키 문체'의 도용이었다.

사실 그 '하루키 따라하기'는 지금으로부터 20여 년 전 문청들 사이에서는 유행처럼 번졌었다. 아니, 딱히 문학 지망생뿐만 아니라 기성작가들에게서도 그 혐의를 찾아보기가 어렵지 않았다. 실제로 당시 가장 상금이 컸던 유명 문학상의 대상 수상작조차 뒤늦게 그러한 사실이 밝혀져 문단이 발칵 뒤집히기도 했다. 언론은 물론 작품 심사를 했던 대가들조차 그걸 몰라봤다는 부끄러운 '치부' 때문에 쉬쉬하며 넘어갈 수밖에 없었는데, 그 소설은 그해 최고 베스트셀러가 되었고 결과적으로 일반 독자들만 속은 셈이었던 것이다(당시 심사위원장이 지금은 고인이 되신 박완서 작가였다. 그 일로 그분이 얼마나 힘들어 했는지를 훗날 들었다). 더 재미있는 사실은 작가는 그 소설로 일약 스타 작가가 되어 이후 작품이 영화화되면서, 급기야 최고 학부의 교수로 특채되기까지 했다는 점일 것이다.

그것과는 조금 다른 경우지만, 이 작가는 아마 당시 문청 시절에 썼던 원고를 조금 손봐서 출판사로 보낸 게 아닐까 짐작되었다. 따지고 보면, 누구의 문체를 흉내 냈건, 무슨 문학상을 심사하는 자리도 아닌 마당에서는 그걸 두고 뭐라 그럴 사람은 없었다. 최종적으로 그건 자신의 글이니 자신이 책임질 일이었다. 결국 그것은 양심의 문제였다. 그럼에도 나는 괜한 분란을 만들지 않기 위해, 서둘러 편집장을 불러 작가에게 메일을 보내라고 일렀다.

“우리도 가명은 곤란하다고 하세요. 지금의 작가 이름을 내걸고라도 낼 의향이 있으면 그때 가서 고려해보겠다고요.”

작가에게 에둘러 거절하라는 뜻이었다.

“예……?”

연배로 미루어볼 때, 편집장은 그 원고가 하루키의 도용이라는 사실을 전혀 모르는 것 같았다. 의아해하는 편집장에게 나는 그에 대해서는 따로 설명하지 않았다. ‘문체’의 도용 같은 것은 무슨 증거가 있는 게 아니니까. 그것이 한눈에 드러나는 것이라면 대가들조차 그런 실수를 할 수 없는 것이니까.

"어차피 우리로서는 그 작가 이름을 보고 '내일'을 기약하고 청탁한 거지, 원고를 보고 한 게 아니니까. 작가의 가명은 우리의 기획 취지와 맞지 않아 곤란하다고 메일 보내세요. 그러고 나서 반응을 봅시다."

편집장은 알겠다며 돌아갔다.

나는 기분이 좋지 않았다. 허접스러운 이에게 뭔가 시험당한 것 같은, 출판사 전체가 모독당한 것 같은 느낌이랄까……. 가명으로는 안 되겠다고 하면, 그는 자신의 필명을 허락할까? 결코 그러지 않을 것이다. 만에 하나 그렇다면 내 반응이 과민한 것일 수도 있었다. 적어도 본인은 자신의 글이 누구 것을 닮았다는 사실을 의식하지 못했을 수도 있으니까. 그러나 그럴 정도라면 대놓고 '가명' 운운했을 리는 결코 없는 것이었다. 나는 그가 상을 받았다는 작품을 읽어보지 못했다. 그조차 의심스러워졌다. 표절은 세상 전부를 속일 수 있어도 자신까지 속일 수 없었다. 글이라는 것의 속성이 그러했다. 앞서 교수가 된 작가도 뒤늦게 표절이 밝혀지자, 그때서야 그것도 하나의 소설 작법이라고 항변했다. '패스티시' 기법이라고. 그때는 이미 되돌릴 수 있는 것이 아무것도 없었다. 그는 이미 스타 작가였고, 최고 학부의 최고 인기 있는 최연소 교수였다. 출판사는 그의 원고를 받으려고 줄을 섰다.

오늘 올릴 번역 연재분까지 떠올리자 마음이 더욱 복잡해졌다. 도대체 작금의 작가들과 역자들에게 출판사라는 곳은 어떤 곳일까? 어찌어찌 이름을 얻고 그를 배경으로 사람들이 알아주고 아무 원고라도 던져주면 책을 만들어주는 곳? 제자들을 시켜 쪽 번역을 해서 넘겨줘도 감개무량해하며 그럴 듯하게 만들어서 포장해주는 곳? 아니 그 이름에 기대 광고하고 홍보해서 베스트셀러까지 만들어주는 곳? 출판사가 혹시 그런 곳이라고 여기기라도 한다는 말인가……? 어디서부터 어떻게 꼬여버린 것일까?

나는 어제오늘 번역을 하면서 확인할 부분이 생겨 연재를 올리지는 않았다.

이제야 카뮈라는 자가 굳이 자신의(?) 가족사를 적어 보내온 이유를 조금은 알 것 같기도 해서였다. 그는 자신에게 무어인의 피가 흐르고 있다고 했다. 카뮈의 편지는 '무어인'과 '아랍인'의 차이, 그것을 내게 알려주고 있었던 것이다.

앞서 카뮈는 어머니의 시신이 안치된 영안실의 '아랍인 (여자) 간호사une infirmière arabe'와 원장이 장례식에 참석시킨 알제 출신의 수간호사, 그리고 뫼르소가 죽인 '아랍인 남자les Arabes'

와 레몽의 여자이기도 했던 '무어 여자une Mauresque'라는 구분을 통해 알제인과 아랍인, 그리고 무어인을 확실히 구분 짓고 있었던 것이다.

그렇다면 카뮈는 왜 그랬던 것일까? 왜 그렇게 복잡한 인종적, 성적 구분을 둔 것일까? 단어 하나, 쉼표 하나도 치밀하게 고르며 3년을 고쳐 썼다는 카뮈가 아무 이유도 없이 이렇게 복잡하게 인종과 성을 구분해 썼다면 당연히 그만한 이유가 있을 것이다. 도대체 그 이유가 무엇일까?

물론 이러한 차이는 그냥 아무 생각 없이 읽으면 결코 느낄 수 없는 것일 수도 있었다. 누구보다 많은 원고와 책을 읽었을 편집장이 앞서의 저러한 표절을 눈치 채지 못한 것처럼, 천하의 강팀도 이에 대해서 언급조차 않고 있는 것으로 보아 크게 다르지 않은 것 같았다.

'아랍인 남자'와 '무어인 여자', 도대체 둘의 차이가 뭘까? 나는 좀 더 확실히 이해하기 전에는 강팀에게조차 꺼내놓지 않을 작정이었다.

11.18.

주말을 보내고 출근하자마자 강고해 팀장에게 인터폰으로

말했다.

“지금 강팀 메일로 텍스트 두 개를 함께 보낼게요. 어떤 선입관이나 편견도 갖지 말고 그냥, 두 개를 비교해 읽어볼래요? 그리고 이야기 나눕시다.”

“알겠습니다.”

그리고 나는 파일을 보냈다.

뒤를 제대로 번역하기 위해서는 ‘아랍인’과 ‘무어인’의 차이 등, 확인하고 넘어가야 할 것들이 있었다. 내 생각이 다만 나 혼자만의 생각으로 그치지 않기 위해서는 확인이 필요할 것 같아 이러한 방법을 생각해낸 것이다.

번역 A

내 앞에 줄무늬 옷을 입고 얼굴이 햇볕에 그은 마리가 보였다. 내가 서 있는 쪽에는 수감자들이 여남은 명 있었는데, 대부분이 아랍인들이었다. 마리는 무어인들에게 둘러싸여 면회 온 여자 사이에 끼여 있었다. 하나는 입을 꼭 다물고 있는, 검은 옷차림의 키가 자그마한 노파였고, 또 하나는 뚱뚱한 맨머릿바람의 여자였는데 몸짓을 많이 섞어 가며 목청을 돋워서 지껄이고 있었다. 철책 사이의 거리 때문에 면회인들이나 죄수들은 아주 큰 소리로 이야기하지 않으면 안 되었다. 내가 방 안에 들어섰을 때, 소란한 목소리가 그 방의 크고 텅 빈 담벼락들에 반사되어 울리고 하늘에서 유리창들 위로 흘러내린 세찬 빛이 방 안으로 뻗쳐 들어오고 있어서 나는 정신이 얼떨떨했다. 나의 감방은 그보다 더 조용하고 더 어두웠다. 그곳에 익숙해지는 데는 잠시 동안의 시간이 필요했다. 그러나 마침내 나는 밝은 빛에 드러난 얼굴 하나하나를 똑똑히 볼 수 있게 되었다. 간수 한 사람이 철책 사이의 복도 끝에 앉아 있는 것을 알아차릴 수 있었다. 대부분의 아랍인 죄수들과 그 가족들은 서로 마주 향한 채 웅크리고 앉아 있었다. 그들은 소리를 지르지는 않았다. 그처럼 소란스러운 가운데서도 그들 사이에는 나직한 말로 의사소통이 가능한 것이었다. 아래로부터 올라오는 그들의 희미한 속삭임은 그들의 머리 위에서 교차하는 말소리에 대해 일종의 지속적인 저음부를 이루고 있었다. 그러한 모든 것을 나는 마리에게로 다가가면서 한순간에 알아챘다. 벌써 철책에 달라붙어서, 마리는 있는 힘을 다해 나에게 웃어 보이고 있었다. 나는 그녀가 매우 아름답다고 생각했으나, 그런 말을 그녀에게 하지는 못했다.
"그래 어때요?" 하며 마리는 아주 큰 소리로 말했다. "그냥 그렇지 뭐." "잘 지내지? 뭐 필요한 건 없고?" "응, 아무것도 없어."
우리들은 말을 끊었고 마리는 여전히 웃고 있었다. 뚱뚱한 여자는 내 옆의 남자를 향해 울부짖고 있었다. 아마 그녀의 남편인

듯, 솔직한 눈매를 지닌 키가 큼직한 금발의 사내였다. 그들은 무슨 말인지 이미 시작된 대화를 계속하고 있는 것이었다.

"잔은 그 녀석을 붙잡으려고 하질 않았다고요." 하고 여자가 소리소리 지르고 있었다. "응, 그래?" 하고 사내는 말했다. "당신이 나오면 그 녀석을 꼭 붙잡을 거라고 말했지만, 그래도 붙잡으려 들지를 않았어요."

그때 마리가 나서서 레몽이 내게 안부를 전하더라고 소리를 질러서 나는 "고맙다."고 대답했다. 그러나 내 목소리는, "그 녀석은 잘 있느냐."고 묻는 나의 옆 사내의 목소리에 뒤덮여버리고 말았다. 그의 아내는, "그는 더할 나위 없이 건강하게 지낸다."고 말하면서 웃었다. 내 왼편에 있는, 손이 가냘프고 키가 작은 청년은 아무 말이 없었다. 나는 그가 자그마한 노파와 마주 대하고 있으며, 두 사람 다 서로를 뚫어지게 쳐다보고 있다는 것을 알아차렸다. 그러나 나는 그들을 더 관찰할 여유가 없었다. 희망을 품어야 한다고 마리가 외쳤기 때문이다. 나는 "그럼." 하고 대답했다. 그와 동시에 나는 마리를 물끄러미 바라보았다. 입은 옷 위로 그녀의 어깨를 꼭 껴안고 싶었다. 나는 그 얇은 천에 욕망을 느꼈다. 그리고 그 천 말고 또 무엇에 희망을 품어야 할 것인지 알 수가 없었다. 마리가 하고자 한 말도 아마 그런 뜻이었으리라. 마리는 줄곧 미소를 짓고 있었으니까 말이다. 이제 내 눈에 보이는 것은 그녀의 반짝이는 치아와 눈가의 잔주름뿐이었다. 마리가 다시 외쳤다. "당신은 나오게 될 거야. 그러면 우리 결혼해." 나는 "그래?" 하고 대답했다. 그러나 그것은 무엇보다도 무슨 말이건 해야겠기에 한 말이었다. 그러자 마리는 아주 빨리, 그리고 여전히 높은 음성으로 정말이라고 하며 석방되면 또 해수욕을 하러 가자고 말했다. 그러나 곁에 있던 여자도 고함을 지르며, 서기과(書記課)에 바구니를 맡겼다고 말하고, 그 속에 넣은 것을 일일이 주워섬겼다. 돈을 많이 들인 것이니, 없어진 게 없나 확인해 볼 필요가 있다는 것이었다. 내 옆의 청년과 그의 어머니는 여전히 서로 쳐다보고 있었다. 아랍인들의 웅얼거리는 소리는 우리들의 아래쪽에서 계속되고 있었다. 밖에서는 빛이 창에 부딪혀 부풀어 오르는 것 같았다.

번역 B

나는 줄무늬 드레스 차림에 볕에 그을린 얼굴을 하고 있는 전방의 마리를 보았다. 내 옆에는, 십여 명의 수감자가 있었는데, 대부분이 아랍인이었다. 마리는 무어 여자들에 둘러싸여 두 명의 면회객 사이에 서 있었다. 하나는 입을 꼭 다물고 선 검은 옷차림의 자그마한 늙은 여자였고, 또 하나는 맨머리를 드러낸 뚱뚱한 여자로 과한 몸짓을 섞어 매우 큰 목소리로 말하고 있었다.

철창 사이의 거리 때문에 면회객들과 수감자들은 매우 크게 말을 하지 않으면 안 되었다. 내가 들어섰을 때, 크고 텅 빈 방 벽에서 울리는 목소리와 하늘에서 유리창 위로 쏟아붓는 세찬 빛 때문에 나는 약간 현기증이 일었다. 내 감방은 훨씬 조용하고 어두웠던 것이다. 적응을 위해 몇 초간의 시간이 필요했다. 하지만 나는 이윽고 밝은 빛에 드러나는 각각의 얼굴들을 뚜렷하게 볼 수 있었다. 멀리 철창 사이의 복도 끝에 앉아 있는 간수 한 사람이 눈에 들어왔다. 대부분의 아랍인 수감자들과 가족들은 서로를 마주 보며 쪼그리고 앉아 있었다. 그들은 소리치지 않았다. 그처럼 소란스러움에도 불구하고 그들은 매우 나직한 목소리로 그들 사이의 대화를 이어 가고 있었다. 아래로부터 올라오는 그들의 희미한 웅얼거림은 그들의 머리 위에서 교차하는 말들을 받쳐 주는 일종의 저음부를 형성하고 있었다. 이 모든 상황이 마리를 향해 가는 내게 한순간에 인식되었다. 이미 철창에 딱 달라붙어 있던 그녀는 나를 향해 있는 힘껏 미소를 지어 보였다. 나는 그녀가 정말 아름답다고 생각했지만 그녀에게 그 말을 전할 도리는 없었다.

"어때?" 마리가 매우 큰 소리로 말했다. "보다시피." "괜찮아? 필요한 건 다 있어?" "응, 다 있어."

우리 둘 다 입을 다물었고 마리는 여전히 웃고 있었다. 뚱뚱한 여인이 내 옆의 남자에게 소리를 질렀는데, 그러니까 정직해 보이는 얼굴에 큰 키의 금발 사내는 아마도 그녀의 남편인 듯했다. 이미 시작되었던 대화가 이어졌다.
"잔이 그를 맡을 수 없대요." 그녀는 목청을 다하여 소리쳤다.
"응, 응." 남자가 말했다. "내가 그 여자에게 당신이 나오면 그를 다시 맡을 거라고 했지만, 그 여자는 원치 않는대요."
마리도 그쪽에서 레몽이 안부 전해 달란다고 소리쳤고 나는 "고마워."라고 말했다. 그러나 내 목소리는 "그는 잘 지내냐."고 묻는 내 옆 남자의 목소리에 묻혀 버렸다. 그의 아내가 웃으며 "그는 더할 나위 없이 잘 지낸다."고 말했다. 내 왼편의 가냘픈 손을 가진 왜소한 청년은 아무 말이 없었다. 그가 자그마한 늙은 여자와 마주 보고서 서로를 뚫어지게 쳐다보고 있는 것이 눈에 들어왔다. 그러나 나는 더 이상 그들을 지켜볼 시간이 없었는데, 마리가 내게 희망을 가져야만 한다고 소리쳤기 때문이다. 나는 "응." 하고 대답했다. 동시에, 나는 그녀를 지켜보면서 그녀의 드레스 위로 그녀의 어깨를 감싸 쥐고 싶었는데, 그 얇은 천을 느껴 보고 싶었고, 그것 말고 달리 어떤 희망을 가져야만 한다는 것인지 정말로 알지 못했다. 아마 마리의 의도도 그랬겠지만, 그녀는 여전히 웃고 있었다. 내게는 그녀의 빛나는 치아와 눈가의 잔주름밖에 보이지 않았다. 그녀가 다시 소리쳤다. "당신은 나오게 될 거고, 우리는 결혼하게 될 거야!" 나는 "당신은 그렇게 생각해?"라고 대답했지만, 그건 단지 무슨 말이든 하기 위한 거였다. 그런데 마리는 그 즉시, 그리고 여전히 매우 큰 목소리로 그렇다고 한 뒤, 나는 무죄선고를 받게 될 거고, 우리는 다시 수영을 하러 가게 될 거라고 말했다. 그러나 곁에 있던 여자도 소리를 지르며, 서기과에 바구니 하나를 맡겨 두었다고 말했다. 그녀는 자신이 거기 넣은 것들을 일일이 열거했다. 많은 돈이 들어간 것이니 꼭 확인해야 한다며. 내 또 다른 옆 사람과 그의 모친은 여전히 서로를 바라보고 있었다. 아랍인들이 웅얼거리는 소리는 우리 아래서 계속되고 있었다. 밖에서는 빛이 유리창에 부딪쳐 부풀어 오르는 것 같았다.

J'ai aperçu Marie en face de moi avec sa robe à raies et son visage bruni. De mon côté, il y avait une dizaine de détenus, des Arabes pour la plupart. Marie était entourée de Mauresques et se trouvait entre deux visiteuses : une petite vieille aux lèvres serrées, habillée de noir, et une grosse femme en cheveux qui parlait très fort avec beaucoup de gestes. À cause de la distance entre les grilles, les visiteurs et les prisonniers étaient obligés de parler très haut. Quand je suis entré, le bruit des voix qui rebondissaient contre les grands murs nus de la salle, la lumière crue qui coulait du ciel sur les vitres et rejaillissait dans la salle, me causèrent une sorte d'étourdissement. Ma cellule était plus calme et plus sombre. Il m'a fallu quelques secondes pour m'adapter. Pourtant, j'ai fini par voir chaque visage avec netteté, détaché dans le plein jour. J'ai observé qu'un gardien se tenait assis à l'extrémité du couloir entre les deux grilles. La plupart des prisonniers arabes ainsi que leurs familles s'étaient accroupis en vis-à-vis. Ceux-là ne criaient pas. Malgré le tumulte, ils parvenaient à s'entendre en parlant très bas. Leur murmure sourd, parti de plus bas, formait comme une basse continue aux conversations qui s'entrecroisaient au-dessus de leurs têtes. Tout cela, je l'ai remarqué très vite en m'avançant vers Marie. Déjà collée contre la grille, elle me souriait de toutes ses forces. Je l'ai trouvée très belle, mais je n'ai pas su le lui dire.

« Alors? » m'a-t-elle dit très haut. « Alors, voilà.—Tu es bien, tu as tout ce que tu veux?—Oui, tout. »

Nous nous sommes tus et Marie souriait toujours. La grosse femme hurlait vers mon voisin, son mari sans doute, un grand type blond au regard franc. C'était la suite d'une conversation déjà commencée.

« Jeanne n'a pas voulu le prendre », criait-elle à tue-tête.—« Oui, oui

», disait l'homme.—« Je lui ai dit que tu le reprendrais en sortant, mais elle n'a pas voulu le prendre. »

Marie a crié de son côté que Raymond me donnait le bonjour et j'ai dit : « Merci. » Mais ma voix a été couverte par mon voisin qui a demandé « s'il allait bien ». Sa femme a ri en disant « qu'il ne s'était jamais mieux porté ». Mon voisin de gauche, un petit jeune homme aux mains fines, ne disait rien. J'ai remarqué qu'il était en face de la petite vieille et que tous les deux se regardaient avec intensité. Mais je n'ai pas eu le temps de les observer plus longtemps parce que Marie m'a crié qu'il fallait espérer. J'ai dit : « Oui. » En même temps, je la regardais et j'avais envie de serrer son épaule par-dessus sa robe. J'avais envie de ce tissu fin et je ne savais pas très bien ce qu'il fallait espérer en dehors de lui. Mais c'était bien sans doute ce que Marie voulait dire parce qu'elle souriait toujours. Je ne voyais plus que l'éclat de ses dents et les petits plis de ses yeux . Elle a crié de nouveau : « Tu sortiras et on se mariera ! » J'ai répondu : « Tu crois ? » mais c'était surtout pour dire quelque chose. Elle a dit alors très vite et toujours très haut que oui, que je serais acquitté et qu'on prendrait encore des bains. Mais l'autre femme hurlait de son côté et disait qu'elle avait laissé un panier au greffe. Elle énumérait tout ce qu'elle y avait mis. Il fallait vérifier, car tout cela coûtait cher. Mon autre voisin et sa mère se regardaient toujours. Le murmure des Arabes continuait au-dessous de nous. Dehors la lumière a semblé se gonfler contre la baie. (원서 p.113-116)

원고를 읽은 강팀이 건너와서 이야기를 나누었다.

"A와 B 중 어느 것이 내 번역인지 알았나요?"

"솔직히 잘 몰랐어요."

"그만큼 차이를 몰랐다는 뜻인가요?"

강팀이 고개를 끄덕였다. 강팀의 반응이 이해되지 않는 바는 아니었다. 오히려 A번역은 매끄럽게 윤문되어 있으니, 원문 대조를 하지 않은 상황에서는 무엇이 정확한 번역이고 의역인지 알 길이 없을 것이다. 돌려 말하면 강팀조차 이럴 정도이니 일반 독자가 저기에서 어떤 차이를 느끼기는 쉽지 않겠다는 생각도 들었다.

"A가 김수영 교수 번역이에요. 사실 나는 우리가 흔히 번역문에서 만날 수 있는 난해함의 한 예가 들어 있다고 생각해서 꼽아본 건데 그렇지만은 않은 모양이네요. 아무튼 저 번역문은 역자의 철저한 오해가 깔린 번역이에요."

"그런가요?"

"상황을 보세요. 지금 뫼르소와 마리가 헤어진 이후 처음으로 만나 대화를 나누는데 아무 관련도 없어 보이는 주변의 말들이 어수선하게 섞여들고 있지요? 그 속에서 뫼르소와 마리가 대화를 나누는 장면 역시 어떤 암시나 상징을 찾아보기 힘들 만큼 진부한 대사가 오갈 뿐이에요. 과연 카뮈가 저렇듯 맥락 없는 말들을 이 짧은 소설에 어수선하게 늘어놓았을까요?"

"너무 오랜만에 만나, 특별히 나눌 말도 없고, 또 그만큼 뫼르소의 무관심을 보여주려 한 것은 아닐까요?"

"기존의 〈이방인〉이 그런 거예요. 논리적이지 않은 부분을 뫼르소의 성격이나 '부조리'한 상황으로 이해시키고 있는 것이지요. 다시 이야기하지만 카뮈 〈이방인〉의 한 문장, 한 문장은 전체와 연결되어 있어요. 이곳 역시 마찬가지죠. 위의 '잔' 운운하며 나누는 주변의 대화는 언뜻 보면 그와 같은 이유로 뫼르소와 마리의 대화를 방해하는 '소음'처럼 보이지만, 사실은 수다스럽지 않은 뫼르소와 마리의 대화를 축약해 보여주는 역할을 하고 있는 거예요."

"……?"

"무엇보다 카뮈는 이 장면을 통해 대부분의 수감자가 아랍 남자들이며, 그 가족들, 특히 여자들은 무어인임을 밝히고 있어요. 카뮈는 이 장면을 통해 아랍계와 무어계의 결혼이 일상적으로 이루어지고 있는 당시의 특성을 보여주고 있는 거예요. 알제 토착민과 무어 아랍계의 이주민들, 그리고 뫼르소처럼 프랑스 본토에서 이주해온 이들까지 다양한 혈통과 언어들이 뒤섞이고 있는 과도기적 상황을 말이에요. 그런데 이러한 소설적 상황을 이해하지 못한 김수영 교수는 그저 단순히 눈앞의 단어 뜻만을 옮기기에 급급했던 것이죠. 어떻게 그런 오독이 가능하냐고 묻고 싶겠죠?"

나는 준비해두었던 원문을 내밀었다.

"번역문의 두 번째 문장부터 한번 보세요."

> De mon côté, il y avait une dizaine de détenus, des Arabes pour la plupart. Marie était entourée de Mauresques et se trouvait entre deux visiteuses. (원서 p.113)
>
> On my side of the room there were about ten prisoners, most of them Arabs. Marie was surrounded by Moorish women and found herself between two visitors. (Matthew ward 역 p.73)

"직역하면 '내 옆에는, 십여 명의 수감자가 있었는데, 대부분이 아랍인이었다. 마리는 무어 여자들에 둘러싸여 두 명의 면회객 사이에 서 있었다'가 되지요?"

강팀이 고개를 끄덕였다.

"보다시피 한 문장 안에 무어인과 아랍인을 같이 쓰고 있어요. 김수영 교수 역시 이 문장을, '내가 서 있는 쪽에는 수감자들이 여남은 명 있었는데, 대부분이 아랍인들이었다. 마리는 무어인들에게 둘러싸여 면회 온 여자 사이에 끼여 있었다'라고 옮기고 있고요. 왜 이 문장이 여기에 들어가 있을까요? 더군다나 평이한 문장으로 써도 될 문장을 굳이 쉼표까지 사용해 명확하게 아랍인과 무어인을 구분해 놓으면서까지요."

"……?"

"바로 이 소설에서 무어인과 아랍인이 다른 혈통을 가리킨다는 것을 분명히 하기 위해서예요."

"그건 무슨 소리인지 알겠는데, 그게 왜 중요하다는 건진 잘 모르겠어요. 독자들도 저 아랍인과 무어인의 차이를 중요하게 생각할 거 같지 않고요."

"사실 저건 정말 중요한 거예요. 나는 기존 번역서를 읽으면서, 그리고 내가 번역을 하면서 지금까지 풀리지 않던 의문이 하나 있었어요. 그게 뭐냐 하면…… 기존의 번역대로라면 뫼르소라는 저 이성적인 사람이 단지 레몽이라는 악한의 말을 듣고 한 여자를 혼내주는 데 동조하고, 급기야는 그 여자의 오빠라는 사내까지 살해했다는 게 1부의 줄거리예요. 그런데 그게 사실이라면 소설 속의 뫼르소라는 인물은 레몽과 조금도 다르지 않은 또 한 명의 악한에 불과한 걸 거예요. 여자를 때리는 폭력적인 사내를 도와 억울하게 맞고 쫓겨난 여동생의 복수를 위해 쫓아온 여자의 오빠까지 이유도 없이 살해하고, 그러고 나서 그는 감옥에 갇혀서도 반성 한 번 하지 않고, 오히려 세상을 원망하고, 종교를 부정하고……. 2부의 법정 증언을 보면 진심으로 그를 이해하고 동정하는 사람조차 한 명 없으니, 법정의 논리 그대로 사형선고를 받아도 큰 무리가 없는 것이지요. 그런데 그런 뫼르소를 프랑스의 독자들은 동정하고 급기야 시대를 대표하는 인물이었다며 의미를 부여하고 사랑했어요. 이상하지 않나요? 프랑스가 아무리 우리 정서와 다르다 해도 그건 정말 난센스일 거예요. 더군다나 그런 구성의 소설을 두고 프랑스인뿐만 아니라 세계인이 감동하고 공감했다니……. 정말 원래 〈이방인〉이 그런 허점투성이의 구성이었다면 아마 소설에 대한 정의가 다시 내려져야 할 거예요. 선입관을 버리고 보면, 아니 이야기를 조금이라도 아는 아이의 눈에도 그건 엉터리일 수밖에 없는 거예요. 세상이 덧씌운 포장을 걷고 순수한 눈으로 보면 그건 정말이지 유치한 구성인 거지요. 그런데 저렇듯 온통 우연성으로 채워진 저 소설을 두고 노벨문학상 심사위원들이 극찬을 했다고요……. 나는 혼란스러웠던 거예요. 도대체 저들이 생각하는 좋은 소설과 우리들이 생각하는 좋은 소설 사이에 내가 모르는 어떤 차이가 있지 않다면 그건 뭔가 크게 잘못되었다고 생각한 거지요……. 그런데 마침내 그 혼란과 의문이 저 아랍인과 무어인의 차이에서 한꺼번에 해결됐던 셈이구요."

"……?"

"레몽은 역시 김수영 교수가 번역한 것처럼 단순히 악한이 아니었던 거예요. 그는 오히려 그 문제에서만큼은 피해자였던 거지요. 뫼르소 역시 단지 태양 때문에 선량한 사람을 죽인 게 아니라, 결과적으로는 벌을 받아 마땅한 사람을 사회를 대신해 응징한 셈이구요. 그 상황을 카뮈는 다른 구구한 설명이 아니라 저 두 인종의 구분으로 보여주고 있었던 거예요. 그야말로 천재적인 소설적 개연성으로 말이지요……. 그래서 저 소설이 발표되고 카뮈의 인종차별 논란까지 불러왔던 거구요."

"아직까지 저는 무슨 소리인지 잘 모르겠는데요?"

"저 둘은 남매가 아니었던 거예요."

"예?"

"당시의 무어인과 아랍인이 어떻게 한 식구가 될 수 있었겠어요? 그건 부부 사이나 가능한 것이지요. 카뮈는 그것을 보여주고 있었던 거예요. 당시의 시대 배경이 무어와 아랍의 이주자들이 일상적으로 결혼을 하던 때였다는 점, 저들보다 조금 일찍 결혼했던 그들 사이에서 난 아이들, 즉 새로운 세대부터 그 구분이 사라지기 시작하는 과도기였다는 점을 설명하고 있었던 거예요. 그만큼 당시 알제에서는 아랍인과 무어인의 인종적 구분이 힘들 정도로 섞여버렸다는 사실도 읽을 수 있어요. 그래서 글도 모르는 레몽은 순진하게도 '아랍인 사내'를 '자신의 오빠'라고 소개한 그녀의 말만 듣고 둘 사이가 남매라고 믿어버렸지만, 지식인인 뫼르소는 레몽이 불러주는 그녀의 이름을 듣고 그녀가 '무어 여자'라는 것을 알았고, 이후 레몽이 말한 그 오빠가 무어인이 아니라, '아랍인 사내'라는 것까지 알게 되면서, 두 남녀가 남매가 아니라는 사실까지 알게 되었던 거지요."

"……!"

강팀이 놀란 표정을 지었다. 나는 계속해서 말했다.

"그런데 이 소설의 치밀함은 뫼르소가 그 사실을 레몽에게 직접 말하지 않고 있다는 것에서도 찾을 수 있을 거예요. 뫼르소는 왜 레몽에게 끝까지 그것을 설명하지 않았을까요? 작가는 독자들로 하여금 그 점을 전혀 이상하게 여기지 않을 만큼 치밀하게 소설을 구성하고 있었던 거예요. 셀레스트가 법정 증언에서 하는 저 말, '불필요한 말은 절대로 하지 않는' 캐릭터가 곧 뫼르소인데, 그런 점에서 이미 다 끝난 사이인데 그걸 굳이 알려줘서 괜히 친구의 마음을 상하게 할 필요가 없었다고 생각하는 게 뫼르소라는 캐릭터에겐 오히려 자연스러운 것이기도 한 거죠. 뫼르소의 경찰서 진술도 김수영 교수는 마치 뫼르소가 레몽의 부탁을 받고 경찰서까지 가서 허위 진술을 하는 것처럼 번역을 하고 있지만, 사실 뫼르소는 자신이 보기에도 여자가 레몽에게 '사기를 쳤'기에 솔직히 그렇게 증언을 해준 것이구요."

"아……!"

"아무튼 그래서 저 둘은 남매가 아니라 오히려 기둥서방과 창녀의 관계였던 거예요. 그것도 아주 질 나쁜. 아랍인 사내는 자신의 여자를 레몽에게 접근시켜 사기를 치고, 돈을 빼돌렸던 것이고, 그게 들통 나서 여자가 매를 맞고 쫓겨나자 앙심을 품고 레몽을 해치우려 쫓아다녔던 것이고요."

"……."

강팀이 충격을 받은 모양이었다. 그만큼 내 설명은 기존 〈이방인〉의 시각을 완전히 뒤엎는 것이었다.

물론 나는 아랍인과 무어인의 차이에 대해서는 책이 출간될 때까지 함구할 생각이었다. 독자들이 받아들이기 힘들 테니까.

그 밖에도 이 장에서 지적할 사항은 적지 않았으므로 나는,

A와 B의 역자 이름을 밝히고 A 번역이 카뮈의 의도와 문체에서 얼마나 멀어져 있는지 등을 '보론'으로 정리해 블로그에 올렸다.

〈보론〉

그러나 나는 그들을 더 관찰할 여유가 없었다. 희망을 품어야 한다고 마리가 외쳤기 때문이다. 나는 "그럼." 하고 대답했다. 그와 동시에 나는 마리를 물끄러미 바라보았다. 입은 옷 위로 그녀의 어깨를 꼭 껴안고 싶었다. 나는 그 얇은 천에 욕망을 느꼈다. 그리고 그 천 말고 또 무엇에 희망을 품어야 할 것인지 알 수가 없었다. 마리가 하고자 한 말도 아마 그런 뜻이었으리라. 마리는 줄곧 미소를 짓고 있었으니까 말이다. 이제 내 눈에 보이는 것은 그녀의 반짝이는 치아와 눈가의 잔주름뿐이었다. 마리가 다시 외쳤다. "당신은 나오게 될 거야. 그러면 우리 결혼해." 나는 "그래?" 하고 대답했다. 그러나 그것은 무엇보다도 무슨 말이건 해야겠기에 한 말이었다. (김수영 역 p.85)

Mais je n'ai pas eu le temps de les observer plus longtemps parce que Marie m'a crié qu'il fallait espérer. J'ai dit : « Oui. » En même temps, je la regardais et j'avais envie de serrer son épaule par-dessus sa robe. J'avais envie de ce tissu fin et je ne savais pas très bien ce qu'il fallait espérer en dehors de lui. Mais c'était bien sans doute ce que Marie voulait dire parce qu'elle souriait toujours. Je ne voyais plus que l'éclat de ses dents et les petits plis de ses yeux . Elle a crié de nouveau : « Tu sortiras et on se mariera ! » J'ai répondu : « Tu crois ? » mais c'était surtout pour dire quelque chose. (원서 p.115)

이 장면은 감옥 쇠창살의 이편과 저편에서, 만질 수도 느낄 수도 없는 두 연인이 내일을 기약하는 간절한 상황을 그린 대목입니다. 그런데 원문을 보면 알겠지만, '그 얇은 천에 욕망을 느낀다'거나, '그 천 말고 또 무엇에 희망을 품어야' 한다는 따위의 표현은 역자가 자기 식으로 만들어낸 문장입니다. 그 천에 욕망을 느끼고 희망을 품어야 한다니…….

그녀가 소리치는 저 말, "Tu sortiras et on se mariera!"도 저렇듯 느낌표를 빼버릴 것이 아니라, 그 의미를 살려 "당신은 나오게 될 거고, 우리는 결혼하게 될 거야!"라고 소리치는 장면이 되어야 하는 것입니다. 그리하여 뫼르소가 되받는 저 말, "Tu crois?"도 단순히 "그래?"라고 의역할 게 아니라, 주어를 살려 운율을 맞추어야 하는 것입니다. "당신은 그렇게 생각해?"라고. 그래야만 저것도 다음 말, "단지 무슨 말이건 하기 위한 거였다(c'était surtout pour dire quelque chose)"와 호응하게 되는 것입니다.

번역이니까 이래도 되고 저래도 될 거라는 발상, 그것이 지금까지의 의역을 가져왔을 것입니다. 아무리 번역이라 해도 원래 작가의 문장은 하나이며, 그 속에 담고 있는 의미도 하나이니 역자는 그 '하나뿐인' 원뜻을 살리기 위해 노력해야만 하는 게 당연한 게 아닐까요.

11. 22.

지난번 연재 방식(역자 이름을 가리고 비교해 읽도록 한 것)에 '흥미로웠다'는 격려 글도 있었지만 반발도 만만치 않았다. 김 교수를 바보로 만들었다며 내게 욕설을 퍼붓는 이도 있었다. 정말 그런 것인가? 솔직히, 내가 이런 말까지 들으면서 이 연재를 계속 해야 할 이유가 있을까? 애초의 의도는 이게 아니었는데…….

언제나 그렇듯 더 이상 댓글에 반응하지 않고 번역 연재만 하겠다고 각오를 다지지만 쉬운 일이 아니다. 새로운 원고를 비롯해 처리해야 할 업무도 만만치 않은데 사장이라는 사람이 허구한 날 낯선 외국소설 번역에만 매달리고 있으니 직원들 보기에 어이없기도 할 것이었다.

강팀을 제외하고는 모두의 얼굴에 도저히 이해할 수 없다는 표정이 역력했다. 그럼에도 이제 나는 멈출 수가 없었다.

지난번 글을 두고 이런 댓글이 달렸다.

「그냥 〈이방인〉이라는 책을 보는 관점이 달라서 그런 것 같다. 어차피 번역이 새로운 소설을 써내려가는 것과 마찬가지 아닌가. 예시들을 보면 인물과 소설을 바라보는 관점에 따라 다 달라질 수 있는 부분들인데…… 무얼 그리 분노하시는지 모르겠다. 인물에 관한 관점 차이라면 그에 대한 심도 있는 논의를 보여주셔야 할 듯. 그리고 김수영 번역 무지 쉽지 않나? 김수영 번역본 보고 흥미를 못 느낀다면 다른 고전 번역들은 읽을 생각을 하면 안 되는 분들일 듯싶다. 오히려 너무 간결하고 깔끔해서 문제인 게 김수영 번역 같은데…….」

이것이 특정 개인의 생각일까, 아니면 대다수 독자들의 생각일까? 그것을 알 길은 없었다. 처음 보는 아이디였기에, 또한 번역에 대해 정말 큰 오해를 하고 있는 것 같아 망설이다 댓글을 달아주었다.

「님의 말대로 분명 '잘 읽히고 안 읽히고의 문제'는 개인적인 차이일 수 있습니다. 그러나 쉽고 잘 읽힌다고 해서 모두 좋은 번역이라고 할 수는 없을 것 같습니다.
김수영 교수님 번역을 좋아하셨던 독자님으로서는 여러 가지 면에서 제 지적이 불편하실 수도 있을 것입니다. 저로서도 우리 사회 존경받는 한 어른의 번역을 두고 이렇게 지속적으로 문제 제기를 하고 있는 것이 더없이 불편합니다. 그러나 제가 왜 이 연재를 시작했으며, 중단을 못하고 계속해가고 있는 것일까요?
번역서에 웬만한 오역은 기본적으로 있을 수 있습니다. 그리고 그러한 것이 발견되면 다음 쇄에 고치면 되는 일입니다. 그런데 보다시피 우리는 이렇듯 명백히 잘못된 번역을 25년째 그대로 읽고 있는 것입니다. 하여 이것은 단순히 번역서 한 권의 오역 문제가 아니라는 점은 앞에서도 누누이 지적해왔습니다.
열린 마음으로 번역에 대해 생각하고 이 연재를 보아주신다면 고맙겠습니다.」

편집장을 비롯해 다른 직원들에게 나는 아마 직접 말은 못하고 댓글로나마 이 연재를 지금 멈출 수 없는 이유를 설명하고 싶었는지도 모른다.

11. 24.

새벽녘 '다음'에 접속하자 메일이 와 있었다. 카뮈로부터였다.

오랜만입니다.
제게도 여러 일들이 겹쳐, 이제야 블로그 글을 보게 되었네요. 한동안 지켜보지 못한 사이 제법 진행이 되었더군요. 반갑고 고마웠습니다.
이윤 씨의 번역에 대해 여러 사람들이 이런저런 지적을 하고 있다는 것 잘 알고 있습니다. 사실 프랑스어를 정통으로 공부한 사람이라면 이윤 씨의 번역이 조금 낯설고, 어떤 기본적인 것, 자신들의 상식으로는 터무니없어 보이는 것에 대해 황당해하기도 할 것입니다. 그러나 그런 지엽적인 것은 전혀 신경 쓰실 일이 아닙니다. 전에도 말씀드렸지만, 이윤 씨의 이 작업은 '틀려야만 해낼 수 있는 작업'입니다. 이 말의 의미는 아주 훗날에 자연스럽게 알게 될 것입니다.
제가 보기에 한국에서의 번역은 어떤 기본적 인식이 우리와 다른 것 같습니다. 일단 주어의 생략이 너무 심하고, 인칭이나 지시대명사의 의역이 많다는 것을 느꼈습니다. 그에 대해 지인에게 묻자, 자기들은 번역에서 가능하면 불필요한 주어는 생략하는 게 좋은 번역이라고 배웠고 자신도 그렇게 가르쳤다는 얘기를 태연스럽게 하더군요. 의아했는데, 아마 글과 말을 동일시하려는 인식 때문은 아닐까 생각했습니다. 그러나 글은 분명히 '말'과 다른 것이지요. 지시, 인칭대명사의 경우도 작가는 이유가 있어 그렇게 대명사로 받고 넘어간 것인데, 그걸 나름의 해석으로 고쳐놓으니 원래 작가의 문체가 훼손되는 것은 당연한 것이고, 심할 경우에는 작품이 완전히 다른 방향으로 흘러가버리기도 하는 것을 여러 번 보았습니다. 예를 들어 내가 존경하는 동료 작가 생텍쥐페리의 〈어린 왕자〉 한국어 번역판을 보고 나는 많이 놀랐는데, 그분은 작가가 쓴 'tu'를 '아저씨'라고 나름 해석하여 옮기고 있더군요. 프랑스어에도 분명히 oncle이 있고, 작가가 그런 마음으로 쓴 것이라면 어디에서건 한 번이라도 그런 표현을 했겠지만, 결코 그런 것이 아니거든요. 그건 역자 마음대로 상상한 것일 터이지요. 그럴 경우 원래 작품 속 의도가 그게 아니라면, 작품 전체가 오역이 될 수도 있을 것입니다. 그만큼 번역에 있어서 지시어에 대한 임의의 해석은 대단히 주의할 필요가 있을 것 같습니다.

아, 그리고 앞서 insultés에 대한 시니피앙과 시니피에에 대해 궁금해하셨는데, 그건 이윤 씨가 번역한 대로 '욕'이라는 의미입니다. 그것이 '욕하다'라는 것을 가리킨다는 점에서는 김수영 씨를 비롯해 모두 같은 번역을 했지만, 그 '욕' 속에 들어 있는 본뜻에 대해서는 단지 이윤 씨만 이해했다는 점을 말씀드린 것입니다. 무슨 소린가 하면, 그것은 친구 사이에 얼마든지 할 수 있는 '욕'인 것입니다. 그것을 듣고도 크게 기분 나빠하지 않을 사이에서 하는 '욕' 말입니다. 이윤 씨는 레몽을 이해했기에 그것이 자연스럽게 받아들여졌지만, 다른 이들은 기본적으로 레몽을 불한당에 악당으로 받아들이고 있었기에 그것을 단순히 상대를 위협하고 모욕하는 '욕'으로 받아들였다는 것입니다.

아무튼 이 모든 것들이 별개로 떼어놓고 보면 아무것도 아닌 것 같지만 전체 속에서 녹아들 때 그 소설이 원래의 의미로 살아나게 되는 것이겠지요.

지금 이윤 씨는 제가 생각한 그 이상으로 잘하고 계십니다. 모든 것은 시간이 해결해줄 겁니다.

_언제나 응원을 보내며, 루르마랭에서 친구가

11. 25.

회사에 나갔다가 일이 손에 잡히지 않아 영월을 다녀왔다. 왜 장릉이 보고 싶어졌을까? 이전에 서너 번 들른 곳이었다. 다른 점이라면 이전에는 그냥 오가는 길에 들른 것이고, 이번에는 애초 목적지로 삼았다는 것이다. 관광지로 꾸며놓긴 했지만, 언제나 그렇듯 찾는 사람들이 거의 없어 고즈넉했다. 이전에는 보고도 못 본 체 무시했던 기념관에도 들러 후세 사람들이 적어놓은 단종 찬미 글도 읽었다. 성삼문, 박팽년의 글도 보았다. 열일곱 나이에 권력에 의해 밀려나 끝내 사약까지 받고 죽은 뒤 150년이 지나서야 노산군에서 단종으로 복원되었다고 했던가.

수양대군의 이른바 계유정란으로 죽은 신하가 몇이며, 단종 복위사건으로 죽은 의인이 또 얼마였던가? 훗날 우리는 그들을 절개와 의리를 지킨 의인이라 칭송하지만, 당대에는 본인의 목은 잘리어 저잣거리에 걸렸고, 가족 중 사내는 모두 죽어 멸족을 당했으며, 여자는 남의 집 종이 되어 평생을 치욕과 수모 속에 살아야 했다. 자신은 절개를 지켰다 한들 당시의 그 가족들에게 그들은 어떤 사람이었을까?

당시 서강에 버려진 단종의 시체를 수습해 몰래 암매장했다는 엄흥도의 사당 앞에서 나는 숙연했다. '옳은 일이라 여기기에 두려울 게 없다.' 그가 가족에게 한 말이라고 하던가. 그런 그가 있었기에 100년이 지나 단종의 묘라도 짓게 된 것이고, 다시 400년이 지난 지금 아무 관련 없는 내가 엄흥도라는 그 이름 석 자에서 단종의 억울한 죽음과 사육신의 의와 절개를 되새겨볼 수 있는 것이다. 역사는 그렇게 이루어져온 터였다.

서울로 돌아오면서 나는 각오를 다졌다. 편지를 보내오는 그가 누구이건 이제 그건 내게 중요하지 않았다. 어쨌든 나는 여기까지 온 것이다. 잘못되었다는 걸 충분히 안 이상 주위의 비난도 두려울 것이 없었다. 정말이지 그의 말마따나 모든 것은 시간이 해결해줄 것이었다. 이제부터는 가능한 한 내 번역에만 충실해서 우선 끝을 보는 게 중요할 터였다.

그런데 지금까지 보내온 그의 편지 내용에 비추어 보았을 때 모든 것이 그의 뜻대로 행해진 것이나 마찬가지였다. 허튼 소리가 하나도 없었던 셈이다. 그렇다면 '틀려야 끝까지 갈 수 있다'는 그의 말도 돌려 생각해보면 나는 '끝까지 못 갈 수도 있다'는 뜻이 되는 셈이었다. 나는 정말 '끝'을 볼 수 있을까? 그런데 끝이라면, 그가 말하는 그 '끝'은 어디일까? 단지 본문 번역을 끝내는 것……? 적어도 그건 아닐 거라는 생각이 들었다. 그렇다면 나는 과연 그 끝을 볼 수 있을까……?

사육신이 그러했고, 엄홍도가 그러했듯 어쩌면 이것이 지금 내게 주어진 숙명처럼 여겨졌다.

11. 29.

보론을 쓰지 않고 번역문만 올리니 시간이 훨씬 절약되었다.

내 시간도 시간이려니와 강팀이 한결 수월해졌을 터이다. 이제 그녀는 본문만 대조하면 되는 것이었으니까.

그럼에도 나는 강팀에게는 말하지 않고, 그날그날 연재분을 김수영 번역본과 대조해보고 메모만 해가기로 했다. '역자노트'인 셈이다.

번역문만 올리기 시작하자 댓글러들도 거의 사라졌다. 이제 크게 신경 쓰지 않고 번역만 할 수 있어서 좋았지만, 내 번역이 남의 눈에 보기에 어떨지 확인할 길이 없어 조금 답답하기도 했다.

〈역자노트〉

1.

나는 아침 7시 30분에 불려 나가서 호송차로 법원까지 호송되었다. 그리하여 간수 두 사람의 지시에 따라 어둠침침한 작은 방 안으로 들어갔다. 우리는 거기 앉아 기다렸는데, 옆으로 문이 하나 있고 그 뒤에서 말소리, 부르는 소리, 의자 소리, 그리고 동네 축제에서 음악 연주가 끝나고 춤을 출 수 있도록 장내를 정리할 때를 연상케 하는 떠들썩한 소리가 들려왔다. 재판관의 출정을 기다려야 한다고 간수들이 내게 말했고, 간수 하나는 담배

한 대를 내게 권했으나 나는 거절했다. 조금 뒤에 그가 나더러 '떨리느냐'고 물었다. 나는 아니라고 대답했다. 그리고 심지어 어떤 의미로는, 재판 구경을 한다는 것이 내겐 흥미 있는 일이기까지 했다. 나는 평생에 여태껏 그런 기회를 한 번도 경험해 보지 못했던 것이다. 그러자 또 다른 간수가 말했다. "볼만은 하지. 그렇지만 나중엔 싫증이 나고 말아요." (김수영 역 p.93)

À sept heures et demie du matin, on est venu me chercher et la voiture cellulaire m'a conduit au Palais de justice. Les deux gendarmes m'ont fait entrer dans une petite pièce qui sentait l'ombre. Nous avons attendu, assis près d'une porte derrière laquelle on entendait des voix, des appels, des bruits de chaises et tout un remue-ménage qui m'a fait penser à ces fêtes de quartier où, après le concert, on range la salle pour pouvoir danser. Les gendarmes m'ont dit qu'il fallait attendre la cour et l'un d'eux m'a offert une cigarette que j'ai refusée. Il m'a demandé peu après « si j'avais le trac ». J'ai répondu que non. Et même, dans un sens, cela m'intéressait de voir un procès. Je n'en avais jamais eu l'occasion dans ma vie : « Oui, a dit le second gendarme, mais cela finit par fatiguer. » (원서 pp.125-126)

"그리하여 간수 두 사람의 지시에 따라 어둠침침한 작은 방 안으로 들어갔다"는 첫 문장부터 어색해서 찾아보니, 아니나 다를까 '그리하여'라는 접속사는 없었다. 역자가 임의로 넣은 것이다(여기서 gendarmes도 '간수'가 아니라 경관이다. 원래는 "경관 둘이 나를 어둠의 냄새가 나는 작은 방으로 들여보냈다"이다).

번역을 하다 보면 의미 연결이 잘 안 되는 순간을 자주 만나게 된다. 외국어로 쓰인 남의 글을 옮기는 중이니, 더군다나 초벌에서 그런 과정은 아주 자연스러운 것이다. 그때 능숙한 역자일수록 깊게 고민하기보다는 쉽게 접속사를 이용해 문장을 연결시켜버리고 넘어가는 경향이 있는 것 같다. 그것은 아주 쉬운 타협의 길인 셈이다. 역자가 그렇게 손쉬운 타협을 하는 순간 그것은 이미 틀린 번역이 되어버릴 공산이 크다. 원래 없는 접속사가 들어갔다는 것은, 들어가지 않아도 될 불순물이 들어갔다는 것과 매한가지이니까. 어디가 달라도 달라졌다는 이야기였다.

무엇보다 '그리고' '그러나' '그러므로' 같은 접속사는 문장을 촌스럽게 만든다. 문장 수련이 된 작가는 가능한 한 접속사를 쓰지 않는다. 카뮈쯤 되면 당연히 그런 것이다. 그런데 김수영 교수는 이 번역에서 시도 때도 없이 접속사를 끌어다 쓰고 있다. 작가의 문체를 살려야 하는 고전소설에서만큼은 저러한 접속사 하나의 유무가 가져오는 차이는 작은 게 아닐 것이다.

김수영 교수 스스로도 자신의 번역서 뒤에 "원문의 구조와 문체와 어감을 존중했을 뿐 독자의 가독성을 위하여 일부러 매끄러운 문장으로 바꾸는 과잉 친절은 경계했다. '이방인'에게는 이방인 특유의 문체가 있기 때문이다(M사 〈이방인〉 작품 해설 중에서)"라고 밝히고 있다. 그렇다면 이분에게 '이방인' 특유의 문체란 도대체 무엇을 말하는 것일까?

2.

문장 중에 나오는 gendarmes를 '간수'라고 옮겨두었는데, 이것을 '경관(경찰)'이라 해야 할지 '헌병'이라 해야 할지는 관점에 따라 다르겠지만, 적어도 간수는 오역이다. 간수는 교도소에서 죄수를 감시하고 돌보는 사람이다. 죄수를 법정으로 호송하는 것은 헌병 혹은 경관(경찰)이다. 무엇보다 김수영 교수는 바로 앞장에서 gardien을 간수라고 옮겨둔 마당이다. 이렇게 되면 gardien과 gendarmes가 한 책에서 모두 '간수'가 되어버린 셈이다. 어떻게 이런 기본적인 것조차 흔들리고 있는 것일까? 도대체 모를 일이었다. 더군다나 이것이 이 땅의 최고 문학 출판사라는 곳의 편집부 눈에도 지적되지 않고 25년을 읽혀오고 있었다니…….

모든 게 미스터리가 아닐 수 없다.

12. 2.

오늘 연재분은 검사와 변호인 측의 증인 신문이 이루어지는 장이다. 양로원 원장, 수위, 토마 페레 등 검사 측 증인 심문이 끝나고, 피고 측 증인이 불려 들어오는데, 그 첫 번째 증인이 뫼르소와 누구보다 가까운 셀레스트다.

그렇게 진행되는 셀레스트의 증언 장면은 뫼르소라는 인물이 어떤 사람인지를 깨닫게 해주는 매우 중요한 장이다.

증언의 마지막 대목은 어떻게든 뫼르소에게 힘이 되기 위해 안간힘을 쓰고 있는 셀레스트의 간절함이 느껴지는 대목이기도 하다. 카뮈는 이렇게 썼다.

On lui a demandé encore ce qu'il pensait de mon crime. Il a mis alors ses mains sur la barre et l'on voyait qu'il avait préparé quelque chose. Il a dit : « Pour moi, c'est un malheur. Un malheur, tout le monde sait ce que c'est. Ça vous laisse sans défense. Eh bien! pour moi c'est un malheur. » Il allait continuer, mais le président lui a dit que c'était bien et qu'on le remerciait. Alors Céleste est resté un peu interdit. Mais il a déclaré qu'il voulait encore parler. On lui a demandé d'être bref. Il a encore répété que c'était un malheur. Et le président lui a dit : « Oui, c'est entendu. Mais nous sommes là pour juger les malheurs de ce genre. Nous vous remercions. » (원서 p.135)

다시 그는 내 범죄에 대한 그의 생각을 요구받았다. 그는 손으로 증언대 모서리를 잡았는데, 해야 할 말을 미리 준비해 온 것 같았다. 그가 말했다. "내가 보기에, 그건 불행입니다. 모든 사람들이 불행이 어떤 것이라는 것은 잘 알고 있습니다. 그것은 막을 수 없는 것입니다. 그렇습니다! 내가 보기에 그것은 불행입니다." 그는 계속하려 했으나, 재판장은 훌륭했다며 우리는 그에게 감사를 표한다고 말했다. 그러자 셀레스트는 조금 당황한 듯했다. 그때 셀레스트는 좀 더 하겠다고 주장했다. 그러나 짧게 하라는 선언이 있었다. 그는 그것은 불행이다라고 되풀이했다. 그러자 재판장이 그에게 말했다. "예, 그것은 이해했습니다. 그러나 우리는 그와 같은 불행을 판단하기 위해 여기에 있는 것입니다. 당신에게 감사드립니다." (졸역)

불행을 당한 친구에게 어떻게든 힘이 되어주어야 한다는 절박감. 셀레스트에게서는 말하는 자의 절실함이 느껴지고 있다. 그는 친구를 위해 나름 최선을 다했던 것이다.

그런데 이것을 김수영 교수는 이렇게 옮겨두었다.

다시, 나의 범죄를 어떻게 생각하느냐는 질문을 받자 그는 증언대 위에 손을 올려놓았다. 뭔가 할 말을 미리 준비했다는 것을 알 수 있었다. "내 생각으로는 그건 하나의 불운입니다. 불운이 어떤 것인지는 누구나 압니다. 불운이라는 건 어찌할 도리가 없습니다. 에, 또! 내가 볼 때 그건 하나의 불운입니다." 그는 계속 하려고 했으나, 재판장이 그만하면 됐다며 수고했다고 사례를 했다. 그러자 셀레스트는 좀 머쓱해졌다. 그러나 그는 좀 더 이야기를 하고 싶다고 말했다. 재판장은 이야기를 간단히 하도록 요청했다. 셀레스트는 또다시 그것은 하나의 불운이라고 되풀이했다. 그러자 재판장은, "네, 그것은 알았어요. 그러나 우리가 할 일은 그러한 불운을 재판하는 것입니다. 수고하셨습니다." 하고 말했다. (김수영 역 pp.103-104)

보다시피 읽기 좋게 윤문은 되었지만, 있지도 않은 쉼표를 끌어오고 단문을 복문으로 변형시킨 것은 물론, 급기야 '에, 또(Eh bien)!'나, '머쓱해지다' 같은 의역으로 셀레스트라는 인물을 마치 '어리바리'한 인물로 둔갑시켜버린 것이다.

또한 이 소설 〈이방인〉에서 'malheur(불행)'은 대단히 중요한 키워드임에도 김수영 교수는 여기서는 다시 '불운'으로 옮기며 앞서와 다른 번역을 보여주고 있다. 물론 '불운'과 '불행'은 같은 말이다. 여기서는 '불행'보다 '불운'이 어울린다고 주장한다면 할 말은 없다. 그러나 같은 단어를 그는 그때그때 다르게 번역하고 있는 것이다. 벌써 네 번씩이나. 이렇게 되면 1부의 마지막 문장, '불행의 문을 두드리는 네 번의 노크 소리(Et c'était comme quatre coups brefs que je frappais sur la porte du malheur)'조차 스스로 부정하는 셈이 아닐까?

오늘분 번역 원고 교정을 마치고 강팀이 건너왔다.

"전혀 틀린 것 같지 않은데, 이렇게 다른 이야기가 된다니 참 신기해요."

"그러니까 문학일 거예요. 보다시피 감탄사 하나, 어휘 하나로도 저 사려 깊고 말솜씨 좋은 사람이 '어리바리한' 인물로 둔갑될 수 있으니 말이에요."

"예. 그런데 여기서 homme는 사람보다는 남자로 하는 게 어떨까요?"

"왜요?"

"내용 중에 애인인 마리와 사랑을 나누는 장면이 이미 앞서 여러 번 나왔는데, 처음으로 '사람'을 안아보고 싶었다고 하면 앞뒤가 맞지 않는 거 같아서요."

나는 그 부분 원문을 다시 들여다보았다.

Comme s'il était arrivé au bout de sa science et de sa bonne volonté, Céleste s'est alors retourné vers moi. Il m'a semblé que ses yeux brillaient et que ses lèvres tremblaient. Il avait l'air de me demander ce qu'il pouvait encore faire. Moi, je n'ai rien dit, je n'ai fait aucun geste, mais c'est la première fois de ma vie que j'ai eu envie d'embrasser un homme. (원서 p.140)

지혜와 성의를 다했으나 그만 더 이상 어쩔 수가 없었다는 듯이 셀레스트는 나에게로 고개를 돌렸다. 눈은 번쩍이고 입술은 떨리는 것 같았다. 나를 위해 자기가 무엇을 더 할 수 있을지 나에게 묻는 듯했다. 나는 아무런 말도, 몸짓도 하지 않았으나, 한 인간을 껴안고 싶은 마음이 우러난 것은 그때가 생전 처음이었다. (김수영 역 p.104)

homme를 김수영 교수는 '인간'으로, 나는 '사람'으로 옮겨놓았던 것이다.

나는 아무 말도 하지 않았고, 어떤 행동도 취하지 않았지만, 내 인생에 있어서 한 사람을 껴안고 싶은 마음이 든 것은 그때가 처음이었다. (졸역)

강팀의 말을 듣고 보니 그녀의 말이 옳았다. 나는 감탄하며 말했다.

"역시 강팀이에요. 그렇게 수정하시죠."

"그리고 embrasser도 그냥 '껴안다'보다는 '입맞추다'가 낫지 않을까요?"

그 역시 번역 도중 내가 망설이던 대목이었다.

"그러네요. 그것도 강팀이 고쳐서 블로그에 올려주실래요?"

그녀가 알겠다며 나간 뒤 나는 그 부분 영문판을 찾아보았다.

I said nothing; I made no gesture of any kind, but it was the first time in my life I ever wanted to kiss a man. (Matthew Ward 역 p.93)

12. 9.

어휴정 씨가 첫 출근을 했다. 강팀 밑으로 온 사람이니, 그녀와 한 방의 책상을 사용하도록 했다. 두둘레 씨에게 그가 필요로 하는 사무용품을 사다 주라고 지시했다. 이미 새 컴퓨터는 구입해둔 상태였고, 본인이 필요한 소프트웨어를 깔아 쓰도록 조처했다.

강팀에게 일단 한 주일 정도는 업무를 파악토록 하게 하고,

이후 업무를 분장시키도록 했다.

12.11.

애초 〈이방인〉을 읽을 때 도대체 마리라는 여자에 대해 이해가 안 돼 몇 번을 되풀이 읽었던 기억이 난다.

〈이방인〉에서 '마리'의 역할은 뭘까? 뫼르소가 사랑한 여자. 작품 속에서 뫼르소 다음으로 중요한 인물임에도 책을 읽고 나면 아무런 이미지가 안 남는 여자. 도대체 이 여자의 정체가 뭘까? 카뮈는 작품 속에서 이 여자를 통해 무얼 보여주려 한 것일까? 마리에 대한 이런 물음은 비단 내게만 든 생각이었을까?

그런데 이러한 의구심은 어디에서 비롯되었을까? 나는 무엇보다 그녀의 법정 증언 장면을 보면서 그러한 생각이 들었던 것 같다. 프랑스 법정의 풍경이나 그 증언 방식, 검사나 재판관의 태도는 물론 검사와 그녀의 심문과 답변은 유치했고 논리가 없었으며, 그래서 뭔가 석연치 않았다. 그런데 그것이 번역 때문이었다는 걸 나는 뒤늦게 깨닫게 되었던 것이다.

실제로 내가 보기에 그 대목의 기존 번역은 한 줄도 맞는 것이 없었다.

김수영 교수는 이렇게 번역했다.

마리가 들어왔다. 모자를 쓰고 있었는데 여전히 아름다웠다. 그러나 머리를 풀어 헤쳐 놓았을 때가 나에게는 더 좋았다. 내가 앉아 있는 곳에서도 그녀의 볼록한 젖가슴의 무게를 엿볼 수 있었고 아랫입술이 여전히 조금 부푼 듯한 것도 알아볼 수 있었다. 그녀는 매우 안절부절못하는 것 같았다. 곧 그녀는 언제부터 나를 알았느냐고 하는 질문을 받고, 자기가 우리 회사에서 같이 일하던 시기를 말했다. 재판장은 나와의 사이가 어떤 것인가를 알고 싶어 했다. 내 친구라고 마리는 말했다. 또 다른 질문에 대해, 나와 결혼을 하기로 되어 있는 것이 사실이라고 대답했다. 서류를 뒤적이고 있던 검사가 갑자기, 언제부터 우리의 관계가 시작되었느냐고 물었다. 마리는 그 날짜를 말했다. 검사는 무심한 표정으로, 그것은 엄마의 장례식이 있은 다음 날인 것 같다고 지적했다. 그러고는 약간 비웃는 말투로, 그러한 미묘한 사정을 더 캐묻고 싶지도 않고 또 마리의 입장을 모르는 바 아니다, 그러나 (여기에서 그의 어조는 모질어졌다) 그는 자기의 의무상 부득이 예의를 벗어날 수밖에 없다고 말했다. 그래서 검사는 마리에게 나와 관계를 맺게 된 그날 하루 동안의 일을 요약해 말해 달라고 요구했다. 마리는 이야기하고 싶어 하지 않았으나 검사의 강권에 못 이겨, 해수욕을 갔던 일, 영화 구경을 갔던 일, 그리고 둘이서 우리 집으로 돌아온 일을 말했다. 차석 검사는 예심에서 마리의 진술을 듣고 그날 영화의 프로그램을 조사해 보았다고 말한 다음, 그때 무슨 영화가 상영되고 있었는지 마리 자신의 입으로 말해 주기 바란다고 덧붙였다. 과연 마리는 거의 질린 목소리로, 그것은 페르낭델이 나오는 영화였다고 말했다. 그녀의 말이 끝나자 장내는 물을 끼얹은 듯이 잠잠해졌다. 그러자 검사는 일어서서 심각하게, 참으로 감동한 듯한 목소리로, 나에게로 손가락질을 하면서 천천히 또박또박 끊어 말했다. "배심원 여러분, 어머니가 사망한 바로 그다음 날에 이 사람은 해수욕을 하고, 난잡한 관계를 맺기 시작했으며, 희극영화를 보러 가서 시시덕거린 것입니다. 나는 더 이상 할 말이 없습니다." 여전한 침묵 가운데 검사는 말을 맺고 자리에 앉았다. 갑자기 마리가 흐느껴 울기 시작했다. 그러면서, 그게 아니다, 다른 것도 있었다, 사람들이 억지로 자기가 생각하는 것과는 반대되는 말을 하게 만든 것이다, 자기는 나를 잘 알고 있고, 나는 아무런 나쁜 짓도 하지 않았다고 말했다. 그러나 재판장이 손짓을 하자 서기가 그녀를 데리고 나갔고, 심문은 다시 계속되었다. (김수영 역 pp.104-106)

우선 법정에 모습을 드러낸 마리를 작가는 이렇게 표현한다.

Elle semblait très nerveuse. (원서)

저것을 역자는 '그녀는 매우 안절부절못하는 것 같았다'라고 옮겼다. nerveuse를 '안절부절'쯤으로 본 것이다. 그러나 저것은 '긴장한'이다. 중요한 증언을 앞두고 마리가 몹시 긴장하고 있다고 작가는 쓴 것이다.

여기서 무슨 차이가 벌어지느냐 하면, '안절부절못하다'에서는 뭔가 자신을 속이고 있는, 자신감 없는 모습이 연상되지만, '긴장하다'에서는 그야말로 중요한 증언을 앞둔 증인의 초조함이 느껴지는 것이다. 역자는 그래 놓고 나서부터 마리의 이미지를 카뮈가 아닌 자신의 방식으로 끼워 맞춰가기 시작한다.

마침내 검사의 질문이 이렇게 시작된다.

Le procureur qui feuilletait un dossier lui a demandé brusquement de quand datait notre liaison. (원서)

이것을 역자는,

서류를 뒤적이고 있던 검사가 갑자기, 언제부터 우리의 관계가 시작되었느냐고 물었다. (김수영 역)

라고 옮겼다.

역자는 여기서 liaison을 미리 '관계(성적인 의미가 담긴)'로 보이게 옮긴 것이다. 그러나 여기서는 그냥 '연락(연결)' 혹은 '사귀는 관계'이다. 직역하면 '우리가 다시 연락한 게 언제냐(quand datait notre liaison)'는 뜻이다. 둘은 이전에 함께 근무했던 사이라는 것을 앞서 밝히고 있기도 하거니와, 마리가 아주 자연스럽게 그 날짜를 말하고 있다는 점에 비추어 볼 때 그렇다.

아무튼 그러자 검사가 그날은 엄마의 장례식 다음 날인 것 같다고 지적한다. 짐짓 특별히 중요한 건 아니라는 표정으로. 검사는 그러고 나서 정말 중요한 약점을 들추어내기 시작한다.

> Puis il a dit avec quelque ironie qu'il ne voudrait pas insister sur une situation délicate, qu'il comprenait bien les scrupules de Marie, mais (et ici son accent s'est fait plus dur) que son devoir lui commandait de s'élever au-dessus des convenances. Il a donc demandé à Marie de résumer cette journée où je l'avais connue. (원서 pp.141-142)

이것을 김수영은 다시 이렇게 옮긴다.

> 그러고는 약간 비웃는 말투로, 그러한 미묘한 사정을 더 캐묻고

싶지도 않고 또 마리의 입장을 모르는 바 아니다. 그러나 (여기에서 그의 어조는 모질어졌다) 그는 자기의 의무상 부득이 예의를 벗어날 수밖에 없다고 말했다. 그래서 검사는 마리에게 나와 관계를 맺게 된 그날 하루 동안의 일을 요약해 말해 달라고 요구했다. (김수영 역)

일단 검사의 저 '약간 비웃는 말투'는 '다소 반어적으로(빈정거리듯)'쯤으로 고치는 게 좋을 것이다.

괄호 속의 원문에서 'son accent s'est fait plus dur'를 직역하면, '그의 목소리가 굳어졌다' 혹은 '그의 목소리 톤이 올라갔다'이다. 김수영의 번역 '그의 어조는 모질어졌다'는 어느 모로 보나 너무 나간 의역이다.

다음이 중요한데, 역자는 지금 검사가 마리에게 직접적으로, '나와 관계를 맺게 된 그날 하루 일을 요약해달라고 요구했다'고 번역하고 있지만 실제 원문은 이렇다.

Il a donc demandé à Marie de résumer cette journée où je l'avais connue. (원서)

저기 어디에도 '관계를 맺게 된'이라는 말은 없다. 그냥 '알려진connue'이다. 저것을 역자는 앞서 자신이 의역한 '관계'를 이어 가고 싶었고, 이제 뒤에서 펼쳐질 상황까지 염두에 두고 나름 의역을 해나가고 있는 것 같다('역자 스포일러'라고나 할까).

그런 검사의 요구조차 마리는 처음에 대답하지 않으려 한다. 그러나 검사의 계속되는 질문에 간단히 답하게 되는 것이다.

Marie ne voulait pas parler, mais devant l'insistance du procureur, elle a dit notre bain, notre sortie au cinéma et notre rentrée chez moi. (원서 p.142)

마리는 이야기하고 싶어 하지 않았으나 검사의 강권에 못 이겨, 해수욕을 갔던 일, 영화 구경을 갔던 일, 그리고 둘이서 우리 집으로 돌아온 일을 말했다. (김수영 역)

그런데 여기서 '강권에 못 이겨'도 역자의 머릿속 의역이다. 그냥 마리가 말하지 않자, 검사가 '되풀이해서 물었던' 것이다. 그리고 마리는 그날 함께한 시간을 솔직하게 말한 것이고.

그러자 검사는 기다렸다는 듯이(검사의 유도 심문에 마리가 넘어간 것) 그날 본 영화에 대해 마리 입으로 말해달라고 덧붙인다. 그때쯤 마리는 자신의 말이 자칫 오해를 불러올 수 있다는 것을 어렴풋이 짐작했을지 모르지만, 이제는 말하지 않을 수 없는 상황이 되어버린 것이다. 그래서 마리는 사실은(en effet) 그날 본 영화가 코미디 영화였다는 것까지 말하게 된다. 그 대목이 이 문장이다.

> Il a ajouté que Marie elle-même dirait quel film on passait alors. D'une voix presque blanche, en effet, elle a indiqué que c'était un film de Fernandel. (원서 p.142)

김수영은 이것을 이렇게 옮겼다.

> 그때 무슨 영화가 상영되고 있었는지 마리 자신의 입으로 말해주기 바란다고 덧붙였다. 과연 마리는 거의 질린 목소리로, 그것은 페르낭델이 나오는 영화였다고 말했다. (김수영 역)

우선 저기서 D'une voix presque blanche를 '거의 질린 목소리'로 번역한 것은 전혀 맥락이 맞지 않는다. 'en effet'의 용도가 아예 없어지는 것이다. 김수영은 그러자 저것을 '과연'이라고 의역했다. 저기에 과연, '과연'이라는 의미가 있는가?

그러나 무엇보다 중요한 것은 마리라는 캐릭터가 역자의 저러한 의역으로 인해, 어딘지 어리숙하고 존재감 없는(?) 여자가 되어버렸지만, 마리는 결코 그런 여자가 아니라는 점이다.

아무튼 마리의 말이 끝나자 장내는 침묵에 휩싸인다. 왜 안 그럴 것인가? 피고가 어머니의 장례식을 치르자마자 기다렸다는 듯 여자를 만나고, 그 여자와 본 영화가 코미디 영화였으며, 함께 집으로 돌아왔다고 증언하고 있는데……(더군다나 그 같은 사실을 노련한 검사로 인해 여자 본인의 입으로 직접 듣게 되었는데).

자신이 짜놓은 각본대로 여자의 증언을 이끌어낸 검사는 이제 마지막 논고를 한다.

> Le procureur s'est alors levé, très grave et d'une voix que j'ai trouvée vraiment émue, <u>le doigt tendu vers moi</u>, il a articulé lentement : « Messieurs les Jurés, le lendemain de la mort de sa mère, cet homme prenait des bains, commençait <u>une liaison irrégulière</u>, et allait rire devant un film comique. Je n'ai rien de plus à vous dire. » Il s'est assis, toujours dans le silence. (원서 p.142)

이것을 역자는 이렇게 옮겼다.

> 그러자 검사는 일어서서 심각하게, 참으로 감동한 듯한 목소리로, <u>나에게로 손가락질을 하면서</u> 천천히 또박또박 끊어 말했다.

"배심원 여러분, 어머니가 사망한 바로 그다음 날에 이 사람은 해수욕을 하고, 난잡한 관계를 맺기 시작했으며, 희극영화를 보러 가서 시시덕거린 것입니다. 나는 더 이상 할 말이 없습니다."
여전한 침묵 가운데 검사는 말을 맺고 자리에 앉았다. (김수영 역)

역시 깔끔한 번역 같지만 그 뉘앙스나 의미, 문체 모두 원본과는 어긋나 있다는 것을 비교해 보면 알 수 있다. 검사가 배심원들 앞에서 '손가락질'을 한다거나, '난잡한 관계'라는 등의 표현으로 법정을 자극할 이유가 전혀 없는 것이다. 저 문장을 직역하면 이렇게 된다.

검사는 그러고 나서 일어서서는, 매우 심각하게 실제로 내게 감동을 불러일으키는 목소리로, 손가락으로 나를 가리키며, 천천히 또렷하게 말했다. "배심원 여러분, 그의 어머니가 죽은 다음 날부터, 저 남자는 물놀이를 하고, 부적절한 관계를 시작했으며 코미디 영화를 보며 희희덕거린 것입니다. 저는 더 이상 아무 할 말이 없습니다." 그는 앉았고, 침묵은 계속되었다. (졸역)

아무튼 상황이 이렇게 몰리자 마리는 끝내 울음을 터뜨리고 절규한다.

Mais, tout d'un coup, Marie a éclaté en sanglots, a dit que ce n'était pas cela, qu'il y avait autre chose, qu'on la forçait à dire le contraire de ce qu'elle pensait, qu'elle me connaissait bien et que je n'avais rien fait de mal. (원서 pp.142-143)

이것을 또 역자는 이렇게 옮겼다.

갑자기 마리가 흐느껴 울기 시작했다. 그러면서, 그게 아니다, 다른 것도 있었다, 사람들이 억지로 자기가 생각하는 것과는 반대되는 말을 하게 만든 것이다, 자기는 나를 잘 알고 있고, 나는 아무런 나쁜 짓도 하지 않았다고 말했다. (김수영 역)

이 역시 직역하면(쉼표로 길게 연결된 한 문장이다) 이렇다.

그러자, 갑자기, 마리가 울음을 터뜨리며, 그게 아니다, 거기에는 또한 다른 것도 있는데, 그들은 자신의 생각과 반대로 말하게 강요한 것이다, 그녀는 나를 잘 아는데 나는 죄를 지은 게 아무것도 없다고 말했다. (졸역)

그러나 이미 분위기는 돌이킬 수 없게 되었고, 마리는 '끌려'

나가다시피 법정을 나가게 된다.

이렇듯 따로 떼어놓고 보면 한 단어 한 단어를 이렇게도 옮길 수 있고 저렇게도 옮길 수 있지 않느냐 싶겠지만, 저러한 부분들을 모아놓고 보면 내용 자체가 완전히 달라지는 것이다.

이것을 뉘앙스라고 표현해도 될는지 모르겠지만, 번역에서의 뉘앙스는 정말 중요하다.

직역이 중요한 이유는 작가가 쓴 그 뉘앙스의 훼손을 조금이라도 더 막을 수 있기 때문이다.

잘된 소설은 모든 것을 다 말하지 않는다. 문장 속의 은유와 상징으로 독자로 하여금 그걸 스스로 느끼고 이해하게 만든다. 좋은 작가는 단지 스토리만이 아니라 문장 문장마다 그에 맞는 은유와 상징을 채워 넣기 위해 밤새 고뇌한다. 그러한 고뇌 끝에 만들어진 은유와 상징을 역자 마음대로 이해하고 해석해 직접적으로 설명하려 하면 그건 이미 원래의 작품이 아닌 것이다. 그 문장의 뉘앙스를 다 죽여버린 연후이기 때문이다.

12.12.

강고해 팀장이 들어와 앞으로 〈이방인〉 번역을 어휴정 씨에게 대조시켜보겠다고 했다. 그럴 요량으로 보충한 직원이긴 하지만 아직 그를 잘 몰랐기에 조금은 조심스러웠다.

"번역자가 누구라는 건 알고 있던가요?"

내 물음에 강팀이 고개를 저었다.

"아니요. 전혀요. 저는 어느 정도 짐작하고 있는 줄 알았는데, 정말 모르고 있던데요? 사장님이라고 하니까, 오히려 놀라면서 사장님이 불어도 하시냐고 되묻더라구요."

그럴 것이었다. 나는 괜한 오해를 불러오지 않으려고 역자가 나라는 것을 철저하게 숨기고 있었으므로 그야말로 강팀을 비롯한 내부자만 알고 있었던 것이다. 지금까지 비밀이 지켜지고 있다는 것은 역시 우리 직원들의 입이 무겁고 믿을 만하다는 의미이기도 했다.

"연재는 일단 지금 방식대로 해나가고, 어휴정 씨는 연재된 앞쪽부터 대조를 시켜보세요. 어느 정도 실력인지도 볼 겸. 무엇보다 앞으로도 절대 번역자가 나라는 말이 새어나가지 않게 주의시키고요."

"예, 알겠습니다."

강팀을 내보내고 나는 내일 올릴 번역 연재물을 챙겼다.

〈역자노트〉

그다음에 마송이 나서서, 나는 얌전한 사람이며 '그뿐만이 아니라, 성실한 사람'이라고 말했으나, 거의 아무도 들어 주는 사람이 없었다. 살라마노도 내가 그의 개의 일로 퍽 친절하게 대해 주었다는 점을 상기시키면서 어머니와 나에 관한 질문에 대해, 나는 엄마와 할 말이 아무것도 없었고 그 때문에 엄마를 양로원에 보낸 것이라고 대답했으나, 역시 들어 주는 사람이 거의 없었다. "이해해 주셔야 합니다. 이해해 주셔야 합니다." 하고 살라마노는 말하고 있었다. 그러나 이해해 주는 사람은 하나도 없는 것 같았다. 그도 끌려 나갔다. (김수영 역 p.106)

C'est à peine si, ensuite, on a écouté Masson qui a déclaré que j'étais un honnête homme « et qu'il dirait plus, j'étais un brave homme ». C'est à peine encore si on a écouté Salamano quand il a rappelé que j'avais été bon pour son chien et quand il a répondu à une question sur ma mère et sur moi en disant que je n'avais plus rien à dire à maman et que je l'avais mise pour cette raison à l'asile. « Il faut comprendre, disait Salamano, il faut comprendre. » Mais personne ne paraissait comprendre. On l'a emmené. (원서 p.143)

위 번역문을 읽고 과연 작가가 여기서 전하고자 하는 메시지를 바로 읽어낼 독자가 한 명이라도 있을까? 있다고 말한다면, 그 말 자체가 거짓말일 것이다. 카뮈는 결코 저렇게 쓴 적이 없기 때문이다.

저 문맥의 배경은 이렇다.

마리가 억울한 심문을 끝내고 울면서 내보내진 뒤 법정은 침묵에 빠진다. 그리고 다음의 증인 심문은 마송과 살라마노 영감으로 이어진다. 여기서 카뮈는 그 둘의 증언을 아주 짧게, 각각 한두 문장을 할애해 처리하고 있다. 현실에서라면 앞의 셀레스트나 마리와 거의 같은 비중으로 문답이 있었겠지만 앞의 마리의 증언이 너무 충격적이었기에 사람들에게는 거의 들리지 않았다는 사실을 상징적으로 보여주고 있기도 한 것이다. 무엇보다 작가가 이 부분을 이렇게 짧게 쓴 것은 그들의 증언이 중요하지 않아서가 결코 아니다.

레몽의 친구이면서도 그와는 완전히 다른 성향의 마송, 긴 대화를 통해 뫼르소가 엄마를 양로원에 보낼 수밖에 없었던 사유를 누구보다 잘 이해하고 있던 살라마노 영감. 카뮈는 저 짧지만 중요한 증언들이 실제로는 앞서의 현란하고 위장된 말들에 의해 묻혀버렸다는 메시지를 저렇듯 짧은 문장 속에 담고 있었던 것이다.

이 함축된 의미를 이해하지 못한 역자의 오해로 인해 이 부분이 어떻게 왜곡되었는지 구체적으로 살펴보자.

1.

첫 문장 속 honnête는 사전적 의미로 '정직한' '성실한' '올바른'이다. 그런데 김수영 교수는 이것을 '얌전한'이라고 옮겨두었다. 그는 '신사(honnête homme)'에서 '얌전한'을 읽어낸 것일까? 그런데 다시 뒤의 brave는 '성실한'이라고 해두었다. 이것의 사전적 의미도 '용감한' '정직한' '선량한'이다. 결국 둘은 같은 의미인 것이다. 그렇다면 왜 작가는 같은 의미를 지닌 다른 형태의 단어를 끌어온 것인가? 거기에 마송의 말버릇에 담긴 비밀이 숨겨져 있는 것이다(카뮈는 그것을 작은따옴표 안에 넣어 강조해두고 있기도 하다).

무엇보다 카뮈는 이 증언 한마디를 위해 저 앞에서 뫼르소를 통해 마송의 말버릇에 대해 길게 설명하고 있었던 것이다.

Lui parlait lentement et j'ai remarqué qu'il avait l'habitude de compléter tout ce qu'il avançait par un « et je dirai plus », même quand, au fond, il n'ajoutait rien au sens de sa phrase. (원서 pp.79-80)

그는 천천히 말했는데, 내심, 그것이 그의 문장에 아무 의미가 없다 하더라도, "그리고 더해서 말하자면"으로 모든 것을 완전히 마무리 짓는 데 사용한다는 것을 나는 알아챘다. (졸역)

따라서 저 말은 '그뿐만이 아니라'라고 단순 의역하기보다는 '그리고(et)'라는 우리말을 붙여야 한다는 것이다. 이건 관용어가 아니라 말버릇이기 때문이다. 그래서 번역은 '그리고 더해서 말하자면(혹은, 그리고 덧붙이자면)'이라고 하는 게 저 뉘앙스를 살리는 것일 터이다.

다시 honnête homme와 brave homme의 의미로 돌아오면, 저러한 마송의 말버릇, 같은 의미이면서도 굳이 '그리고 더해서 말하자면'을 통해 다시 한 번 정리하는, 저 말이 가리키는 우리말은 그렇다면 무엇이 있을까? 아마 본문 속 내용과 단어의 의미, 둘 다를 충족시키는 것은, '선하다'는 의미와 '정직하다'는 의미가 있을 것이다. 따라서 이 문장은, '나는 선한 사람이며, 그리고 더해서 말하자면 선량한 사람이다' 혹은 '나는 올바른 사람이며, 그리고 더해서 말하자면, 정직한 사람이다'가 되어야 할 것이다. 김수영의 '얌전한'은 난데없는 것이다.

2.

다음 문장 '그의 개의 일로 퍽 친절하게 대해주었다'는 저 번역도 터무니없다. 저것은 '개의 일로 퍽 친절'했던 것이 아니라, '개에게 친절'했던 것이다. '개에게도 친절했던 사람이 이유 없이 사람을 죽였겠느냐'고 살라마노 영감이 증언하고 있는 셈인데, 두 말은 그야말로 하늘과 땅 차이이다.

그러나 이 모든 의역보다 가장 큰 문제는 역시 이 문장들이 함의하고 있는 뉘앙스이다. 다시 말하자면 앞에서 마리의 충격적인 증언으로 인해 이후의 모든 증언들은 사실 배심원들에게는 거의 들리지 않을 정도로 의미가 없었다는 사실을 작가는 저 짧은 문장 속에 담고 있는 것이다.

위 문장의 바른 번역은 이럴 것이다.

뒤이어진, 나는 선한 사람이며, "그리고 더해서 말하자면 선량한 사람이다"라는 마송의 말은 거의 들리지 않았다. 심지어, 내가 그의 개에게 친절했으며, 엄마와 나에 대한 물음에는 내가 엄마에게 더 이상 할 말이 없었고, 그래서 어머니를 보호시설에 보낸 이유라고 말했었다고 하는, 살라마노의 대답조차 거의 들리지 않았다. "이해하셔야 합니다." 살라마노는 말했다. "이해하셔야 합니다." 그러나 아무도 이해하는 것 같지 않았다. 그는 끌려나갔다. (졸역)

12.16.

지난 회 글이 올라간 다음, "다른 훌륭한 번역도 많다, 김수영 번역만 두고 〈이방인〉 번역서 전체가 잘못되었다고 말하는 것은 옳지 않다"고 지적하는 댓글이 달렸다. 아마 이 연재의 앞부분을 보지 못한 사람 같아, 밑에 댓글을 달아주었다.

「그렇습니다. 제가 알기로도 카뮈 〈이방인〉은 우리나라에 60여 종 이상이 번역 출간되었습니다. 그렇다는 것은 어쨌든 많은 역자분들이 기존 번역에 문제를 느꼈다는 반증이기도 할 것입니다. 그 많은 번역서 전부를 볼 수 없었으니, 뭐라 말씀드릴 수는 없지만 어쩌면 개중에는 저와 같은 문제를 느끼고 힘들게 번역하신 분도 계실지 모릅니다. 그러나 아마 그런 분이 계셨다고 해도 지금의 학술, 출판 풍토하에서는 결코 정당한 평가를 받기 힘들었을 겁니다. 제가 이 연재를 계속하고 있는 이유 또한 거기에 있습니다. 학문을 하지 않았더라도 잘못된 것을 볼 수 있는 것입니다. 번역은 학문이 아닐 것입니다. 선학의 학문적 업적과 권위가 문학작품의 번역까지 독점했던 것은 아닌지 한번쯤 돌아보면 좋을 것 같습니다. 당연히 선학의 수고가 있었기에 그것을 넘어서는 후학의 새로운 발전이 있을 터입니다. 그것을 뒤따르는 것도 좋지만 넘어서려는 노력이 결코 흉이 되어서는 안 될 것입니다.

제가 여기서 김수영 교수본을 문제 삼고 있는 이유에 대해서,

지난 회 마지막 부분을 가지고 다시 한 번 설명드리겠습니다.

C'est à peine si, ensuite, on a écouté Masson qui a déclaré que j'étais un honnête homme « et qu'il dirait plus, j'étais un brave homme ». C'est à peine encore si on a écouté Salamano quand il a rappelé que j'avais été bon pour son chien et quand il a répondu à une question sur ma mère et sur moi en disant que je n'avais plus rien à dire à maman et que je l'avais mise pour cette raison à l'asile. « Il faut comprendre, disait Salamano, il faut comprendre. » Mais personne ne paraissait comprendre. On l'a emmené. (원서 p.143)

그다음에 마송이 나서서, 나는 얌전한 사람이며 '그뿐만이 아니라, 성실한 사람'이라고 말했으나, 거의 아무도 들어 주는 사람이 없었다. 살라마노도 내가 그의 개의 일로 퍽 친절하게 대해 주었다는 점을 상기시키면서 어머니와 나에 관한 질문에 대해, 나는 엄마와 할 말이 아무것도 없었고 그 때문에 엄마를 양로원에 보낸 것이라고 대답했으나, 역시 들어 주는 사람이 거의 없었다. "이해해 주셔야 합니다. 이해해 주셔야 합니다." 하고 살라마노는 말하고 있었다. 그러나 이해해 주는 사람은 하나도 없는 것 같았다. 그도 끌려 나갔다. (김수영 역 p.106)

김수영의 이 번역이 어디가 어떻게 잘못되었는지에 대해서는 앞서 설명드렸습니다. 이 문단을 다른 역자들은 어떻게 번역했는지 살펴보았습니다.

이어서 마송이 불려 나와 내가 진실된 사람이고 〈뿐만 아니라, 정직한 사람〉이라고 언명했으나 다들 그의 말을 듣는 둥 마는 둥 했다. 그다음엔 살라마노의 증언이 이어졌으나 역시 그의 말에 귀 기울이는 사람은 없다시피 했다. 살라마노는 내가 자기 개에게 친절히 대했다고 술회했고, 엄마와 나에 대한 질문이 나오자 내가 엄마와 더 이상 아무런 대화도 나눌 수 없게 되어 엄마를 양로원에 보내게 된 것이라고 대답했다. 그러면서 살라마노는 〈그런 건 이해해야 합니다, 이해해야 해요〉라고 말했다. 하지만 아무도 이해한 것 같지 않았다. 살라마노는 이끌려 나갔다.
(이*언 역)

이어서 기껏 내 귀에 들린 건 마송이 내가 신사이고, "게다가 덧붙이자면, 착한 사람"이라고 진술한 것이었다. 또한 살라마노 영감이 내가 개한테 잘해주었다고 하는 말이 들렸고, 어머니와 나에 관한 질문에 내가 엄마와 나눌 얘기가 더 이상 없었고, 그런 이유로 엄마를 양로원에 맡겼다고 대답하는 말이 들렸다. 살라마노 영감이 말했다. "이해해야 합니다. 이해해야 합니다." 하지만 어느 누구도 이해하려는 기색이 아니었다. 정리가 살라마노 영감을 데려갔다. (김*령 역)

뒤이어 마송이 나왔는데, 그에게서는 내가 점잖은 사람이고, "그리고 그뿐만 아니라 선량한 사람"이라는 정도의 말을 들었을 뿐이었다. 살라마노의 경우도 마찬가지였는데, 그는 내가 자기 개에게 잘 대해 주었다고 말했고, 엄마와 나에 관한 질문에 대해서는, 내가 더 이상 엄마에게 할 말이 없었고, 그래서 엄마를 양로원에 모셨다고 대답했다. 그는 "이해해야 합니다. 이해해야 합니다"라고 말했다. 하지만 아무도 이해하는 것 같지 않았다. 서기가 그를 데리고 나갔다. (최*철 역)

똑같은 문장을 두고 한 번역인데 역자에 따라 이러한 차이가 있습니다. 무엇이 어떻게 같고 다른지는 비교해 보시면 아실 것 같습니다.
그런데 이렇게 모아두고 보니 특이한 점이 또 하나 눈에 띄었습니다.
위 원본의 마지막 문장을 바라보는 역자들의 시각입니다.

On l'a emmené. (원서)

살라마노는 이끌려 나갔다. (이*언 역)

정리가 살라마노 영감을 데려갔다. (김*령 역)

서기가 그를 데리고 나갔다. (최*철 역)

그도 끌려 나갔다. (김수영 역)

이 단순한 문장 하나조차 역자들은 모두 저렇듯 다르게 번역하고 있는 것입니다.

emmené에는 단순히 '데리고 가다' 말고도 '끌고 가다'는 의미의 뉘앙스도 담겨 있습니다. 여기서 카뮈는 emmené를 분명히, 단순히 '데리고 나가다'는 느낌보다는 강제로 '끌고 나가다'는 표현으로 쓰고 있습니다.

"이해하셔야 합니다." 살라마노 영감은 말했다. "이해하셔야 합니다." (졸역)

에서 보듯, 지금 살라마노 영감은, '이해해야 한다'고 소리치며 강제로 내보내지고 있는 것입니다. 작가는 그 상황을 아무런 수식도 없이 저 짧은 문장 속에 담아 보이고 있는 것입니다.

보다시피 여기서 김수영 교수는 평소 카뮈의 문체를 따랐다고 주장하고 있는 것처럼 무의식적으로 '끌려 나갔다'라고 썼고, 다른 세 분은 살라마노 영감은 죄인이 아니라 증인 신분이니, 당연히 '데리고 나갔다'로 보고 평이하게 의역을 했습니다. On l'a emmené만 보십시오. 저기에 '살라마노'나 '정리, 서기'라는 말이 나오나요?

이제 제가 왜 그나마 김수영 교수의 번역을 인용하고 있는지도 짐작하실 수 있으실 겁니다. 그래도 제게는 김수영 교수의 번역이 가장 낫다고 여겨지기 때문입니다.

그런데 문제는 이 짧은 문장의 번역 역시 김수영 교수의 저 번역이 옳으냐 하는 것일 터입니다.

보다시피 김수영 교수는 On l'a emmené를 "그'도' 끌려 나갔다"라고 했습니다. 그러나 보다시피 저기에는 aussi(역시, 또한)의 개념이 들어 있지 않습니다. 우리말의 '역시, 또한'의 의미인 조사 '~도'가 들어가야 할 아무 이유가 없는 것입니다.

본문을 봐도 앞서의 마송은 끌려 나간 게 아니기 때문에 여기서는 그냥 '그는 끌려 나갔다'가 정확한 번역입니다. '아' 다르고 '어' 다르다는 말은 이래서 나오는 것이겠지요.

의역이 아니라 직역이 중요한 이유도 여기에 있다 할 것입니다.」

12.18.

어휴정 씨가 앞의 연재들을 살펴보았다고 출력물을 가지고 들어왔다. 연재 글을 프린트해서 나름대로 자신의 의견을 피력했다. 불어로 문장을 읽어주는 그의 억양이 듣기 좋았다. 프랑스어는 그 규칙이 복잡해서 그렇지 발음법칙만 알면 그 의미를 모른다 해도 어떤 단어도 읽어내는 데는 어려움이 없다. 그럼에도 나는 단어 하나 제대로 입에 올려본 적이 없다. 나는 그의 설명을 듣기만 했다.

여러 의견이 있었지만, 그의 말을 따르다 보면 결과적으로 '김수영식' 번역이 되었다. 불어를 정통으로 공부하면 거의 같은 방식으로 문장을 보는구나 하는 생각이 스쳐 가기도 했다. 그는 Mauresque(무어인)에 관해서도 길게 설명했다. 그에 대해 강팀과 내가 나눈 이야기를 모르고 있는 듯했다. 역시 나는 고개를 끄덕이며 듣고만 있었다. 그는 Mauresque는 스페인계 아랍인이 아니라 카뮈가 살던 시대의 프랑스, 알제리에서 프랑스인과 구별되는 알제리 토착민(원주민)을 가리킨다고 했다. 그래서 아랍인과 무어인은 사실 별 차이가 없으며, 카뮈는 단지 동어 반복을 피하기 위해서 여기서 그렇게 쓴 거 같다, 는 기존 논리를 되풀이했다.

그의 이야기를 듣고 있자니 오히려 앞서 사전을 찾아 내 나름으로 힘들게 정리한 것조차 헷갈리기 시작했다.

나는 그의 긴 설명을 듣고 나서, 의견들을 충분히 참고하겠다고 하고 그를 내보낸 뒤 강팀을 폰으로 불렀다.

"어휴정 씨 의견들, 강팀 생각도 같은 건가요?"

"아니요. 전 안 봤습니다. 그냥 사장님이 보고 판단하시는 게 좋을 것 같아서."

그제서야 이해가 되었다. 나는 알겠다고 하고 폰을 내려놓았다.

나는 강팀의 요청도 있고 하니, 한동안은 어휴정 씨의 작업을 지켜보기로 하였다.

12.19.

"정말, 이렇게 다른 이야기였나요?"

오늘 연재분을 읽고 강팀이 던진 질문이었다.

"문장 하나하나를 두고 보면 별 차이를 못 느낄 것 같은데 전체를 두고 보면 완전히 다른 이야기가 되죠. 오히려 창작을 했다면 김수영 교수도 아마 이렇게 쓰지는 않았을 거예요. 번역이라는 게 그래서 어려운 거 같아요."

강팀이 고개를 끄덕였다.

레몽의 증언 장면을 번역해둔 걸 보면, 김수영 교수의 번역이 등장인물에 대해 얼마나 잘못된 인식을 가지고 있는지 다시 한 번 확인하게 된다. 전체를 비교해 보면 부분부분의 의역으로 인해 많은 것들이 왜곡되었다는 것을 확인할 수 있는데, 나는 일일이 지적하기도 힘들어 두 번역을 통째로 보여주었다.

번역 A - 김수영 역

뒤이어 레몽의 차례가 되었다. 그가 마지막 증인이었다. 레몽은 나에게 슬쩍 손짓을 해 보이고 다짜고짜로 나는 죄가 없다고 말했다. 그러나 재판장은, 그에게 요구하는 것은 판단이 아니라 사실이라고 말했다. 재판장은 그에게, 기다렸다가 질문을 듣고 대답을 하라고 주의를 주었다. 그와 피해자와는 어떤 관계였는지 정확하게 말해보라는 요구가 있었다. 레몽은 그 기회를 타서, 자기가 피해자의 누이의 뺨을 때린 다음부터 피해자가 미워하고 있던 것은 바로 자기라고 말했다. 그러나 재판장은, 피해자가 나를 미워할 이유는 없었느냐고 물었다. 레몽은 내가 바닷가에 같이 있었던 것은 우연의 결과였다고 말했다. 그러자 검사는 어째서 사건의 발단이 된 그 편지가 나의 손으로 쓰여졌느냐고 물었다. 레몽은 그것도 우연이었다고 대답했다. 검사는, 이 사건에 있어서 우연은 이미 양심에 많은 폐해를 가져왔다고 반박했다. 그는 레몽이 그의 정부의 뺨을 때렸을 때 내가 말리지 않은 것도 우연인지, 내가 경찰서에 가서 증인이 되었던 것도 우연인지, 그 때 그 증언 내용이 두둔하는 쪽 일색이었던 것도 우연인지 알고 싶다고 했다. 그는 끝으로 레몽에게 생계수단이 무엇이냐고 물었다. '창고업'이라고 레몽이 대답하자 차석 검사는 배심원들에게, 증인이 포주 노릇을 업으로 하고 있다는 것은 누구나 다 아는 사실이라고 말했다. 나는 그의 공범자요, 친구다. 이것은 가장 야비한 종류의 음란 범죄 사건이요. 더욱이 피고가 도덕적으로 파렴치한이라는 사실 탓에 더욱 흉악하다는 것이었다. 레몽이 변명을 하려 했고, 내 변호사도 항의를 했으나, 재판장은 검사가 이야기를 끝마치도록 해야 할 것이라고 말했다. 검사는, "내가 덧붙일 것은 그리 많지 않습니다." 하고 말한 다음 레몽에게, "피고는 당신의 친구였습니까?" 하고 물었다. 레몽은, "그렇습니다. 나의 친구였습니다." 하고 말했다. 그러자 검사가 나에게 같은 질문을 했고 나는 레몽을 바라보았다. 그는 나에게서 눈을 돌리지 않았다. 나는, "그렇습니다" 하고 대답했다. 그러자 검사는 배심원들에게로 돌아서며 말했다. "어머니가 사망한 다음 날 가장 수치스러운 정사에 골몰했던 바로 그 사람이 하찮은 이유로, 차마 입에 담을 수 없는 치정 사건을 정리하려고 살인을 한 것입니다."

검사는 그제야 자리에 앉았다. 그러나 나의 변호사는 참다못해, 두 팔을 높이 쳐들어 올리며 외쳤다. 그 때문에 소매가 다시 흘러내리면서 풀 먹인 셔츠의 주름이 드러나 보였다. "도대체 피고는 어머니를 매장한 것으로 해서 기소된 것입니까, 아니면 살인을 한 것으로 기소된 것입니까?" 방청객들이 웃었다. 그러나 검사가 다시 벌떡 일어서서 법복을 바로잡고 나더니 존경하는 변호인처럼 순진하다면 어떨지 모르겠지만, 그 두 범주의 사실 사이에 어떤 근본적이고 비장하고 본질적인 관계가 있다는 것을 느끼지 않을 수는 없다고 잘라 말했다. "그렇습니다." 하고 그는 힘차게 외쳤다. "범죄자의 마음으로 자기의 어머니를 매장했으므로, 나는 이 사람의 유죄를 주장하는 것입니다." 이 논고는 방청객들에게 엄청나게 강한 인상을 준 것 같았다. 변호사는 어깨를 으쓱해 보이고, 이마에 흐르는 땀을 닦았다. 그러나 그 자신 동요된 빛이었고, 나는 사태가 나에게 결단코 유리하게 돌아가고 있지 않다는 것을 깨달았다. (김수영 역)

번역 B - 졸역

그러고 나서 마지막 증인인 레몽의 차례가 왔다. 레몽은 살짝 손짓을 하고는 즉시 내게는 죄가 없다고 말했다. 그러나 재판장은 그에게 바라는 것은 의견이 아니라 사실이라고 말했다. 심문에 답해줄 것을 기대하며 그를 불렀다고 말했다. 그는 피해자와의 관계를 명확히 해달라고 말했다. 레몽은 기회를 봐서 그의 여동생을 때린 후 그자가 자신을 증오하게 되었다고 말했다. 그러나 재판장은 그 피해자가 나를 증오할 이유가 있지 않았는지를 물었다. 레몽은 내 존재는 해변에서의 우연한 결과였다고 말했다. 그때 검사가 나에 의해 쓰여져 그 일의 근원이 된 그 편지는 어떻게 된 거냐고 물었다. 레몽은 그것은 우연이었다고 대답했다. 검사는 우연은 이 이야기에서 그의 양심에 이미 많은 악행을 가져왔다고 반박했다. 그는 레몽이 그의 정부를 때릴 때 내가 개입하지 않은 것이 우연인지, 내가 경찰서에서 증인이 되어준 것도 우연인지, 또한 내 진술이 순수하게 내 의지로 이루어진 증언인지, 그것도 우연인지 알기를 원했다. 마지막으로, 그는 레몽에게 생계 수단이 뭐냐고 물었고, '창고 관리인'이라고 대답하자, 차장 검사는 배심원들에게 증인이 포주 일을 하고 있다는 것이 일반사람들의 인식이라고 말했다. 나는 그의 공범자이자 친구이다. 이것은 아주 질 낮은 비도덕적인 드라마이고, 우리는 도덕적 괴물을 상대하고 있다는 사실 때문에 더욱 심각한 것이다. 레몽은 자신을 변호하길 요구했고 내 변호사도 항의했지만, 검사의 말이 끝나기까지 기다리라는 말을 들어야 했다. 그가 말했다. "저는 더할 게 거의 없습니다. 그는 당신의 친구였습니까?"

그가 레몽에게 물었다. "그렇소, 내 친구였소." 그가 말했다. 그러고 나서 차장 검사는 내게 같은 질문을 했고 나는 눈길을 돌리지 않고 있는 레몽을 바라보았다. 나는 '그렇다'고 대답했다. 검사는 배심원들에게 돌아서서는 말했다. "그의 어머니가 죽은 후 가장 수치스러운 방탕을 일삼던 이 사람은 사소한 이유로 차마 입에 올릴 수 없는 방식의 문제를 청산하기 위해 살인을 한 것입니다." 그렇게 그는 앉았다. 그러자 내 변호인이, 짜증스럽게, 그의 손을 들고, 그래서 그의 풀 먹인 셔츠의 주름이 보일 만큼 내려진 소매가 드러난 채로 소리를 질렀다. "결국, 그가 기소된 것은 그의 어머니를 묻어서라는 겁니까, 아니면 사람을 죽여서라는 겁니까?" 청중들이 웃었다. 그러나 검사는 일어서서 법복을 바로잡고, 이 두 사실의 범주 사이에 있는 본질적이고 비장한 관계를 깨닫지 못하려면 존경하는 변호인처럼 독창적이어야만 할 거라고 말하는 것으로 상황을 다시 회복했다. "그렇습니다." 그는 힘주어 소리쳤다. "나는 이 사람이 범죄자의 마음으로 어머니를 묻었기에 기소합니다." 이 진술은 사람들에게 상당한 영향을 미친 것 같았다. 내 변호사는 어깨를 들썩이고는 이마를 덮은 땀을 닦았다. 심지어 그조차 충격을 받은 것 같았고, 나는 상황이 내게 좋지 않은 쪽으로 흐르고 있다는 것을 깨달았다.

두 번역은 큰 차이가 있다. 레몽의 태도에 대해 첫 문장부터 완전히 다른 이야기를 하고 있는 것이다. 이러한 레몽의 증언 속에서 우리는 몇 가지 중요한 사실을 알 수 있다. 그걸 인식하고 가야만 〈이방인〉을 제대로 읽고 있다고 할 수 있을 것이다. 그러한 사실조차 인지하지 못한 채 읽는다는 것은 그야말로 글자를 읽는 것이지, 진정한 독서라고 할 수는 없을 터이기 때문이다.

첫째, 레몽은 여전히 자신이 때린 '무어 여자'가 뫼르소가 죽인 '아랍 남자'의 친동생이라고 생각하고 있다는 사실이다.

둘째, 검사는 교묘한 논리로 배심원들로 하여금 뫼르소 역시 레몽과 마찬가지로 '마리'를 이용해 포주 역할을 하는 파렴치범으로 인식하게 만들고 있다는 사실이다. 이후 배심원들이 사형에 합의한 것은 바로 이러한 점들이 작용했던 것이다.

셋째, 변호사의 변모다. 그는 국선변호인으로 애초부터 저 냉정하고 노련한 검사의 상대가 되지 못하기도 했지만, 아직까지도 뫼르소에 대해 확신을 가지고 있지 못한 모습을 보이고 있다. 그의 변론이 나중에 얼마나 진심이 담기고 그리하여 열정적으로 변하는지를 지켜보는 것도 하나의 중요한 포인트인데, 기존의 번역은 그러한 점도 완전히 거세해버렸다. 뉘앙스를 살린 게 아니라 기계적으로 옮겼기 때문이다.

무엇보다 마지막의 저 독백, “나는 상황이 내게 좋지 않은 쪽으로 흐르고 있다는 것을 깨달았다(j'ai compris que les choses n'allaient pas bien pour moi)”에서 알 수 있듯 뫼르소는 결코 처음부터 될 대로 되라는 식의 자포자기식 삶을 살았거나, 세상에 대해 무관심했던 것이 결코 아니었다. 누구보다 그는 삶을 원했고, 마리와의 ‘사랑’을 원했던 보통의 사람이었다.

연재와는 별도로 나는 역자노트에 몇 가지 기록을 남겼다.

〈역자노트〉

1.

Raymond m'a fait un petit signe et a dit tout de suite que j'tais innocent. (원서 p.143)

레몽은 나에게 슬쩍 손짓을 해 보이고 다짜고짜로 나는 죄가 없다고 말했다. (김수영 역 p.106)

이 문장에서 ‘다짜고짜로’는 tout de suite의 의역이다. ‘즉시’라는 저 말을 김수영 교수는 그때그때 의역을 하고 있는 것이다(그런 뜻이 없다는 것이 아니다). 레몽을 무례한으로 보이게 만들려는 역자의 의도가 담겨 있는 번역으로 볼 수 있다.

2.

Il s'agissait d'un drame crapuleux de la plus basse espèce, aggravé du fait qu'on avait affaire à un monstre moral. Raymond a voulu se défendre et mon avocat a protesté, mais on leur a dit qu'il fallait laisser terminer le procureur. (원서 p.144-145)

이 문장에서 김수영 교수가 레몽을 바라보는 인식을 다시 한 번 확인할 수 있다. 저기서 레몽은 검사의 터무니없는 논고에 '변명'하려 한 게 아니라, 정당하게 자신을 변호(défendre)하려 한 것이다.

이것은 가장 야비한 종류의 음란 범죄 사건이요, 더욱이 피고가 도덕적으로 파렴치한이라는 사실 탓에 더욱 흉악하다는 것이었다. 레몽이 변명을 하려 했고, 내 변호사도 항의를 했으나, 재판장은 검사가 이야기를 끝마치도록 해야 할 것이라고 말했다. (김수영 역 p.107)

이것은 아주 질 낮은 비도덕적인 드라마이고, 우리는 도덕적 괴물을 상대하고 있다는 사실 때문에 더욱 심각한 것이다. 레몽은 자신을 변호하길 요구했고 내 변호사도 항의했지만, 검사의 말

이 끝나기까지 기다리라는 말을 들어야 했다. (졸역)

3.

« Enfin, est-il accusé d'avoir enterré sa mère ou d'avoir tué un homme? » Le public a ri. (원서 p.145)

김수영 교수는 이 문장을 아래처럼 번역했다.

"도대체 피고는 어머니를 매장한 것으로 해서 기소된 것입니까, 아니면 살인을 한 것으로 해서 기소된 것입니까?" 방청객들이 웃었다. (김수영 역 p.107)

내용이 틀렸다고는 볼 수 없지만 '어머니의 매장' '살인'. 저런 말을 듣고 과연 웃을 수 있는 방청객이 있을까? 문맥에 맞는 표현이 중요하다.

"결국, 그가 기소된 것은 그의 어머니를 묻어서라는 겁니까, 아니면 사람을 죽여서라는 겁니까?" 방청객들이 웃음을 터뜨렸다. (졸역)

12.22.

다시 일요일이다. 낼모레면 크리스마스이기도 하다. 시간이 참 빠르다. 내 생활의 거의 전부가 〈이방인〉에 바쳐지고 있는 셈이다. 나는 휴일을 맞아 오랜만에 '보론'을 썼다.

작가의 의도를 온전히 살리기 위해서는 원작의 지시대명사나 접속사, 심지어 쉼표 하나도 임의로 바꾸어서는 곤란하다는 말을 하자, 번역에 대해 너무 모르는 것 같다는 지적이 많았는데, 이번 회는 딱 그에 맞는 문장들이 쓰이고 있었기 때문이기도 했다.

〈보론〉

J'avais provoqué sur la plage les adversaires de Raymond. Celui-ci avait été blessé. Je lui avais demandé son revolver. J'étais revenu seul pour m'en servir. J'avais abattu l'Arabe comme je le projetais. J'avais attendu. Et « pour être sûr que la besogne était bien faite », j'avais tiré encore quatre balles, posément, à coup sûr, d'une façon réfléchie en quelque sorte. (원서 p.151)

위 문장을 보면, 불어를 알고 모르고를 떠나 앞 문장 전부가 단문으로 처리돼 있는 것을 알 수 있습니다. 유독 이곳이 저렇게 단문 처리된 데에는 그만한 이유가 있습니다. 그런데 이것을 김수영 교수는 이렇게 옮겼습니다.

바닷가에서는 내가 레몽의 상대들에게 시비를 걸었다. 레몽이 다쳤던 것이다. 나는 레몽에게서 권총을 달래서, 그것을 사용할 생각으로 혼자서 되돌아갔다. 그리하여 계획대로 아랍인을 쏘아 죽인 것이다. 조금 기다려서, '일이 제대로 되었는지 확인하기 위해' 다시 네 방의 탄환을 침착하게, 말하자면 의도적으로 쏘았다는 것이다. (김수영 역 pp.111-112)

혹자는 의미가 크게 다르지 않으니, 혹은 부드럽게 했으니 오히려 잘된 번역이 아니냐고 할는지도 모릅니다. 그런데 과연 저렇게 윤문을 가했는데도 의미가 같을 수 있을까요?
카뮈가 쓴 단문 그대로 저 문장을 직역하면 이렇게 됩니다.

나는 해변에서 레몽의 상대들을 도발했다. 한 사람이 부상을 당했다. 나는 그의 총을 달라고 요청했다. 나는 혼자서 그것을 사용할 생각이었다. 나는 계획대로 아랍인을 쏘았다. 나는 기다렸다. 그리고 "일이 제대로 되었는지 확실히 하기 위해" 네 발을 더 쏘았다. 침착하게, 확실하게, 말하자면 의도적으로. (졸역)

이것은 지금 검사가 피고인의 행위에 고의성이 있었다는 걸 증명하기 위해 단정적인 논고를 펼치고 있는 것입니다. 그래서 작가는 단문을 사용한 것인데, 김수영 교수는 처음부터 "레몽이 다쳤던 것이다"라고 설명 투로 서술해버림으로써 문장 자체가 원본과 달라져버린 것을 알 수 있습니다. 보다시피 있지도 않은 접속사를 끌어오고, "나는 기다렸다"를 "조금 기다려서," 라는 식의 부사구로 변형시킴으로써 읽는 맛과 원래 뉘앙스를 완전히 죽여버리고 만 것입니다.

이런 식의 의역이 이 번역 전체를 차지하고 있다는 것을 바로 밑의 문장에서도 확인할 수 있습니다.

« Et voilà, messieurs, a dit l'avocat général. J'ai retracé devant vous le fil d'événements qui a conduit cet homme à tuer en pleine connaissance de cause. J'insiste là-dessus, a-t-il dit. Car il ne s'agit pas d'un assassinat ordinaire, d'un acte irréfléchi que vous pourriez estimer atténué par les circonstances. Cet homme, messieurs, cet homme est intelligent. Vous l'avez entendu, n'est-ce pas ? Il sait répondre. Il connaît la valeur des mots. Et l'on ne peut pas dire qu'il a agi sans se rendre compte de ce qu'il faisait. »

Moi j'écoutais et j'entendais qu'on me jugeait intelligent. (원서

pp.151-152)

"여러분! 이상과 같습니다." 하고 검사는 말했다. "나는 여러분께, 이 사람이 고의적으로 살인을 하게 된 사건의 경위를 말씀드렸습니다. 나는 이 점을 강조하는 바입니다. 왜냐하면 이것은 보통의 살인, 정상참작의 여지가 있는 충동적인 행위가 아니기 때문입니다. 피고의 진술을 여러분도 듣지 않으셨습니까? 그는 대답할 줄도 알고 말뜻도 잘 알고 있습니다. 그러므로 자기가 무슨 짓을 하는지도 모르고 행동했다고 할 수가 없습니다."
귀를 기울이고 있던 나는, 나를 똑똑한 사람이라고 하는 말을 들었다. (김수영 역 p.112)

그냥 번역문만 놓고 보면 읽는 데 전혀 지장이 없습니다. 그러나 보다시피, 역자는 위 검사의 논고 중간에 있는, 이 문장에서 가장 중요하달 수 있는 "Cet homme, messieurs, cet homme est intelligent(이 사람은, 여러분, 이 사람은 지능적입니다)"라는 문장을 아예 빼버린 것입니다.
역자는 intelligent를 단순히 '똑똑한 사람'으로 해석하고 두루뭉술하게 넘어가고 있기도 합니다. 똑똑하다는 것과 '지능적으로 판단한다jugeait'는 것은 완전히 다른 말입니다.
지금 검사는 뫼르소가 단지 감정적이고 우발적이 아니라 지능적으로 살인을 저지른 것이라고 주장하고 있는 것입니다. 검사의 저러한 논고와 배심원들의 오해로 인해 뫼르소는 터무니없게도 단두대로 보내지고, 저러한 법정의 '부조리한 상황'을 보여주고자 하는 것이 이 소설의 주제이기도 한데, 역자는 저 중요한 문장을 아예 빼버리기까지 한 것입니다.

카뮈의 〈이방인〉이 '부조리 소설'로 불리는 이유는 바로 저런 점에 있습니다. 어느 한편에서 보면 결코 이치에 맞지 않거나 도리에 어긋나는 것 같지 않은데, 실제로는 그 반대의 결과를 가져오는……. 그 부조리한 상황을 이해할 수 있는 중요한 요소요소들이 역자로 인해 변형되어버렸으니 책이 잘 읽힐 리 없었던 것입니다. 그런데 이것이 마치 소설 자체가 '부조리'하기 때문에 읽기도 난해한 것처럼 오해하게 되어버린 상황. 이것이 기존 번역된 우리 〈이방인〉이 처해 있는 부조리한 상황이라 하지 않을 수 없습니다.

"이상입니다, 여러분." 차장 검사는 말했다. "여러분 앞에서 저는, 이 사람이 사정을 완전히 인지한 상태에서 살인을 하게 되기까지의 사건 과정을 되짚어 보았습니다. 저는 이 점을 강조합니다." 그가 말했다. "왜냐하면 이것은 평범한 살인도 아니고, 여러분이 정상을 참작할 만한 무의식적인 행위로 이루어진 것도 아닙니다. 이 사람은, 여러분, 이 사람은 지능적입니다. 그가 말하는 것을 듣지 않으셨습니까? 그는 어떻게 답해야 하는지를 압니다. 그는 말의 가치를 알고 있습니다. 그가 무슨 일을 했는지 깨닫지도 못한 채 행동했다고 할 수는 없다는 것입니다."

나는 귀 기울이고 있었으므로, 내가 지능적으로 판단한다는 것을 들을 수 있었다. (졸역)

12. 27.

어제 김 변호사와 망년회를 겸해 2차까지 달린 탓에 오늘은 하루 종일 숙병에 시달렸다.

이전에 가나다라출판사에서 우리가 출간한 개정판 소설을 두고, 판매금지 가처분이라는 터무니없는 소송을 제기했었다. 출간된 지 10년이 지난 소설에 대해 원작의 평생 권리를 주장하며 소송을 제기한 것이다. 결과는 당연히 '원고 완전 패소'였다. 그런데 그 출판사가 그에 대해 다시 항소를 해서 그것을 논의하기 위해 만난 자리였다.

새 책이 출간돼 막 베스트셀러 목록에 이름을 올리고 있는 중에 제기된 소송으로, 출판사가 입은 손해는 막대했다. 작가는 더 말할 나위 없다. 워낙 이름 있는 작가였기에 소가 제기

되자 한 신문사의 법원 출입 기자가 바로 기사화했던 때문이었다. 우리 측 이야기는 전혀 들어보지 않은 채, 10년 전 자신의 출판사에서 낸 책을 제목만 바꿔 출간했으니 계약 위반이라는 소를 제기한 가나다라출판사의 입장만 부각된 기사였다. 원고라는 입장과 대형 출판사라는 선입관이 작용한 때문인 듯했다. 다음 날 기자에게 항의하고 상황을 설명하자, 자신이 보기에도 너무 일방적이었다고 생각했던지 우리 쪽 입장도 다뤄주겠다고 약속했다. 그러고 하루가 지난 다음 날, 그나마 인터넷상으로 정정기사를 내주었다. 그러나 이미 엎질러진 물이었다. 종이 신문을 거둬들일 수는 없는 노릇이고, 인터넷상에서 그 정정기사를 다시 찾아 읽을 독자는 없을 것이기 때문이다. 종이 신문의 그 기사를 받아 당일 TV 아침뉴스에까지 보도가 되어버린 마당이었다. 아주 짧은 단신이었음에도 공중파의 위력은 대단했다. 그날 아침 아내에게 장모로부터 걱정 전화가 걸려왔다고 할 정도였으니. 그 뉴스는 SNS를 타고 빠르게 확산되었고 우리는 졸지에 부도덕한 작가, 몰염치한 출판사가 되어버렸던 것이다. 그야말로 한순간에.

그러고 나서 '이유 없다'는 1심 확정판결이 나기까지 다시 10개월이 걸렸다. 그사이 책 판매는 급감했고, 소송이 진행 중이었으므로 마땅히 그 책에 대해 홍보도 할 수 없었다. 이제 그

책은 대형서점 매대에서도 찾아보기 힘든 구간(舊刊)이 되어버린 것이다.

그런데 또다시 항소라니…….

"김 변, 하나만 물읍시다. 도대체 이런 엉터리 소를 제기하는 출판사는 그렇다 치고, 누가 봐도 말도 안 되는 이런 사안을 두고 1심에서 완패한 것도 부족해 다시 항소를 하겠다는 출판사 편에서 소장을 작성해주는 그 변호사는 도대체 상식이 있는 사람이에요?"

내가 묻자 술 취한 김 변호사 왈, "아니, 소송을 마다할 변호사가 어디 있어요. 이기고 지는 건 별로 중요하지 않아요. 수임료만 받으면 되지. 아시면서 그래요."

나야 그나마 로펌에 비용을 지불하고 김 변 같은 사람을 끌어댈 수 있었지만, 이도 저도 안 되는 이는 엉뚱하게 기사가 나가고 소송을 당하면 얼마나 억울하고 속수무책일 것인가.

"근데 대표님, 이번 항소 끝나면 손배소 진행할 겁니까?"

손배소? 나 역시 그때는 술에 취해, 제법 호기롭게, 또 다른 피해자를 막기 위해서라도 당연히 손해배상소송을 하겠노라고 큰소리를 쳤다.

그런데 김 변, 미안해요. 그건 그때 가서 생각해봅시다.

<역자노트>

검사가 자리에 앉자, 상당히 오랜 침묵이 흘렀다. 나는 더위와 놀라움으로 어리둥절해졌다. 재판장이 잔기침을 하고 나서 아주 낮은 목소리로 나에게, 덧붙여 할 말은 없느냐고 물었다. 나는 이야기하고 싶었으므로 일어서서 그저 생각나는 대로, 아랍인을 죽이려는 의도는 없었다고 말했다. 재판장은 그건 하나의 의사표시라고 대답하고, 지금까지 자기는 나의 변호 방식을 잘 이해하지 못하고 있으니 변호사의 말을 듣기 전에 내가 그런 행동을 하게 된 동기를 분명하게 말해 주면 좋겠다고 했다. 나는 빨리 좀 뒤죽박죽이 된 말로, 그리고 우스꽝스러운 말인 줄 알면서도, 그것은 태양 때문이었다고 말했다. 장내에서 웃음이 터졌다. 나의 변호사는 어깨를 으쓱해 보였고 뒤이어 즉시 그에게 발언권이 주어졌다. 그러나 그는 시간도 늦었고, 자기의 진술은 여러 시간을 요하는 것이므로 오후로 미루어 주면 좋겠다고 말했다. 법정은 이에 동의했다. (김수영 역 p.115)

Quand le procureur s'est rassis, il y a eu un moment de silence assez long. Moi, j'étais étourdi de chaleur et d'étonnement. Le président a toussé un peu et sur un ton très bas, il m'a demandé si je n'avais rien à ajouter. Je me suis levé et comme j'avais envie de parler, j'ai dit, un peu au hasard d'ailleurs, que je n'avais pas eu l'intention de tuer l'Arabe. Le président a répondu que c'était une affirmation, que jusqu'ici il saisissait mal mon système de défense et qu'il serait heureux, avant d'entendre mon avocat, de me faire préciser les motifs qui avaient inspiré mon acte. J'ai dit rapidement, en mêlant un peu les mots et en me rendant compte de mon ridicule, que c'était à cause du soleil. Il y a eu des rires dans la salle. Mon avocat a haussé les épaules et tout de suite après, on lui a donné la parole. Mais il a déclaré qu'il était tard, qu'il en avait pour plusieurs heures et qu'il demandait le renvoi à l'après-midi. La cour y a consenti. (원서 p.155-156)

언뜻 보면 유려한 번역 같지만, 원본을 대조해 보면 많은 부분 잘못되었다는 것을 알 수 있다. 정확한 번역을 보기에 앞서 우선 여기서 반드시 짚고 넘어가야 할 중요한 사실이 있다.

우리는 지금까지 뫼르소가 살인을 한 이유가 '태양 때문이었다'고 인식하고 있다. 그러한 인식은 바로 위 문장의 오역으로 기인한 바가 크다. 보다시피 '그것은 태양 때문이었다'고 뫼르소의 입을 통해 살인의 동기가 말해지고 있긴 하지만 저 말은 앞뒤 정황의 오역으로 인해 〈이방인〉 전체를 왜곡시키는 결과를 가져온 것이다.

우선 저 말이 나오게 된 정황부터 보자.

법정의 열기와 검사의 급작스러운 사형 구형으로 정신이 없는 뫼르소에게 재판장이(재판장도 검사의 극형 구형에 놀라 잔기침까지 한다) 마침내 스스로를 변론할 기회를 준다. 그런데 그 시기가 너무도 절묘했다. 자신을 단두대로 보내달라는 검사의 구형을 들은 직후 제정신일 수 있는 사람은 아마 없을 것이다. 뫼르소는 '법정의 열기와 놀라움'으로 정신이 없는 상태에서, 재판장의 '덧붙여 할 말이 있느냐'는 말에 일어서서는, '그 아랍 사내를 죽일 의도는 없었다'고 말한다. 그러자 재판장이 뫼르소를 옹호하며 좀 더 자세히 말해줄 것을 요청한다. 뫼르소는 다시 생각을 정리할 틈도 없이, 신속하게rapidement 자신이 깨닫기에도 터무니없어 보인 그 말 '그것은 태양 때문이었다'고 말하며 막 반론을 시작할 참이었다. 그런데 바로 그 첫마디가 법정에 웃음을 불러왔고, 변호사는 '즉시tout de suite' 뫼르소의 말을 가로막고는 자신이 발언 신청을 해버린 것이다.

뫼르소가 이제 겨우 변론 기회를 얻어 자신이 하고 싶은 말을 막 시작하려고 하는데, 정작 자신을 믿고 도와야 할 변호사가, 법정의 웃음소리에 놀라, 자기를 돕는답시고 일어서서는 말을 막아버린 상황. 다시 한 번 부조리한 상황이 연출된 것이다.

우리는 여기서 카뮈가 셀레스트의 입을 통해 법정에서 한 말을 상기해볼 수도 있을 것이다. "모든 사람들이 불행이 어떤 것이라는 것은 잘 알고 있습니다. 그것은 막을 수 없는 것입니다. 제 생각에 그것은 불행입니다."
그렇듯, 카뮈는 절묘하게 뫼르소의 '불행'과 함께 재판장, 검사, 변호사, 피고인 모두 그 나름의 위치에서 최선을 다하게 만듦으로써 한 치의 의심 없는 소설적 개연성을 확보하면서도 어찌할 수 없는 부조리한 상황을 극적으로 보여주고 있는 것이다. 이 소설의 위대함, 카뮈의 위대함은 바로 거기에 있는 것이다. 단지 선악의 오해나 터무니없이 왜곡된 '실존'의 문제가 아니라.

검사가 다시 앉았을 때, 제법 긴 침묵이 흘렀다. 나는 열기와 놀라움으로 어지러웠다. 재판장이 잔기침을 하고는 매우 낮은 목소리로 내게 혹시 덧붙여 할 말이 있느냐고 물었다. 나는 말을 하고 싶었기에, 일어서서, 하지만 거의 되는대로, 그 아랍인을 죽일 의도가 없었다고 말했다. 재판장은 그것도 하나의 주장이라며, 지금까지 그는 내 변론의 방편을 잘 파악하지 못했으므로, 내 변호사의 말을 듣기 전에 내가 내 행동을 일으킨 동기를 분명하게 밝히면 좋겠다고 화답했다. 나는 신속하게 내가 깨닫기에도 터무니없어 보일 말을 약간 섞어서, 그것은 태양 때문이었다고 말했다. 법정에 웃음이 일었다. 내 변호사가 어깨를 으쓱했고, 즉시 그에게 발언권이 주어졌다. 그러나 그는 시간도 늦었으며 또 몇 시간이 걸릴 테니, 공판을 오후까지 연기해 줄 것을 요청했다. 법정은 거기에 동의했다. (졸역)

2014. 1. 2.

새로운 한 해의 시작이다.

갈수록 출판시장이 위축되는 것을 느낀다. 소위 대박이 난다 해도 이제 출판에서 밀리언셀러라는 말을 다시 들어보기는 쉽지 않을 것이다. 반면 영화 쪽은 천만 관객이 드는 게 다반사가 되었다. 볼거리가 넘쳐나고, 지식과 정보의 유통은 책보다 SNS를 통해 더 많이 빠르게 유통되고 있는 것이다. 올해 매출은 지난해보다 많이 낮춰 잡았다. 〈이방인〉 번역에서도 조금 자유로워질 생각이었다.

시무식을 하고 직원들과 함께 '북악정'에서 점심을 먹었다. 올해도 파이팅!

1. 7.

번역 연재는 내가 1차 번역을 하고 강고해 팀장에게 넘기면 그녀가 꼼꼼히 원본 대조를 거쳐 의견을 주고 다시 교정 교열을 거친 뒤 블로그에 올리는 방식이었다. 최종 교정도 편집부에 넘기지 않고 철저히 강팀과 나, 둘의 손에서 끝내서 블로그 작업을 해왔다. 그 과정 중에 내가 세운 원칙은, 가능한 직역을 한다는 것과, 적어도 강 팀장만이라도 완전히 수긍시킬 수 있는 번역이라야 한다는 것이었다. 그렇기에 처음에는 번역에 대한 언쟁도 많았다. 기본적으로 우리나라 최고 번역가의 번역 문장을 두고 지적을 하는 마당이니, 기존 번역과 번역 문법에 익숙해 있는 강팀의 눈에는 당연히 내 번역이 터무니없어 보일 때가 많았을 것이다. 처음 한동안은 내 지적에 "이건 번역이니까 가능한 거 아닌가요?"라는 말을 그녀는 수없이 했다. 그럴 때마다 나는 또 나 나름으로 수없이 고민하고 수정했다. 그리고 마침내 그녀가 동의하면 다음 회로 넘어가곤 했던 것이다.

그렇게 시간이 지나면서 강팀이 이의를 제기하는 횟수가 줄어들기 시작했는데, 그것이 그만큼 내 번역이 좋아져서인지, 아니면 그녀 나름, 포기하거나 요령이 생겨서 그런 것인지는 알 수 없었다.

그러던 작업을 얼마 전부터 어휴정 씨와 함께하고 있었다. 그러기 위해서 그를 새로 들이기도 했지만, 강팀을 기획팀장 본연의 업무로 돌려보내기 위함이기도 했다. 무엇보다 이제 어느 정도 체계도 갖추어졌으니 그걸 누가 보조해줘도 큰 차이가 있으려니 하는 생각에 내린 조치였다. 그러나 그러한 내 생각은 크게 잘못된 것이었다.

강팀과 하던 대로 1차 번역을 끝내서 어휴정 씨에게 넘기면, 끝냈다고 가지고 들어와서는 현란한 설명을 덧붙이는데, 일단 나는 그것부터 무슨 소리인지 이해하기 힘들었다. 그는 나름 나를 위해서 그러는 것인지 듣기 좋은 불어 발음으로 본문까지 읽어주며 설명을 곁들였는데(그럴 필요 없다고 몇 번 지적을 해도 잘 고쳐지지 않았다), 그 모든 것이 낯설었다. 나는 그간 강팀과 해온 방식에 익숙해 있어 차츰 나아지겠거니 여기며 답답함을 참고 몇 번 작업을 더 시켜보고 있었던 것이다.

무엇보다 가장 큰 문제는 그와의 작업은 시간을 너무 빼앗긴다는 것이었다. 매 문장 그와 번역 논쟁을 벌여야 하는 판이었다.

외국어 수준과 번역 수준이 결코 비례하지 않는다는 것을 나는 다시 한 번 깨달은 셈이기도 했는데, 그 자신의 말대로 4개 국어를 하고 프랑스 유학까지 다녀온 실력파라 하더라도, 지금까지 해온 강팀의 역할을 하기엔 역부족이었던 것이다. 강팀의 꼼꼼함과 언어 감각은 결코 누구도 대신할 수 없다는 걸 새삼 확인하는 것으로 만족해야 했다.

나는 결국 강팀을 불러 말했다.

"아무래도 안 되겠어요. 오늘부터 어휴정 씨는 〈이방인〉 연재에서 손을 떼도록 하고 다른 일 시키세요. 원래 독어 전공이라 하니 그쪽으로 기획하도록 하고……. 〈이방인〉 번역 연재는 원래 방식대로 돌아가도록 합시다."

강팀은 내 말에 별다른 의견을 내놓지 않고 고개를 끄덕였다.

1.15.

그동안 블로그에 연재 중인 〈이방인〉의 역자가 누구냐며, 연락처를 묻는 전화가 제법 있었던 모양이다. 나는 처음에 그 얘길 듣고 편집부에 '역자의 요청으로 알려드릴 수 없다'고 응대하도록 하고, 잊고 있었는데, 이제 그렇게 넘어가기에도 좀 곤란하다는 이야기가 아침회의에서 나왔다. 그에 앞서, 어차피 이런 사실을 홍보하는 것은 나쁠 것도 없는데 오히려 적극적으로 대응하는 게 어떻겠느냐는 강팀의 의견이 있었지만, 역시 나를 드러내는 것은 여러모로 문제가 있어 반대해왔던 것이다. 출판사 사장이 다른 출판사의 번역본을 두고 공식적으로 가타부타 말을 보태는 것은 누가 봐도 오해의 소지가 있어서였다(그러고 보니 나는 아직까지도 어떤 이름도 붙이지 않고 그냥 '역자'로 남아 있었다).

"더군다나 역자가 나라는 게 알려지면, 번역 자체를 보려고 하지도 않을 거예요. 강팀 같으면 불문 전공자도 아닌 한 출판사 사장이 타 출판사에서 낸 그 분야 최고의 번역가 작품을 두고 오역이라고 하고 있으면 그 내용을 보려고나 하겠어요? 노이즈 마케팅을 하고 있나 보다 할 테지."

강팀을 비롯해 편집부 직원들은 내 말에 수긍했고, 그래서 역자의 정체는 지금까지 철저히 비밀에 부쳐져왔던 것이다. 모두 함께 일한 지가 제법 된 직원들인지라 내 뜻을 이해하고는 더 이상 그에 대해 언급해오지 않았던 것인데, 이번에 새롭게 합류한 어휴정 씨가 다시 같은 의견을 내온 것이다. 신문사 기자의 문의 전화를 그가 직접 받은 탓도 있는 모양이었다.

"전화번호가 곤란하시면 이메일을 알려주면 어떨까요? 나중에 책을 내면 결국 알려지게 될 텐데요."

나는 거기에도 동의할 수 없었다.

"내 메일 주소는 명함에도 나와 있을 뿐만 아니라 이미 여러 곳에 공개되어 있어요. 조금만 신경 쓰면 내가 누구인 줄 알 텐데……."

그러자 어휴정 씨가 다시 말했다.

"새로운 계정을 하나 만들면 되죠. 그냥 언론을 상대로 한 비밀 계정을요. 그 메일은 다른 데 공개하지 않구요."

"……?"

듣고 보니 그럴 듯했다. 그게 누구이든 메일로만 연락을 주고받으면 굳이 내가 누구인지 말할 필요도 없고, 그걸 숨기기 위해 거짓말을 할 필요도 없을 것 같았다. 곤란한 질문에는 답하지 않으면 되는 일이니까. 편집장과 강팀이 나쁘지 않은 거 같다고 거들어주었기에 그럼 그렇게 하자고 동의했고, 회의 후 어휴정 씨가 야후 계정을 하나 만들어주었다.

"이걸 쓸 일이 있을까……? 아무튼 〈이방인〉 관련 내용만 오가는 전속 메일로 하고, 비번도 공유하도록 합시다."

오늘분 연재를 오후 늦게 올렸다. 역시 보론은 쓰지 않고 주요한 부분은 따로 기록해두었다.

〈역자노트〉

1.

"나도 역시 그 영혼을 들여다보았습니다만, 탁월하신 검사 각하의 의견과는 반대로 나는 그 무엇인가를 발견할 수 있었습니다. 그뿐만 아니라 펼친 책을 읽듯 그 영혼을 환히 볼 수 있었다고 말할 수 있습니다." (김수영 역 p.116)

'검사 각하'라고? 그 부분 원본은 이렇다.

« Moi aussi, a-t-il dit, je me suis penché sur cette âme, mais, contrairement à l'éminent représentant du ministère public, j'ai trouvé quelque chose et je puis dire que j'y ai lu a livre ouvert. » (원서 p.157)

밑줄 친 부분을 직역하면 '탁월한 검찰 대리인' 정도가 된다. 이것을 '검사 각하'라고 한 것인데, 이런 식의 희화화된 의역은 감동적이기까지 한 변호인의 진지한 최후 변론을 유치한 수준으로 격하시켜버려서, 작가의 의도와 정반대로 읽히게 만든다.

"나 역시, 이 사람의 영혼을 자세히 들여다보았습니다만, 검찰청의 훌륭한 대리인과 달리, 저는 무언가를 발견했고, 거기서 명백히 무언가를 읽어냈다고 말할 수 있습니다" 하고 그가 말했다. (졸역)

2.

나는 성실한 인물이요 규칙적이고 근면하고, 일하는 회사에 충실했으며, 모든 사람들로부터 호평을 받고, 다른 사람의 불행을 동정하는 사람이라는 것을 그는 거기서 읽었다는 것이었다. 그가 본 바로는, 나는 힘이 자라는 한 오랫동안 어머니를 부양한 모범적인 아들이었다. 그러나 결국은 나의 재력으로는 시켜 드릴 수 없는 안락한 생활을 양로원이 대신해서 늙은 어머니에게 베풀어 줄 수 있으리라고 나는 기대했다는 것이다. (김수영 역 p.116)

Il y avait lu que j'étais un honnête homme, un travailleur régulier, infatigable, fidèle à la maison qui l'em-ployait, aimé de tous et compatissant aux misères d'autrui. Pour lui, j'étais un fils modèle qui avait soutenu sa mère aussi longtemps qu'il l'avait pu. Finalement j'avais espéré qu'une maison de retraite donne-rait à la vieille femme le confort que mes moyens ne me permettaient pas de lui procurer. (원서 pp.157-158)

이 부분은 뫼르소를 적극적으로 변호하는, 변호인의 감동적이기까지 한 최후 변론 장면인데(이 최후 변론 후 변호인은 동료 변호사들로부터 진심 어린 찬사를 받는다), 그러나 이 번역을 되풀이 읽는다고 해도 그 감흥을 맛볼 수 있을까?

설명 투 문장도 문제지만, 무엇보다 원문이 뒤틀려서 본래의 의미를 잃어버렸기 때문일 것이다.

일례로 문장 중간의 mère는 그냥 '어머니'가 아니라, '그의 어머니sa mère'다. 〈이방인〉의 중요한 서술 방식의 하나인 '간접 화법'을 사용한 것인데, 역자는 저것을 편의적으로 잘라내고 의역을 해버린 것이다. 작가가 아니라 역자가 '쓴' 셈이다.

그러고 보면, 앞에서 카뮈가 쓴 이 문장,

Moi, j'ai pensé que c'était m'écarter encore de l'affaire, me réduire à zéro et, en un certain sens, se substituer à moi. Mais je crois que j'étais déjà très loin de cette salle d'audience. (원서 p.157)

의 번역이 무엇보다 중요했던 것을 알 수 있다. 김수영 교수는 이 문장을 이렇게 옮겼었다.

나는, 그것도 또한 나를 사건으로부터 제쳐 놓고 나를 무시해버리는 것이고, 어떤 의미로는 그가 나 대신의 역할을 하는 것이라고 생각했다. 그러나 그때 나는 벌써 그 법정에서 아득히 멀어져 있는 느낌이었다. (김수영 역 p.116)

역자는 지금, 변호인이 뫼르소를 완전히 '무시해서' 따돌리고 있는 것으로 보이게 번역하고 있지만, 우선 여기서 écarter는 '제쳐놓고'가 아니라 '떨어뜨려놓다' '거리를 두다'이다. 김수영 교수는 앞서 레몽을 단순히 양아치로 보고 말끝마다 원본에 없는 욕설을 만들어 붙였듯, 여기서도 변호인에 대해 선입관을 가지고 단어의 의미를 사전적 의미가 아니라 지레짐작으로 옮기고 있는 것으로 보인다.

보다시피 역자는 me réduire à zéro를 '나를 무시하다'라고 옮긴 것인데, 저 말은 직역하면 '나를 제로로 만들다'이다.

이것은 지금, 엄마의 죽음을 대하는 뫼르소의 진심을 오해해서 벌어진 앞서의 증언들로 인해 편견을 가진 배심원들을 의식해서 변호인이 일부러 '엄마의 죽음'과 '살인'을 분리해 변론하고 있는 것으로, 그 효과를 위해 변호인은 '그 자신'을 '나'로 대치시키고 있는 것이다(그는 앞서 "내가 사람을 죽인 것은 맞다"고 주위를 환기시키고 있기까지 하다). 그것이 곧 지금 '내 어머니'가 아니라 '그의 어머니'로 연결되는 것인데, 그리하여 이 대목은 '검사 각하'처럼 유치한 변론이 아니라, 오히려 그 반대로 변호인의 기지가 돋보이는 대목이기도 한 것이다.

작가의 원래 문체를 해체시킴으로써 역자는 완전히 다른 이야기를 만들어낸 것이다.

거기서 읽은 것은 내가 착한 사람이고, 꾸준하고 지침 없이 일한 근로자로서, 자신을 고용한 회사에 충실하고 모든 사람에게 사랑을 받았으며, 타인의 불행을 동정할 줄 아는 사람이었다. 그에게 있어서, 나는 가능한 한 오래 그의 어머니를 부양했던 모범적인 아들이었다. 마지막으로, 나는 내 재력으로 연로한 어머니에게 드릴 수 없었던 안락함을 양로원이 제공해주길 희망했다는 것이다. (졸역)

1.16.

어휴정 씨가 메일이 하나 왔다고 알려왔다. 새로 계정을 만든 지 하루 만의 일이었다.

"누가요? 어떻게 알고……?"

"K 신문 기자인데, 어제 전화가 와서 제가 알려줬습니다."

"……뭐라는데요?"

"열어 보진 않았습니다."

알겠다고 하고 내보낸 뒤 메일을 확인해 보았다. 〈이방인〉 번역 연재 관련한 원고 청탁이었다. 원고지 3.5매 내외로 〈이방인〉 오역에 관한 입장을 밝혀달라는 것이었다. 나는 오래 생각할 필요도 없이 답 메일을 보냈다.

「〈이방인〉 오역 문제는 원고지 몇 매에 담을 수 있는 내용이 아니라 곤란하기도 하거니와, 지금은 바빠서 따로 글을 쓸 입장도 아닙니다. 번역이 다 끝나면 그때 생각해보도록 하겠습니다. 죄송합니다.」

1.17.

K 신문 기자로부터 다시 메일이 왔다고 어휴정 씨가 전해왔다(메일 계정을 그의 정보로 만들었기에 일단은 그가 전담하고 있었다). 확인해 보자 이번엔, 기자 자신이 기사를 쓸 생각이라며, 이름을 알려달라는 것이었다.

나는 내 이름을 밝히기는 곤란하다며 그 이유를 짧게 적어 보냈다. 그런데 거의 메신저 수준으로 즉각 답 메일이 왔다. 본명이 안 된다면 필명이라도 알려달라는 것이었다. 고민스러웠지만, 그쯤 되자 어쩔 수 없겠다는 생각이 들었다. 더군다나 내가 기사를 쓰라 마라 할 위치에 있는 것도 아니었기에 그 이상 기자를 자극할 필요도 없겠다는 생각이 들었다.

나는 생각 끝에 이름 하나를 알려주었다. 이정서. '바르게 쓰다'라는 의미도 있었지만, 수비니겨에서 출판한 김진명 소설 〈천년의 금서〉의 주인공 이름이기도 했고, 출판사에서 공동 창작한 〈출판 24시〉라는 소설 속 출판사 사장 이름이기도 했다.

회의 중에 편집장에게 얼마 전 자신의 작품을 '가명'으로 내고 싶다던 '올해의 작가상' 수상 작가는 어찌 되었느냐고 묻자 이후 따로 연락이 없었다고 한다. 역시 내 생각대로 그는 스스로도 그것이 떳떳치 못한 작품이라는 걸 알고 있을 터였다.

나는 더 이상 그 원고에 대해서는 신경 쓰지 말라고 하고 회의를 마쳤다. '기대되는 국내 작가의 신작 시리즈' 기획은 여러 정황상 불가능한 것 같아 보류시켰다.

〈역자노트〉

1.

C'est à peine si j'ai entendu mon avocat s'écrier, pour finir, que les jurés ne voudraient pas envoyer à la mort un travailleur honnête perdu par une minute d'égarement et demander les circonstances atténuantes pour un crime dont je traînais déjà, comme le plus sûr de mes châtiments, le remords éternel. (원서 p.159)

내 변호사가 끝으로 배심원들은 일시적으로 잘못하여 길을 잃은 성실한 일꾼을 사형에 처하지는 않을 것이라고 외치고, 내가 이미 가장 확실한 벌로써 영원한 뉘우침의 짐을 끌고 가고 있는 터인 범죄에 대해 정상참작을 요구한다고 말하는 것도 나의 귀에는 거의 들리지 않을 지경이었다. (김수영 역 p.117)

이 대목은 변호인이 배심원들에게 '정상참작'을 호소하며 벌이는 마지막 변론이다.
이때 뫼르소는 더 이상 모든 것이 부질없어 보여서 재판이 끝나기만을 기다리며 다른 생각을 하고 있던 중이었는데, 그럼에도 중요한 변호인의 저 마지막 말, '정상참작'이라는 말을 간신히 듣게 되었다고 작가는 쓰고 있는 것이다.
바로 이 소설의 또 다른 중요한 키워드 중 하나인 '정상참작 circonstances atténuantes'이라는 말이 변호사의 입에서 나왔다는 것을 강조하고 있는 것인데, 과연 역자의 저러한 번역에서 그 뉘앙스를 느낄 수 있을까?

내게 변호인이 외치는 소리가 간신히 들려왔는데, 결론적으로, 배심원들은 잠깐 길을 잃었던 성실한 일꾼을 죽음으로 보내는 걸 원치 않을 것이며, 이미 나는 내 죄에 대한 가장 확실한 형벌로서 끊임없이 죄책감에 시달리고 있으니 정상참작을 요청한다는 것이었다. (졸역)

2.

Mon avocat est venu me rejoindre : il était très volubile et m'a parlé avec plus de confiance et de cordialité qu'il ne l'avait jamais fait.

Il pensait que tout irait bien et que je m'en tirerais avec quelques années de prison ou de bagne. (원서 p.160)

내 변호사가 따라와서 매우 수다스럽게, 여느 때보다도 더욱 자신 있고 다정스러운 태도로 말했다. 모든 것이 잘될 것이며, 몇 년 동안의 금고(禁錮)나 혹은 징역만 살면 그만일 것으로 생각한다는 것이었다. (김수영 역 p.118)

이 역시 매끄러운 번역 같지만 완전히 다른 말이다. 역자는 "et de cordialité qu'il ne l'avait jamais fait(그리고 일찌기 없었던 진심이 담긴)"이라는 표현을 저와 같이 있는 듯 없는 듯 두루뭉술 처리한 것이다.

지금 이 문맥에서 가장 중요한 키워드인 '진심cordialité'이라는 말을 아예 빼버린 것을 알 수 있다.

무엇보다 이 자리에서 '진심'이 쓰인 이유는 분명하다.

작가인 카뮈는 비로소 여기서 우리에게 뫼르소에 대한 변호인의 인식이 언제부터인가 달라져 있었다는 걸 확인시켜주고 있는 것이다.

처음에 무료 국선변호인으로서 형식적으로 재판에 임하던 그가, 차츰 뫼르소의 '진심'과 '사건의 진실'을 알게 되고, 어느 순간부터 열정적인 변론을 펼치다 마침내 감동적인 최후 변론까지 마쳤다는 것을 보여주고 있는 것이다(최후 변론 후 동료 변호사들까지 달려와 '잘했다'며 축하하는 장면은 그래서 들어가 있는 것이다).

그렇다면 역자는 저기서 왜 저 중요한 말인 '진심'을 아예 빼버릴 수밖에 없었을까? 실수나 의역의 문제일까?

역자는 처음부터 끝까지 변호인을 어설프게 희화화시켜 놓았으므로 마지막 저 말의 '진심'을 결코 이해할 수 없었다는 반증은 아닐까?

내 변호사가 나를 따라 들어와서는, 매우 수다스럽게, 일찍이 보이지 않았던 자신감과 진심을 담아 내게 말했다. 모든 것이 잘 되어서 내가 몇 년간의 징역이나 금고형에 처해지는 것으로 끝날 것으로 생각한다고. (졸역)

1. 24.

요즘은 번역 연재에 보론을 달지 않음으로써 주변의 반응에 신경 쓸 일도 없었고, 규칙적으로 연재를 진행하는 것이 아니라 시간이 날 때 번역을 해서 연재를 올리고 있었기에 한결 부담이 없는 상태였다. 시간적으로 쫓길 이유도 없으니 일의 우선순위를 회사 일에 두게 되면서 모든 것이 조금씩 안정을 찾아가는 느낌이기도 했다. 그랬는데…….

“사장님, 기사 떴습니다.”

퇴근 무렵, 어휴정 씨가 내 방문을 열고는 조금 상기된 표정으로 말했다. 그의 말에 엊그제 K 신문 기자와 오고 간 메일이 퍼뜩 생각났다.

“인터넷으로 ‘이방인’ 검색하시면 됩니다.”

그의 말대로 ‘이방인’을 검색하자 관련 기사가 쉽게 눈에 들어왔다.

제목이 “김수영 교수의 카뮈 ‘이방인’ 번역에 이의 있습니다”였다.

「“작가들은 고마움을 인정하고, 출판사들은 그 가치를 평가절하하고, 학계에서는 사소한 일로 여기고, 서평가들은 사실상 그 존재를 무시한다.”

최근 출간된 〈번역 예찬〉이라는 책에 나오는 말입니다. 저자는 영미권 최고의 스페인어 문학 번역가로 알려진 인물이지요. 작가들은 고마워하지만 금전적 보상은 형편없고, 학문적 성과로 인정받지도 못하며 언급되는 경우도 적다는 푸념이지요.

드물긴 하지만 번역이 논쟁거리가 되는 경우가 있습니다. 2011년 스티브 잡스의 공식 전기 〈스티브 잡스〉가 출간됐을 때엔 번역의 오류를 지적한 번역가와 해당 번역을 옹호한 번역가 사이에 '번역 배틀'이 벌어지기도 했지요.

어쩌면 조만간 또 다른 번역 논쟁이 벌어질지도 모르겠습니다. 대상은 김수영 고려대 명예교수가 번역한 알베르 카뮈의 〈이방인〉입니다. 〈이방인〉은 몇 년 전부터 국내 출판사들이 앞다퉈 출간하고 있는 세계문학전집에 빠짐없이 이름을 올리고 있는 고전 중의 고전이지요. 카뮈 연구로 박사학위를 받은 김수영 교수는 국내 최고의 알베르 카뮈 전문가이자, 2009년에는 23년 만에 알베르 카뮈 전집을 완간해 번역가로서도 국내 최고의 권위자란 명성을 얻고 있습니다.

그런데 번역가 이정서 씨(필명)가 김수영 교수의 권위에 정면으로 이의를 제기하고 나섰습니다. 지난해 8월부터 '김수영의 〈이방인〉은 카뮈의 〈이방인〉이 아니다'라는 제목으로 쓰고 있는 블로그 연재를 통해서입니다. 지난 20일 자로 29회분까지 올라온 이 연재에서 이 씨는 자신의 〈이방인〉 번역과 김수영 교수의 번역, 그리고 원문을 동시에 올린 다음 셋을 비교해가며 김 교수 번역의 문제점을 지적하고 있습니다. 그중 한 대목만 소개하면 이렇습니다.

"그는 마송과 함께 떠났고, 나는 여자들에게 일어난 일을 설명해주기 위해 남았다. 마송 부인은 울기 시작했고 마리는 매우 창백해졌다." (이정서 역)

"그는 마송과 함께 갔고, 나는 남아서 여자들에게 사건 이야기를 해 주었다. 마송 부인은 울고 있었고, 마리는 파랗게 질려 있었다." (김수영 역)

이 씨의 번역에 따르면, 나(주인공 뫼르소)는 여자들에게 설명을 해주기 위해 남았습니다. 설명을 했는지 안 했는지는 원문에 나오지 않습니다. 그러나 김 교수의 번역은 "남아서 사건 이야기를 해주었다"고 돼 있습니다. 결국 '내가 해준 이야기를 듣고 부인은 울고 마리는 파랗게 질렸다'는 인과관계가 설정돼 있는 것입니다. 이 씨는 "김수영은 자기식으로 작문을 해놓은 것"이라고 비판했습니다.

이 씨가 번역한 〈이방인〉은 한 출판사에서 출간될 예정입니다. 이 씨는 경향신문에 보낸 이메일에서 "책을 내면서도 제 본명과 약력은 밝히지 않을 작정"이라고 말했습니다. 이유는 이렇습니다. "돈과 권력, 그 밖의 힘이 만들어냈을 수도 있는 허명에 부화뇌동한 결과가 지금 같은 번역문학의 문제를 가져왔다는 문제의식 때문에라도, 저는 '포장이 아니라 실제 문장을 보자'라는 이슈를 부각시켜갈 것입니다."

판단은 언론이 아니라 전문가와 독자들의 몫일 것입니다.」

기사를 다 읽고 나서 내게 든 첫 느낌은…… 뭐랄까? 공평무사한 것 같으면서도 조금 찜찜한 기분이었다. 왜였을까? 그것은 아마 마치 내가 먼저 메일을 보내고 이슈를 부각시켜갈 것처럼 쓴 부분도 그랬지만, 무엇보다 기자가 오역의 예로 든 저 문장 때문이었다.

왜 하고많은 것 중에 굳이 저것이었을까……? 그리고 원 문장도 없이 저런 비교가 설득력이 있기는 할까?

저 장면의 원본은 이렇다.

Il est parti avec Masson et je suis resté pour expliquer aux femmes ce qui était arrivé. Mme Masson pleurait et Marie était très pâle. (원서 p.86)

He left with Masson and I stayed to explain to the women what had happened. Madame Masson was crying and Marie was very pale. (Matthew Ward 역 p.54)

그는 마송과 떠났고 나는 여자들에게 설명하기 위해 남았다. 마송 부인은 울고 있었고 마리는 몹시 창백해 있었다. (졸역)

보다시피, "나는 남아서 여자들에게 사건 이야기를 해 주었다"는 김수영의 번역은 확실한 오역이다. 그런데 원문을 제쳐두고, 따로 떼어놓고 보면, 마치 김수영 번역이 오히려 잘된 번역처럼 느껴질 수도 있다. 기자의 말대로 '인과관계가 성립'되기 때문이다.

기자는 소설 문장에 대한 이해가 부족했거니와 기본적인 불어 문장조차 확인하지 않았던 것으로 보인다.

아무튼 원 문장도 뺀 채, 기자의 상식으로 저렇듯 두루뭉술 설명하는 것이 과연 무슨 의미가 있을까. 저것이 오역이라는 것을 이해할 독자가 과연 있을지 의심스러웠고, 그래서 개운치 않았다.

어찌 되었건 김수영 교수의 〈이방인〉 오역 문제가 처음으로 세상에 공개적으로 알려진 셈이었다.

기사의 영향은 적지 않았다. 그 순간에도 블로그를 방문하는 이들의 수가 눈에 띄게 늘고 있었다. 덜컥 겁이 나기도 했다. 아직 초벌일 뿐인데…….

역시 언론 인터뷰는 하지 않았어야 했다. 그것이 메일이든 무엇이었든. 후회해도 이미 소용없는 일이었다.

1. 25.

토요일. 어제 기사(종이 신문은 오늘 날짜다)의 반응을 보느라 하루 종일 컴퓨터 앞을 떠나지 못했다.

1. 26.

기사의 자극. 가볍게 산행 후 하루 종일 번역에 몰두했다.

〈역자노트〉

1.

세 번째로 나는 형무소 부속 사제의 면회를 거절했다. 그에게 말할 것도 없고 이야기하기도 싫다. 그를 곧 만나게 되긴 할 것이다. 지금 나의 관심거리는 기계장치로부터 벗어나는 것, 불가피한 것으로부터 빠져나갈 구멍이 있을 수 있는가를 알아보는 일이다. (김수영 역 p.120)

Pour la troisième fois, j'ai refusé de recevoir l'aumônier. Je n'ai rien à lui dire, je n'ai pas envie de parler, je le verrai bien assez tôt. Ce qui m'intéresse en ce moment, c'est d'échapper à la mécanique, de savoir si l'inévitable peut avoir une issue. (원서 p.163)

뜬금없이 웬 '기계장치'일까? 역자는 mécanique를 그냥 '기계장치'로 옮긴 것인데, 저게 바른 번역일까? 저것은 오히려 수형자의 신체를 구속시키고 있는 어떤 작동 원리(역학, 시스템)를 말하고 있는 것이 아닐까? 확인이 필요하다.

recevoir를 굳이 '면회'로 옮긴 것도 좀 이상하다. 그냥 방문이면 될 것을……. 굳이 면회로 옮길 생각이었다면 오히려 '접견'이 적확할 것이다.

면회 : 일반인의 출입이 제한되는 어떤 기관이나 집단생활을 하는 곳에 찾아가서 사람을 만나 봄.

접견 : [법률] 형사 절차에 의하여 신체의 구속을 받고 있는 피고인이나 피의자와 만남. 또는 그런 일.

그런데 recevoir에 '면회하다'라는 뜻이 있기는 한가? 왜 이렇게 어렵게 옮긴 걸까?

2.

그러나 물론 언제나 분별 있는 생각만 할 수는 없는 것이다. 예컨대 또 어떤 때는 법률의 초안을 만들어 보기도 했다. 형법체제를 개혁하는 것이었다. 제일 중요한 것은 사형선고를 받은 자에게 기회를 주는 것임을 나는 알아차렸다. 천 번에 단 한 번, 그것이면 수많은 일들을 해결하기에 충분했다. 그리하여 수형자가 (나는 수형자라는 말을 생각했다) 그것을 먹으면 열 번에 아홉 번만 죽는 그런 화학약품의 배합을 고안해 낼 수도 있을 것이라고 생각했다. 그에게 그런 사실을 알려 주어야 한다. 그것이 조건이었다. 왜냐하면, 침착하게 곰곰이 생각해 볼 때 나는 단두대의 칼날을 사용할 경우 결함은 그것이 아무런 기회도, 절대로 아무런 기회도 허용하지 않는다는 사실을 알 수 있었으니 말이다. 결국 어쩔 수 없이 수형자의 죽음은 결정적이 되어버린 것이다. 그것은 처리가 끝난 일이며 확정된 배합이요 성립된 합의여서 취소할 여지가 없는 것이다. 만에 하나 어쩌다가 실패하는 경우가 있으면 다시 할 뿐이다. 그러므로 난처한 일은, 수형자로서는 기계가 아무 고장 없이 작동해 주기를 바랄 수밖에 없다는 점이다. 내 말은, 바로 그것이 결함이라는 것이다. 어떤 의미로 그것은 사실이다. 그러나 또 다른 의미로는 그 훌륭한 조직의 모든 비결이 거기에 있다는 것을 나는 또한 인정하지 않을 수 없었다.

(김수영 역 p.123)

Mais, naturellement, on ne peut pas être toujours raisonnable. D'autres fois, par exemple, je faisais des projets de loi. Je ré-formais les pénalités. J'avais remarqué que l'essentiel était de donner une chance au condamné. Une seule sur mille, cela suffisait pour arranger bien des choses. Ainsi, il me semblait qu'on pouvait trouver une combinaison chimique dont l'absorption tuerait le patient (je pensais : le patient) neuf fois sur dix. Lui le saurait, c'était la condition. Car en réfléchissant bien, en considérant les choses avec calme, je constatais que ce qui était défectueux avec le couperet, c'est qu'il n'y avait au-cune chance, absolument aucune. Une fois pour toutes, en somme, la mort du patient avait été décidée. C'était une affaire classée, une combinaison bien arrêtée, un accord entendu et sur lequel il n'était pas question de revenir. Si le coup ratait, par extraordinaire, on re-commençait. Par suite, ce qu'il y avait d'ennuyeux, c'est qu'il fallait que le condamné souhaitât le bon fonctionnement de la machine. Je dis que c'est le côté défectueux. Cela est vrai, dans un sens. Mais, dans un autre sens, j'étais obligé de reconnaître que tout le secret d'une bon-ne organisation était là.

(원서 p.166-168)

위의 번역을 집중해서, 되풀이 읽어본다 한들, 제대로 이해할 수 있는 사람이 과연 있을까? 아마 독서량이 많은 학자들 중에는 이해할 사람도 있긴 할 것이다. 그런데 저걸 그대로 이해했다면 그것이 또한 '더 큰 문제'가 아닐까? 결코 번역된 저 말은 카뮈가 한 말이 아니기 때문이다.

여기서도 역자는 보다시피 첫 문장을 '그러나 물론 언제나 분별 있는 생각만 할 수는 없는 것이다(Mais, naturellement, on ne peut pas être toujours raisonnable)'라고 옮겨두고 있다. 은근히 일반 주어(on) 대신 일인칭 나의 독백으로 보이게 만들어버린 것이다.

보다시피, '언제나 이성적인(toujours raisonnable)'의 주어는, 생략된 '나'가 아니라, 엄연히 부정대명사로 쓰인 일반 '사람(on)'이다. 카뮈는 지금 뫼르소를 통해, '사람들이 언제나 이성적인(합리적인) 생각만 하고 사는 게 아니라고' 말하고 있는 것이다.

문맥 중간의,

Par suite, ce qu'il y avait d'ennuyeux, c'est qu'il fallait que le condamné souhaitât le bon fonctionnement de la machine. (원서)

그러므로 난처한 일은, 수형자로서는 기계가 아무 고장 없이 작동해 주기를 바랄 수밖에 없다는 점이다. (김수영 역)

역자는 여기서 condamné를 '수형자'라고 옮겨두었는데, 바로 위에서는 patient를 '수형자'라고 옮겼다. 그 자리에서 patient가 가리키는 의미가 정확히 우리말의 무엇일지는 지금으로서는 사실 카뮈만이 알 수 있다. 저 단어에 담긴 우리말의 사전적 의미는 환자, 수형자, 사형자 등인데, 그 가운데 어느 것을 저 자리에 넣어도 말은 되기 때문이다(카뮈의 수사법이 종종 그렇다. 이럴 경우, 앞뒤 문맥으로 파악할 수밖에 없는데, 여기서는 그조차 파악하기가 쉽지 않다).

아무튼 역자는 앞서 그 자리에 '수형자'를 택해 옮겼다. 문제는 그래 놓고 나서 겨우 몇 줄 지나지 않아 만나게 되는 condamné라는 단어 역시, '수형자'로 번역하고 있는 것이다. 도대체 어떤 기준, 어떤 원칙으로 번역이 이루어지고 있는 것인지 궁금하지 않을 수 없다.

저기서의 condamné는 사전적 의미 그대로 사형수를 가리킨다. 앞서 바르게 번역을 해왔다면 조금도 거리낄 게 없는 것이다.

1.27.

퇴근 후에 강팀으로부터 메시지가 왔다.

"기사 또 나왔습니다. 김수영 교수 인터뷰도 한 모양입니다."

저번 기사 이후 이제 3일째인데? 나는 다른 신문인가 생각하며 컴퓨터를 켜고 확인했다. 전번의 그 기자였다. 지난번 기사의 반응이 괜찮았다고 생각했던 모양이었다. 이번엔 여러 사람의 인터뷰를 딴 심층 취재 기사였다.

기사는 "노이즈 마케팅인가, 타당한 문제 제기인가"라는 제목을 달고 있었다.

「국내 최고의 카뮈 번역자로 알려진 김수영 명예교수의 〈이방인〉 번역에 대해 한 익명의 번역자 블로거가 문제 제기를 했다는 사실이 보도(K신문 1월 25일자 17면)된 이후 이 문제에 관심 있는 사회관계망서비스(SNS) 사용자들의 여론은 둘로 갈렸다. 트위터 사용자 @masterkeaton1은 "김수영 교수의 번역에 오역이 적지 않음을 지적하고 신문사 문화부 기자에게 이메일 등을 보내 견해를 개진하면서 자신이 번역한 책에는 실명과 약력을 넣지 않겠다는 걸 어떻게 이해해야 할까?"라고 말했다. 수비니겨출판사 블로그에 김 교수의 번역을 비판하는 글을 쓰고 있는 이정서 씨(필명)가 실명을 밝히지 않는 걸 비판한 것이다. 이 씨는 수비니겨에서 출간될 〈이방인〉 번역본에도 필명만 쓰겠다는 입장을 밝혔다.

'기획·번역 集團'이라는 닉네임을 쓰는 트위터 사용자도 "익명 출간이라니, 말도 안 된다"며 "독자들이 정말 허명으로만(김수영 교수가 번역한) 책을 선택한다고 보는 걸까. 김수영 개인의 카뮈 전집 번역의 노고에 대한 인정"이라고 말했다. 이 씨가 자신의 익명 비판에 대해 "돈과 권력, 그 밖의 힘이 만들어냈을 수도 있는 허명에 부화뇌동한 결과가 지금 같은 번역문학의 문제를 가져왔다는 문제의식 때문"이라고 밝힌 데 대한 반박이다.

반면 트위터 사용자 @vivabolano는 "김수영 선생의 업적이야 알 만한 사람은 다 알 테고, 그것을 비판하는 모습도 괜찮다고 생각하는데, 옳고 그름을 가리기도 전에 네 신분부터 드러내라는 식의 트윗은 짜증난다"고 말했다. 트위터 사용자 @alwaysloss는 "어찌 됐건 해당 블로그의 글을 읽어보면 원문과 김수영 교수 번역과 자기 번역을 나란히 배치하여 비교가 확실히 된다. 날카로운 지적이 많고 기존 번역에 문제가 확실히 있는 듯하다"고 말했다.

번역가들은 신중한 태도를 보였다. 과학책 번역가 김*남 씨는 트위터에 쓴 글에서 "김수영 교수의 번역이 선대 업적으로서 존중도 받지 못할 만큼 가치가 없는가 생각하다 보니 저런 전략(블로그 비판)이 잘못된 것이나 무의미한 것은 아니라도 바람직한가는 모르겠다"고 말했다.

2011년 스티브 잡스 공식전기 〈스티브 잡스〉의 오역 문제를 지적한 이*하 씨는 "나도 당시에 의도의 순수성이 의심된다는 비판을 들은 적이 있지만 중요한 건 비판이 얼마나 정곡을 찔렀느냐"라고 말했다. 당시 이 씨와 논쟁을 벌였던 노*영 씨는 "오역을 지적하는 문화는 당연히 필요하다"며 "다만 오역을 지적한 사람의 번역이 더 나은 것으로 받아들여지는 쏠림 현상은 경계해야 한다"고 말했다.

김 교수가 번역한 알베르 카뮈 전집을 출간한 출판사 김*정 편집장은 "관점의 차이로 볼 수 있는 부분까지 오역이라고 한 것에는 논란의 여지가 있다"고 말했다. 김 교수는 "내 번역에 관심을 갖고 꼼꼼히 봐준 것은 고맙게 생각한다. 추후에 개정판을 내게 되면 참고하겠다"고 밝혔다.」

무엇보다 내 눈길을 끈 것은 김수영 교수의 반응이었다.

"내 번역에 관심을 갖고 꼼꼼히 봐준 것은 고맙게 생각한다. 추후에 개정판을 내게 되면 참고하겠다."

물론 일반론적인 한마디였지만, 김수영 교수의 생각이 어떤지 궁금했던 나는 그 말의 행간을 읽기 위해 그 기사를 여러 번 읽었다. 신문은 지금 나와 김수영 교수를 논쟁에 끌어들이려 하고 있는 것이었다. 이제 어찌해야 하는 것일까? 더군다나 아직 끝나지도 않은 번역인데, 벌써부터 노이즈 마케팅이라니…….

여러 생각에 쉽게 잠을 이룰 수 없었다. 내 번역과 김수영 교수 번역본을 여러 번 다시 들여다보았다.

〈역자노트〉

1.

오랫동안 나는 왜 그랬는지는 몰라도 기요틴으로 걸어가려면 그것이 설치된 단 위로 올라가야만 한다고, 층계를 밟고 올라가야 한다고 생각하고 있었다. (김수영 역 p.124)

J'ai cru longtemps - et je ne sais pas pourquoi - que pour aller à la guillotine, il fallait monter sur un échafaud, gravir des marches. (원서 p.168)

기요틴? 순수한 독자 중에 이게 무슨 소리인지 아는 사람이 과연 얼마나 될까? 역자는 여기서 왜 뜬금없이 '기요틴'이라고 번역한 걸까? 아니, 이것을 번역이라고 할 수 있을까? 그냥 발음을 적어놓은 것인데……. 평소 '어머니(mère)'를 '자당'이라고 옮길 만큼 우리말에 집착하던 분이 여기서는 왜 그다지 어렵지 않은 '단두대'를 버리고 저렇듯 낯선 '기요틴'을 선택한 것일까? 그 이유는 나중에 밝혀진다.

우선 이 문장의 오역부터 보자면, 보다시피 저기에 '그것이 설치된 단 위로'라는 말은 없다. 단두대(guillotine)에 이르기 위해서는 처형대(échafaud) 위로 올라야 한다는 단순한 문장이다. cru도 그냥 '생각하다'가 아니라 '믿다'의 의미이다.

직역하면,

나는 오랫동안 믿어왔다. 왜 그랬는지는 모르겠지만, 단두대에 이르기 위해서는 처형대 위로 올라야 한다고, 계단을 밟고 올라가야 한다고. (졸역)

그렇다면 역자는 왜 굳이 '단두대'를 버리고 무리하게 '기요틴'을 선택해 저렇듯 국적불명의 문장을 만들어버린 것일까? 그 의문은 조금 내려와 만나게 되는 다음 문장에서 풀린다.

어떤 의미로는 그것 또한 견디기 어려운 노릇이었다. 단두대를 향해 올라간다든가 하늘로 승천한다는 쪽으로 상상력이 뻗어갈 수도 있을 것이다. 그런데 그 점에 있어서까지도 기계장치가 모든 것을 짓눌러 버리는 것이었다. 그저 좀 수치심을 느끼면서, 대단히 정확하게, 목숨이 슬그머니 끊어지는 것이다. (김수영 역

p.124)

Cela aussi était ennuyeux. La montée vers l'échafaud, l'ascension en plein ciel, l'imagination pouvait s'y raccrocher. Tandis que, là encore, la mécanique écrasait tout : on était tué discrètement, avec un peu de honte et beaucoup de précision. (원서 p.169)

일단 여기서도 '어떤 의미로는'이라는 말은 없다. 역자가 문장을 이어가기 위해 불필요하게 넣은 부사구인 것이다.
아무리 그렇기로, Cela aussi était ennuyeux를 어떻게 '어떤 의미로는 그것 또한 견디기 어려운 노릇이었다'라고 옮길 수 있을까?
아니 이런 식의 의역을 어떻게 카뮈의 문체를 살렸다고 공개적으로 독자들에게 주장할 수 있는 것일까?
아무튼 역자는 여기에서 échafaud라는 단어가 이어 나오게 되자 이것을 '단두대'로 해석하고는(여기서는 공개 처형대의 의미이다). 정작 앞의 단두대, guillotine을 '기요틴'으로 바꾸어버린 것으로 보인다.
저 문장을 직역하면 이렇다.

그것은 게다가 곤란한 일이다. 처형대를 향해 오르는 것은, 바로 하늘로 오르는 것으로, 상상력은 거기에 걸릴 수 있었을 터인데. 반면 이 역학은 그 점에서도 모든 것을 짓눌러 버린다. 그러니까 사람들은 얼마간의 수치심과 엄청난 정교함으로 천천히 죽임을 당하는 것이다. (졸역)

1.28.

출근해 보니 책상 위에 종이 신문이 놓여 있었다. 어젯밤 인터넷으로 본 〈이방인〉 관련 기사가 펼쳐진 채였다. 누가 가져다 놓은 건지 묻지 않았다.

나는 강팀을 불렀다. 연재를 올려야 되겠다고 이번 회분 번역문을 넘겨주며 교정을 봐달라고 했다. 신문 기사에 대해서는 언급하지 않았다.

“설 쇠고 올리신다고 하지 않았나요?”

내일모레부터 구정 설 연휴였다. 그래서 나는 더욱 서두르고 있었다.

“생각이 바뀌었어요. 좀 마음에 들지 않는 부분도 있지만……. 이번엔 보론도 좀 썼어요.”

강팀도 모르게 〈역자노트〉로만 기록해두고 있던 김수영 교수 오역 사례를 오랜만에 ‘보론’으로 덧붙였다.

나는 사람들에게 신문 기사가 어찌 되었건 동요하지 않고 연재를 계속하겠다는 내 나름의 의지를 보이고 싶었던 것이다.

그런 내 맘을 읽었는지 아닌지는 알 수 없지만 강팀은 더 이상 묻지 않고 알겠다며 원고를 들고 나갔다.

〈보론〉

1.

이번 장의 중심 키워드인 '항소'에 대해서도 김수영 교수는 오류를 범하고 있습니다.

Je prenais toujours la plus mauvaise supposition : mon pourvoi était rejeté. (원서 p.171)

나는 늘 최악의 경우를 가정하곤 했다. 상고기각이 바로 그것이었다. (김수영 역 p.126)

je devais accepter le rejet de mon pourvoi. (원서 p.172)

나는 내 상고의 기각을 받아들일 수밖에 없었다. (김수영 역 p.127)

우선 김수영 교수는 pourvoi를 처음부터 끝까지 '상고'라고 옮기고 있음을 알 수 있습니다. 여기서 pourvoi는 우리말로 상고가 아니라 '항소'입니다. 비슷한 것 같지만 우리말로 상고는 제2심 판결에 대해 상소(上訴)하는 것을 가리키는 말이고, 지금 같은 제1심 판결에 불복하여 법원에 상소하는 것은 항소라고 합니다.

또한 위의 pourvoi était rejeté는 보다시피 하나의 구절로 '상고기각'이 아니라 '항소가 기각되다'로 옮겨야 적확하다 할 것입니다. 바로 밑에 '항소기각rejet de mon pourvoi'이라는 말이 나오고 있기 때문이기도 합니다.

무엇보다 이것은 단지 상고와 항소의 차이로 그치지 않습니다. 이 소설에서 뫼르소가 항소를 않고 그냥 단두대로 가는 행위는 대단히 큰 의미가 담겨 있습니다.

아무리 소설이라고 해도, 아니 소설이기에 주인공이 항소를 않고 그냥 죽음을 받아들이는 행위에 대해서는 읽는 이로 하여금 확실한 설득력이 따라야 하는 것입니다. '세상 살기가 귀찮아서?' '부조리해서?' '존재의 의미를 깨달아서?'…… 그 이유가 무엇이든(그것이 철학적이든 무지에서든) 잘된 소설은, 막연한 느낌이 아니라 누가 봐도 그럴 수 있겠다는 개연성이 확보되어야 하기 때문입니다.

뫼르소는 이후 시대를 상징하는 인물이 되는데, 그것은 그의 행위와 사상이 당시 보통 사람들의 공감을 얻었기에 가능한 일입니다.

그런데 도대체 기존 번역 어디에 뫼르소에게 공감할 수 있는 부분이 있단 말인가요? 프랑스의 독자들은 그에게서 자신과 크게 다르지 않은 인간적인 고뇌와 불행을 느꼈기에 안타까워하고 공감했던 것이지, 우리처럼 도저히 이해되지 않는 행위들을 '부조리'와 '실존'으로 포장시켜버려서가 결코 아닙니다.

우리의 번역은 마치 뫼르소가 엄마의 죽음이나 자신의 죽음을 아무런 갈등이나 회한도 없이 받아들이는 것처럼 오해하게 만들고 있지만, 결코 그렇지 않았다는 것은 이 문맥을 통해서도 확인할 수 있습니다.

À ce moment, à ce moment seulement, j'avais pour ainsi dire le droit, je me donnais en quelque sorte la permission d'aborder la deuxième hypothèse : j'étais gracié. L'ennuyeux, c'est qu'il fallait rendre moins fougueux cet élan du sang et du corps qui me piquait les yeux d'une joie insensée. Il fallait que je m'applique a reduire ce cri, a le raisonner. Il fallait que je sois naturel même dans cette hypothèse, pour rendre plus plausible ma résignation dans la première. Quand j'avais réussi, j'avais gagné une heure de calme. Cela, tout de même, était à considérer. (원서 p.172)

그런데 이것을 김수영 교수는 이렇게 옮겼습니다.

그때, 오직 그때야 비로소, 나는 이를테면 두 번째 가정을 생각해 볼 권리를 얻을 수가, 말하자면 나 자신에게 그렇게 하도록 허용할 수가 있었다. 그 두 번째 가정이란 특사를 받는 것이었다. 곤란한 것은, 기상천외한 기쁨으로 눈을 찌르며 튀어 오르는 그 피와 육신의 격정을 진정시키지 않으면 안 되었던 일이다. 열심히 그 부르짖음을 억누르고 타일러야만 했다. 첫 번째 가정에 있어서 나의 단념이 더욱 타당한 것이 되려면 이 두 번째 가정에 있어서도 나는 태연스러워야만 하는 것이었다. 내가 그럴 수 있을 때에는, 한 시간쯤 가라앉은 마음을 유지할 수가 있었다. 이 점은 그래도 상당한 일이었다. (김수영 역 p.127)

실제는 '특별사면'이라도 받게 된다면 얼마나 좋겠는가 하는 엉뚱한 상상까지 하며 삶의 의지를 보이는 뫼르소인 것입니다. 그런데 이러한 번역에서 과연 독자들은 그것을 느낄 수 있었을까요? 무슨 철학서를 읽듯 저 내용을 해독하기에 급급했던 것은 아닐까요?

그때, 오직 그때만, 말하자면 나는 권리를 가졌는데, 다시 말하면 내가 사면을 받는다는 두 번째 가정을 생각해 보는 것을 나 자신에게 허락했던 것이다. 곤란한 건 어마어마한 기쁨으로 내 눈을 찌르는 이 육체와 피의 흥분을 덜 격렬하게 만들어야 한다는 것이었다. 나는 이 아우성을 가라앉히고, 그것을 이성적으로 따져 보기 위해 전력을 다해야 했다. 첫 번째 가정에서 나온 나의 단념이 더 타당성을 얻기 위해서는, 바로 이 가정에서도 나는 태연해야만 했다. 내가 그럴 수 있을 때면, 나는 한 시간쯤의 안정을 얻을 수 있었다. 그건, 어쨌든, 상당한 거였다. (졸역)

2.

위의 복잡한 문장은 그렇다 치고, 바로 밑에서 만나게 되는 이 간단한 문장의 번역은 맞는 걸까요, 틀린 걸까요?

Pour la première fois depuis bien longtemps, j'ai pensé à Marie. Il y avait de longs jours qu'elle ne m'écrivait plus. (원서 p.137)

오래간만에 처음으로 나는 마리를 생각했다. 그녀가 내게 편지를 하지 않은 지 퍽 오래되었다. (김수영 역 p.127)

프랑스어를 알고 모르고를 떠나, 우선 조금만 깊이 생각해보면, '오래간만에 처음으로'라는 문장 자체가 비문이라는 것을 알 수 있습니다. '오래간만'이면 오래간만이고, '처음'이면 처음인 것입니다. '오래간만'에 속에는 이미 '처음'이라는 시작점이 들어 있습니다. 이러한 순서로 둘을 같이 쓰기 위해서는 각각 지시하는 말이 달라야 합니다. 예를 들어, '오래간만에 아팠지만, 처음으로 약을 먹었다'처럼. 더 이해하기 쉽게, 이렇게 말해보면 어떨까요? "오래간만에 처음으로 엄마를 만났다." 이건 말이 안 되는 것입니다. 실제로 엄마를 처음 만나는 건 세상에 태어나면서이지 아무리 '오래간만'이라도 '처음'이 될 수는 없습니다.

이 말은 그래서 별 생각 없이 보면 문제없어 보이지만, 명백히 틀린 문장입니다.

무엇보다 이것이 내용 속으로 들어오면 오역이라는 것이 더욱 명백해집니다.

뫼르소는 이미 앞서도 마리를 수없이 생각해왔습니다. 결코 '처음으로 생각'하는 게 아니라는 이야기입니다.

Je ne pensais jamais à Marie particulièrement. Mais je pensais tellement à une femme, aux femmes, à toutes celles que j'avais connues, à toutes les circonstances où je les avais aimées, que ma cellule s'emplissait de tous les visages et se peuplait de mes désirs.

(원서 p.119)

나는 결코 마리만 특별히 생각한 것은 아니었다. 한 여자를, 여자들을, 내가 알았던 모든 여자들을, 내가 그녀들을 사랑했던 모든 상황들을 너무나 강렬히 생각했기에 내 독방은 그 모든 얼굴들로 가득차고 내 욕망으로 붐볐다. (졸역)

그래서 이 문장은 이렇게 번역되어야 합니다.

처음으로 오랫동안 나는 마리를 생각했다. 그녀가 편지를 보내온 것은 꽤 오래전이었다. (졸역)

그런데 위의 원고를 가지고 가서 교정을 끝낸 강팀이 건너와서는 말했다. 아니나 다를까 새벽녘 고민하던 그 문장을 놓치지 않고 지적해온 것이다.

"다른 덴 문제없는데, 'Pour la première fois depuis bien longtemps'는 사장님 번역이 틀린 것 같은데요?"

나는 짐짓 모른 체 물었다.

"왜요?"

"Pour la première fois depuis bien longtemps는 프랑스에서 '오랜만에 처음으로'라는 의미로 관용적으로 많이 쓰는 말이에요. 사장님 번역은 문법적으로 말이 안 되는 것 같은데요?"

강팀의 지적에 다시 물었다.

"아니, 그게 프랑스에서 많이 쓰는 말이라고 해서 우리 말뜻이 저럴 거라고 어떻게 확신할 수 있어요?"

"다른 분들도 모두 그렇게 번역하고 있어요."

"다른 분 누구?"

강팀은 세계문학전집을 펴내고 있는 다른 출판사들의 〈이방인〉 번역이 모두 그 부분을 '오랜만에 처음으로'로 번역하고 있다는 것을 확인한 모양이었다. 김수영 교수와 모두 똑같이.

조금 동요가 되었지만 나는 주장을 굽히지 않았다.

"그렇더라도 의미가 있고 문법이 있는 거예요. 일단 말이 되어야지, 말도 안 되는 걸 문법을 내세우면 곤란하죠."

그렇게 말했음에도 역시 강팀은 단호했다.

"……아무튼 저는 아닌 것 같아요."

다시 시작된 논쟁인 셈이었는데, 이전 같았으면 아무리 시간이 걸리더라도 해결하고 갔을 문제였지만 나는 K 신문 기사 건도 있고, 내일모레부터 설 연휴가 시작되었기에 이번엔 그냥 올리라고 말했다.

강팀이 마지못해 나간 뒤, 나는 사전과 인터넷을 통해 그 문장이 쓰인 용례를 다시 한 번 살폈지만 성과는 없었다.

나는 조금 전 너무 내 입장만 주장한 것이 신경 쓰여 강팀 방으로 건너갔다. 혹시라도 그녀가 뭔가를 찾았는지도 궁금했다.

"강팀, 다시 한 번 잘 생각해봐요. 여기서 뫼르소가 마리를 처음으로 생각한 게 아니라니까요?"

"그렇지만…… 저는 받아들이기 힘들 거 같아요. 영문으로도 틀리고요."

나 역시 영역자의 번역을 보지 않은 게 아니었다.

그 역시 이렇게 쓰고 있었다.

For the first time in a long time I thought about Marie. (Matthew Ward 역 p.115)

"나도 봤어요, 영문. 아까 말했잖아요. 그게 그렇다고 우리말 '오래간만에 처음으로'로 옮겨야 할 이유가 될 수는 없는 거예요. 우리말로 그건 아예 비문이라니까요!"

동어 반복인 셈이었다. 역시 강팀의 반응은 변함이 없었다.

"사장님이 꼭 그렇게 가야겠다고 하시면 할 수 없겠지만…… 저는 받아들일 수 없어요."

평소 그 단호함이 그녀의 매력이었지만, 오늘은 조금 얄밉기도 했다. 사실 그녀는 김수영 교수의 번역이 옳다기보다는 내 번역이 틀렸다고 말하고 있는 것이었다.

그 방은 어휴정 씨와 강고해 팀장 둘이 사용하고 있었기에 강팀과 내가 나누는 대화를 듣고, 어휴정 씨도 사정을 알았을 것이다. 그러나 그는 못들은 체 다른 일에 열중하고 있었다. 당연히 그에 대해서도 둘은 의견을 나누었을 테고, 둘의 생각이 같기에 아무 말 않고 있을 터이긴 했다.

그럼에도 그의 생각을 직접 한번 들어보고 싶긴 했다. 그러나 나는 그에게 묻는 것을 그만두었다. 그를 〈이방인〉 번역에서 손을 떼게 한 뒤부터 그와 관련해서는 한 번도 물은 적이 없었던 것이다. 나는 어색한 분위기 속에서 좀 머쓱해져서 그 방을 돌아 나와야 했다. 나오면서 나는 마지막으로 한마디를 더했다.

"알았어요. 그래도 이번엔 그냥 내 뜻대로 올려주세요. '처음으로 오랫동안'으로."

내 방으로 건너온 뒤 잠시 후 강팀이 네이트로 짧게 '비공개로 올렸습니다'라는 메시지를 보내왔다. 나는 수고했다는 메시지를 보내고 다시 한 번 그 원고를 읽기 시작했다. 강팀의 강경함이 계속 신경 쓰였던 것이다. 그러나 역시, '오래간만에 처음으로'는 말이 되지 않았다. 역자는 지금 앞서 자신의 오역들로 인해 뫼르소가 처음으로 마리를 생각하는 것으로 오해하고 저런 번역을 해둔 듯했다. 그러나 뫼르소는 감옥에서 줄곧 마리를 생각했던 것이다.

나는 '보론'의 그 부분을 빼고 갈까도 생각해보았다. 내 번역의 흠을 잡기 위해 주시하고 있는 눈이 한둘이 아닐 터인데, 굳이 빌미를 주어 책잡힐 필요는 없는 것이 아닌가 하는 마음이 들었던 것이다. 그러나 나는 결국 내 주장을 굽히지 않기로 했다.

하지만 나는 '처음으로 오랫동안'을 '처음으로 오래도록'으로 고친 뒤 블로그의 글을 공개로 돌렸다.

1. 29.

이상한 일이었다.

새벽에 보니, 어제 연재 글에 대해 김수영 교수 번역의 무성의함을 비난하는 댓글 서너 개가 올라온 다음에,

「ㅋㅋㅋ: '처음으로 오랫동안'이란 해석은 원문에 없는 내용. 엉뚱한 지적.」

이라는 댓글이 하나 달렸다.

'ㅋㅋㅋ'라는 아이디 때문에 그 말은 내게 더욱 조롱조로 보였다.

무엇보다 그것이 내 눈에 들어온 것은 바로 '처음으로 오랫

동안'이라는 저 구절 때문이었다. 실상 저 '오랫동안'이라는 표현은 지금 위의 연재 글에는 나오지 않는다. 그건 내가 블로그 글을 외부로 공개하기 전에 '오래도록'으로 고쳤기 때문이었다.

나는 혹시라도 몰라서 위 글을 다시 보았다. 역시 거기에는 '오래도록'으로 고쳐져 있었다. 세상에…… 그렇다면 도대체 저 댓글은 누가 달았다는 것인가? 원고가 고쳐지기 전의 저 표현, '처음으로 오랫동안'을 아는 사람은 이 세상에 나 말고는 단 둘뿐이었다. 강고해 팀장과 어휴정 씨. 그렇다면 그들이 왜? 아무리 생각해도 이해할 수 없는 일이었다. 어쨌든 그 댓글을 계기로 게시판에서는 기다렸다는 듯이 내 번역이 엉터리라는 지적들이 속속 올라오기 시작했다.

For the first time in a long time이 처음으로 오랫동안이라니. 불어는커녕 영어도 기본이 안 되어 있는 사람이다 등등…….

출근해서 보니, 역시 그에 대해 눈치를 챘거나 관심을 가진 사람은 없는 것 같았다. 번역 연재나 그에 대한 댓글은 이제 적어도 회사 안에서는 특별한 이슈가 아니기도 했다.

강팀조차도 그에 대해 아무 이야기가 없었다. 본문을 다시 유심히 보지 않는다면, '오랫동안'이 '오래도록'으로 바뀌어 있을 거라고는 추호도 생각할 수 없을 터였다.

강팀도 그 사실을 모르는 게 분명했다. 그렇다면 저 댓글은 누가 달았다는 말인가?

내일부터 설 연휴였으므로 회사는 오전 근무만 하였다. 나는 미스터리를 해결하지 못한 채 찜찜한 기분으로 가장 늦게까지 회사에 남아 있었다.

1. 30.

설날 연휴의 첫날이었다. 결국 나는 새벽녘 글 하나를 써서 블로그에 올렸다. K 신문 기사에 대한 유감 글이었다. 딱히 무슨 목적이나 누구를 위해서라기보다는 그냥 그렇게라도 정리해두어야 할 것 같아서였다.

김수영 〈이방인〉의 번역 문제를 지적한 제 블로그 연재에 대한 기사를 보고 여러 생각이 들었습니다. 이번이 두 번째 기사인데, 처음처럼 그냥 무시하고 넘어갈까도 했지만, 오해의 소지가 있을 것 같아 제 입장을 밝힙니다.
기사는 헤드라인을 "노이즈 마케팅인가, 타당한 문제 제기인가"라고 뽑고는 첫 기사에 대한 네티즌들의 다양한 목소리와 김수영 교수의 반응을 실었습니다.

1.

기자가 인용한 첫 번째 트위터리안은 이렇게 반문했던 모양입니다.

「김수영 교수의 번역에 오역이 적지 않음을 지적하고 신문사 문화부 기자에게 이메일 등을 보내 견해를 개진하면서 자신이 번역한 책에는 실명과 약력을 넣지 않겠다는 걸 어떻게 이해해야 할까?」

이분은 왜 이런 생각을 갖게 된 걸까요?
우선 저는 신문사 문화부 기자에게 이메일 등을 보내 의견을 개진한 게 아니고, 기자가 알아서 쓴 것입니다. 기실 저는 K 신문으로부터 이 연재에 대한 관련 글을 청탁받았지만, 거절하는 답 메일을 보낸 게 전부입니다. 그렇다고 무작정 못 쓰겠다고는 할 수 없어서, "《이방인》 번역 문제는 너무도 심각해서 원고지 몇 매에 담을 수 있는 내용이 아니라 곤란하거니와, 지금은 바빠서 따로 글을 쓸 입장도 아니니 번역이 다 끝나면 그때 생각해보겠다"고 나름 예를 갖추어서 거절했던 것입니다. 그러고 나서 이틀 후인가, 다시 메일이 왔습니다. 기사를 쓸 생각인데, 내 이름과 약력을 알려달라는 것이었습니다.

다시 저는 "내가 이 문제를 제기하고 새롭게 번역까지 하고 있는 이유는 돈과 권력, 그 밖의 힘이 만들어냈을 수도 있는 허명에 부화뇌동한 결과가 지금 같은 번역문학의 문제를 가져왔다는 문제의식 때문이며, 이름과 권위를 보기에 앞서 눈앞의 '문장을 보자'는 게 취지인 마당이라, 제 이름과 약력을 밝힐 수는 없는 일"이라고 답했습니다. 물론 책을 내더라도 필명을 쓸 것이라는 말과 함께.
그게 전부입니다.

2.
「'기획·번역 集團'이라는 닉네임을 쓰는 트위터 사용자는 "익명 출간이라니, 말도 안 된다"며 "독자들이 정말 허명으로만 (김수영 교수가 번역한) M출판사판을 선택한다고 보는 걸까. 김수영 개인의 카뮈 전집 번역의 노고에 대한 인정"이라고 말했다.」

이 의견과 다른 분들의 의문에 대해서는 뒤에 김수영 교수 번역의 오류를 지적하면 당연한 대답이 될 터이니, 잠깐 유보해두겠습니다.

3.
무엇보다 김수영 교수는 기자의 질문에 이렇게 답한 모양입니다.

「내 번역에 관심을 갖고 꼼꼼히 봐준 것은 고맙게 생각한다. 추후에 개정판을 내게 되면 참고하겠다.」

사실 저는 이 대목을 보고 이 글을 쓰지 않으면 안 되겠다는 결심을 하게 되었습니다.
제 〈이방인〉 번역 연재는 이제 30회에 이르렀습니다. 그사이 저는 계속해서 번역의 문제를 지적하며, 김수영 교수님께 한 번은, '지금이라도 바로잡겠다고 하시면 언제든 연재를 접겠다'는 공개서한까지 보내고 시간을 드리기도 했습니다.
'못 봤다' '몰랐다' 하실 수도 있겠지만, 지금 아무 연고도 없는 신문기자가 기사를 쓸 만큼, 이미 이 계통에 있는 분들은 어느 정도 알고 있는 사실인데, 정작 본인께서 남의 일처럼 말씀하시니 당황스러운 게 사실입니다.
그러나 정말 모르셨을 수도 있겠다는 생각이 든 것은 그다음이었습니다. 그것이 옳고 그르고를 떠나 전통적으로 우리는 타인에게 좋지 않은 풍문을 전하는 일은 삼가기 때문이니까요. 그래서 이제 이번 기회에라도 교수님께 직접 기존 번역의 문제점에 대해 말씀드려야겠다는 생각이 든 것입니다.

4.

기본적으로 교수님께서는 등장인물들을 하나같이 오해한 것 같습니다.
일례로 레몽이라는 인물에 대해서만 말씀드리겠습니다.
그가 뫼르소에게 편지를 써달라고 부탁하면서 자신의 여자에 대해 이야기하는 대목을 교수님께서는 이렇게 옮기셨습니다.

그는 피가 나도록 여자를 때렸다. 그전에는 그 여자를 때린 일은 없었다는 것이다. "손찌검은 했지만 말하자면 살살 했던 셈이지요. 그러면 그년은 소리를 지르곤 했지요. 나는 덧문을 닫아 버렸고, 결국엔 늘 마찬가지로 끝나 버리곤 했어요. 그렇지만 이번엔 본격적이었습니다. 그런데 나로서는 그년에게 벌을 속 시원하게 다 주지 못했거든요." (김수영 역 pp.39-40)

위 문단 중 따옴표 속의 말이 곧 교수님이 생각하는 '레몽'이라는 사람의 말투인 것입니다. 이 글을 읽는 독자에게 레몽이라는 인물은 과연 어떻게 인식될까요? 한마디로 여자에게 폭력이나 일삼는 '양아치' 그 이상도 이하도 아니겠지요.
그런데 원래 저 부분 원문은 이렇게 되어 있지 않습니까?

Il l'avait battue jusqu'au sang. Auparavant, il ne la battait pas. « Je la tapais, mais tendrement pour ainsi dire. Elle criait un peu. Je fermais les volets et ça finissait comme toujours. Mais maintenant, c'est sérieux. Et pour moi, je l'ai pas assez punie.» (원서 p.49)

레몽이 그 여자를 때린 것은 확실합니다. 그러나 그가 그럴 수 밖에 없었다는 것에 대해 그는 이미 앞서 길게 설명하고 있습니다. 그전에 결코 그런 일이 없었다고 작가가 쓰고 있기도 합니다. 그것을 교수님께서는 마치 레몽이 변명하는 것처럼, '없었다는 것이다'라고 마음대로 바꾸어놓기도 하신 거구요. 아무튼 그렇기에 이성적인 뫼르소조차 그 같은 상황을 이해하고 레몽을 대신해 편지를 써주게 되는 것입니다.
이러한 설명을 떠나 일단 모든 선입관을 버리고 문장을 보십시오.
저기서 Elle를 '그년'으로 옮겨야 할 이유가 도대체 어디에 있는 것인가요? 저것은 단지 교수님의 개인적 편견 때문이 아니겠는지요.

저기서 tapais도 교수님이 해석한 '손찌검'은 터무니없는 것입니다. 저것은 뒤의 말 tendrement(부드럽게, 상냥하게)에 비추어 볼 때 성적인 행위를 이르는 말입니다. 영어로는 터치touch에 가까운 의미 말입니다(또 영어의 strike에는 '때리다' 외에도 '쓰다듬다'는 의미가 있는 것과 같은 이치이지요).
그렇다고 저것을 그렇게 설명할 수는 없는 것이겠지요. 작가도 설명을 하고 있는 게 아니고, 저 문장만으로 독자가 상상토록 만들고 있으니까요.
아무튼 저 부분을 직역하면 이렇게 됩니다.

그는 피가 날 정도로 여자를 때렸다. 전에는, 그 여자를 때리지 않았다. "내가 여자에게 손을 댄 건, 이를테면 부드럽게였소. 그 여자가 잠깐 울부짖고 내가 겉창을 닫으면, 언제나 그렇듯이 끝나는 일이었소. 그러나 이번엔 심각했던 거요. 그런데 나로서는 그 여자를 충분히 벌하지 못했던 거요." (졸역)

보다시피 어투 하나로 인물이 완전히 달라질 수 있는 것인데, 교수님께서는 단지 이 레몽뿐만이 아니라 소설 속 등장인물 대부분을 오해하고 계셨던 것입니다.
뫼르소의 친구이자 식당주인 셀레스트, 레몽의 친구 마송, 그리고 뫼르소의 여자친구 마리까지. 어떤 오해인가에 대해서는 앞서의 번역 연재 중에 충분히 설명드린 것 같습니다. 아직 보지 못하셨다면 참고해주셨으면 좋겠습니다.

5.
솔직히 저는 카뮈의 〈이방인〉을 번역하는 내내 분노와 흥분으로 잠 못 이룬 게 하루 이틀이 아닙니다.
어떻게 이러한 번역이 25년 이상 우리 번역문학, 출판문화를 대표해서 세대를 달리하며 권장도서로 읽힐 수 있었던 것인지 감히 참담했다고 말씀드리고 싶습니다.
혹시나 하는 마음에 비교한 결과, 김수영 교수님의 번역은 단지 그 한 권으로 끝나는 게 아니었습니다. 뒤를 이은 수많은 후학들의 번역서들이 거의 비슷한 번역물을 내놓고 있었던 것입니다. 그것이 의미하는 것이 무엇이겠습니까?
번역은 우선 작품에 대한 이해로부터 시작되어야 하는 것일 터인데, 소설에서 가장 중요시되는 '인물'에 대한 이해를 앞선 선학의 시각으로부터 이해하고 시작하는 것이니, 그 번역이 달라질 수밖에 없었던 것이 아니겠는지요.
이대로라면 아마 앞으로도 이 땅에서 알베르 카뮈의 〈이방인〉을 제대로 읽을 날이 영원히 없을 것이라는 제 생각이 정말 과

한 것일까요? 아니, 이러한 심각한 문제를 바로잡자는 것이 어떻게 '노이즈 마케팅'이 될 수 있겠는지요?
한 개인의 흠을 잡자는 게 아닙니다. 제 번역이 혼자 옳다고 주장하며 아직 나오지도 않은 책을 사보라고 마케팅을 벌이고 있는 것은 더욱이 아닙니다.
출판이 힘듭니다. 사람들이 책을 읽지 않기 때문입니다. 아이들이 책에서 멀어지고 있습니다. 왜 그런가요? 도대체 우리도 이해하지 못하는 책들을 '고전'이라고, '명작'이라고, '베스트셀러'라고 강제로 읽혀서 오히려 아이들로 하여금 책에서 멀어지게 만든 측면은 없는 것일까요?
우리가 좀 더 솔직해졌으면 좋겠습니다. 기존의 《이방인》을 읽고 진심으로 재미와 감동을 느낀 사람이 과연 얼마나 있을까요? 원래의 작품을 이렇게 뒤틀어놓았는데, 그걸 읽고 우리가 '감동했다' '재미있다'고 말할 수 있다면, 그건 벌거벗은 임금님에게 '옷이 너무나 아름답다'고 감언하는 거짓말쟁이 어른들과 조금도 다르지 않은 것입니다.
그렇지 않은가요?

2.2.

명절 연휴의 마지막 날. 블로그에 들어가 보니, 지난 금요일에 벌어졌던 논란이 이어지고 있었다. 문법이 우선이냐? 의미가 우선이냐?

그렇게 봐서 그러는 것일까? 처음 'ㅋㅋㅋ'라는 아이디로 논쟁을 불러온 이는 사라지고, 다른 아이디로 역시 내 번역이 잘못된 것을 지적하며 김수영 번역이 틀리지 않음을 옹호하는 댓글이 눈에 들어왔다. 그런데 설마 했는데 그는 어휴정 씨가 분명해 보였다. 한 달 보름 정도 함께 일한 사이지만, 그 댓글러가 펼치는 논리며 표현이 바로 이전 내 번역을 두고 나누던 대화 속 어투와 다르지 않았던 것이다. 그걸 확인하고 나자 배신감에 진저리가 쳐졌다.

이를 어찌해야 할 것인가? 하루 종일 마음을 잡을 수 없었다.

2.3.

연휴의 마지막 날을 넘긴 새벽, 블로그에 역시 어휴정 씨로 보이는 어투의 댓글 하나가 더 달렸다. 나는 출근하면 그를 어떻게 대해야 할지, 무엇을 어떻게 물어봐야 할지 혼란스러워 꼬박 밤을 새우다시피 했다.

아침 일찍 출근했는데 강팀이 건너오더니, 어휴정 씨가 몸이 안 좋아서 오늘 출근을 못한다는 연락이 왔다고 했다.

4일 연휴 끝에 맞는 월요일인데, 더군다나 새벽까지 댓글을 달던 사람이, 그것도 이제 채 2개월이 안 된 수습사원이…… 나는 더 이상 나 스스로를 통제하기 힘들었다.

어휴정 씨가 오전 9시 남짓 전화를 걸어왔다. 강팀의 말대로 몸이 안 좋아 병원을 가봐야겠다고, 죄송하다고.

나는 알겠다고, 말하고 전화를 끊었다.

마침내 나는 결심하지 않을 수 없었다. 지금 그의 몸이 진짜 불편하고 않고는 다른 문제였다. 내부의 적을 두고는 어떤 일도 할 수 없는 것이었다. 그랬다. 나는 그를 내부의 적으로 치부해 버린 것이다. 나는 얼굴을 맞대고 이야기하기보다는 우선 메일로 내 생각을 적어 보내기로 했다.

나는 우리 인연을 여기까지 정리했으면 좋겠다는 메일을 보냈다.

그가 답 메일을 보내오고 몇 번의 질의와 응답이 메신저처럼 오갔다. 무엇을 어떻게 묻고 답하건 서로가 구차할 수밖에 없었다. 그나 나나 이런 일로 연루된 것 자체가 견디기 힘든 일이었다. 그럼에도 몇 번의 메일이 오가는 사이, 그는 내 일방적

통고에 '부당해고' 행위로 노동청에 신고하겠다고 했고, 나는 당신은 아직 정식 직원도 아닌 수습사원에 불과하다. 그런 게 두려워서 내가 이렇듯 가능한 배려를 해주겠다는 게 아니다. 당신을 소개한 강팀을 봐서도 이쯤에서 조용히 정리하는 게 좋지 않겠느냐는 말까지 할 수밖에 없었다.

이후 하루를 어떻게 보냈는지 모른다. 나는 내 방에 틀어박혀 무엇이 어떻게 잘못되었나를 되돌아보았다. 어찌 되었건 나는 한 직원을 내쫓는 셈이었다. 출판계는 좁았다. 그는 여전히 출판 일을 할 것이고 번역을 할 것이었다. 그가 밖으로 나가 무슨 말을 어떻게 옮기고 다닐지도 모르는 일이었다. 무엇보다 내게 〈이방인〉 번역은 이제 단순히 한 개인의 오역을 지적하자는 차원을 지나 있었다. 전체 출판계의 문제였고, 이제는 내 출판 인생 전부가 걸렸다고 해도 과언이 아니었다.

그럼에도 나는 이런 극단적 방법을 취할 수밖에 없는 것인가 수없이 자문해보았다. 그러나 누구와도 상의할 수 없는 일, 결국 나는 내 결정을 믿기로 했다.

2.4.

출근해 보니 어휴정 씨가 짐을 싸러 와 있었다. 내가 아는

체를 하자 외면했다.

나는 떠나기 전에 한번 보자고 하고 내 방으로 들어왔다. 짐을 꾸리고 마지 못해 들어온 그에게 물었다.

"마지막으로 하나만 물읍시다. 정말 어휴정 씨가 한 게 아네요?"

그는 처음에는 부정하다가 내가 메일로 어휴정 씨가 단 댓글이란 걸 안다고 세세히 지적하자 뒤의 부정적 댓글들은 자기가 맞지만 'ㅋㅋㅋ'는 자기가 아니라고 부정한 터였다.

"'크크크'라는 아이디는 제가 아닙니다."

그렇게 말하는 그의 눈을 나는 오래도록 지켜보았다. 적어도 'ㅋㅋㅋ'는 그가 아닐 수 있겠다는 생각이 들었다. 그렇다면 누가……?

"그럼 그건 믿을게요. 나도 유감이지만, 이미 이런 기분으로 함께 일할 수는 없는 것일 테고……. 이번 일로 든 생각이지만, 앞으로 우리는 가능한 한 외서 출판을 하지 않을 생각이에요. 그러면 어휴정 씨 능력을 펼칠 기회도 없을 테니, 오히려 잘됐다고 생각합시다. 어휴정 씨 실력이면 얼마든지 더 좋은 데서 일할 수 있게 될 테니."

그는 아무 말 하지 않았다.

그렇게 그를 보냈다. 관리부장에게 다음 달까지 정상적으로 급여를 지불하라고 일러두었다.

2.6.

직원들 모두 아무 말 안했지만 어휴정 씨가 남기고 간 상처가 없을 수 없었다. 모두가 위축된 듯했다. 왜 안 그럴 것인가? 댓글 하나로 사장이 직원을 해고한 뒤이니. 저간의 사정을 알 수 없는 그들로서는 더욱이 의아했을 것이다.

나는 아침에 전체를 모아놓고 좀 길게 말했다.

번역에 대해, 편집자에 대해, 출판에 대해, 개인의 꿈에 대해…….

그건 아마 내 자신에게 한 말이었을 테고, 정확히 무슨 말을 했는지는 기억하지도 못한다.

다만 그들만큼 나도 마음이 편치 않다는 걸 알아줬으면 하는 바람이었다.

그 일을 잊기 위해서라도 나는 더욱 번역에 매달렸다. 누구도 지적할 수 없는 번역물을 내놓으면 모든 것이 해결되는 것이었다. 혹시라도 그가 밖에서 회사에 대해, 나에 대해, 엉뚱한 말을 만들어낸다 하더라도 말이다.

2.7.

더 이상 무언가를 지적한다는 게 두려웠다. 내 지적은 단순히 한 사람의 오역에 해당하는 것이 아니었다. 비교해 본 바대로 기존 번역서 전부와 연관이 되어 있었고, 그러므로, 불문학계 전체, 더 나아가 어떤 식으로든 저 다양한 번역서들을 옹호했던 학자들과 언론들, 출판 관계자들, 나아가 독자들까지, 그 전부를 〈벌거숭이 임금님〉 속 '어른'들로 몰아간 셈이었으니, 나를 보호해줄 곳은 어디에도 없는 셈이었다.

Pour la première fois depuis bien longtemps에 대한 내 해석이 틀릴 수도 있었다. 유진과 오랜만에 통화를 했는데, 그가 내 설명을 듣더니, 어느 경우에도 원본의 문법을 무시하면, 그건 번역 전체의 뿌리를 잃게 되지 않나? 했다. 나는 그의 말을 인정하지 않을 도리가 없었다. 그렇다면 내 번역도 정확한 것이라고는 할 수 없었다. 과연 문법에 어긋나지 않으면서 소설 속 의미까지 충족시키는 Pour la première fois depuis bien longtemps의 적확한 우리말 의미가 있기는 할까? 고민하다 보니 자칭 카뮈라는 자가 했던 말이 떠오르기도 했다.

"이 길은 틀려야 끝까지 갈 수 있는 길입니다."

그건 이런 경우를 두고 하는 말일까?

나는 일단 뒤를 번역해가야 했다. 아니 '연재'해가야 했다. 연재는 확실히 양날의 칼이었다. 저와 같은 문제가 공개적으로 드러난다는 점에서 그것은 나를 베는 칼이기도 했지만, 나태해지고 약해지고, 적당히 타협하려 할 때 엄격히 나를 베는 칼날이기도 했던 것이다. 그야말로 연재가 없었다면 나는 여기까지 올 수 있었을 터인가…….

며칠 마음을 못 잡고 흔들렸지만, 역시 이대로 멈출 수 없다는 생각이 들게 한 것도 연재라는 칼날이었다. 이건 이제 내 개인의 문제가 아니었다. 출판사 블로그에 출판사 이름을 걸고 독자들과 한 공식적인 약속이었던 것이다. 내가 베이더라도 출판사가 베이게 버려둘 수는 없는 일이었다.

지난번 글 밑에 댓글이 두 개 달렸다. 진심을 전할 수는 없었지만, 진심으로 감사했다.

「이방인의 길을 걸어가시네요.^^;;; 잘 보고 있습니다.」 (Yeon**a)

「편안한 길을 두고 새 길을 만들어가는 길……. 그 길에 서는 사람의 어려움과 고뇌를 봅니다. 처음, 그 후는 다들 또 당연한 듯 새 길을 뒤따라가겠지요. 응원합니다. 치열하게 걸어간 발자국 하나하나를!」 (Jeong**on)

〈역자노트〉

1.

부속 사제가 들어온 것은 바로 그때였다. 그를 보자, 나는 몸이 약간 떨렸다. 사제는 그것을 보고 겁내지 말라고 했다. 나는 그에게 보통은 다른 시간에 오지 않았느냐고 물었다. 그는 이번 면회는 나의 상고와는 아무 관계가 없는 순진한 친구로서의 면회이며, 상고에 관해서 자기는 아무것도 모른다고 대답했다. 그는 내 침상 위에 앉은 다음, 나더러 가까이 와 앉으라고 권했다. 나는 거절했다. 그래도 그는 매우 부드러운 표정이었다. (김수영 역 p.128)

C'est à ce moment précis que l'aumônier est entré. Quand je l'ai vu, j'ai eu un petit tremblement. Il s'en est aperçu et m'a dit de ne pas avoir peur. Je lui ai dit qu'il venait d'habitude à un autre moment. Il m'a répondu que c'était une visite tout amicale qui n'avait rien à voir avec mon pourvoi dont il ne savait rien. Il s'est assis sur ma couchette et m'a invité à me mettre près de lui. J'ai refusé. Je lui trouvais tout de même un air très doux. (원서 pp.173-174)

의역 문제에 대해 다시 한 번 고민하게 된다. '의역'은 정말 '직역'과 대비되는 '완숙한 번역'일까, 아니면 이해 부족에 따른 역자의 '해석' 혹은 '오역'일까?
상고가 아니라 항소라는 것, 있지도 않은 '면회'는 그럴 수 있다고 쳐도, 오히려 저기서 '순진한 친구로서의 면회' 같은 의역은 정말 터무니없는 것이다.
역자는 지금, 뒤에 나올 'mon ami'를 의식해서 저와 같은 '의역(?)'을 하고 있는 것으로 보인다. 아니, 의역이라기보다는 문법이고 문장이고 문체고 다 파괴시켰다는 점에서 창작에 가깝다(대체 이런 식의 번역이 과연 누구에게 도움을 줄 수 있을까? 작가에게? 독자에게? 평론가들에게?……).
그런데 번역 전체가 저런 식의 파괴이고 해체인데, 그에 대해서는 다양한 이유를 들어 관대하면서, Pour la première fois depuis bien longtemps를 지적하며 내용에 맞게 '의역'하자, 문법적으로 오류라며, 앞서의 지적 전체를 엉터리라고 몰아붙여 버린다.
정말 나는 끝까지 갈 수 있을까? 그런데 그 끝은 또 어디일까?

바로 그때 부속사제가 들어왔다. 그를 보았을 때 나는 약간 몸을 떨었다. 그는 그것을 알아차리고 두려워하지 말라고 내게 말했다. 나는 평소에는 다른 시간을 이용했었다는 것을 그에게 말해주었다. 그는 이건 순전히 우정 어린 방문이지 내 항소와는 아무 상관이 없다며, 그것에 관해서는 아무것도 모른다고 대답했다. 그는 내 침상에 앉더니 나더러 가까이 앉으라고 권했다. 나는 거절했다. 그래도 나는 그에게서 매우 온화한 기운을 느꼈다. (졸역)

2.

그때 그는 손으로 역정이 난다는 듯한 시늉을 했으나, 곧 몸을 세우고 옷 주름을 바로잡았다. 그러고 나서 나를 '친구'라고 부르며 말을 걸었다. 내가 사형선고를 받았기 때문에 나에게 그런 식으로 말하는 것은 아니라고 했다. 그의 의견에 따르면 우리들은 모두 사형선고를 받고 있는 것이었다. 그러나 나는 그의 이야기를 가로막고, 그건 경우가 다르며 또 어쨌든 그게 위안이 될 수는 없는 일이라고 말했다. "그야 그렇지요." 하고 그는 동의했다. "그렇지만 당신이 당장 죽지는 않는다 하더라도 장차는 죽을 것입니다. 그때 가서도 같은 문제가 생길 것이오. 그 무서운 시련을 당신은 어떻게 맞을 것입니까?" 나는, 내가 지금 맞고 있는 것과 꼭 마찬가지로 그 시련을 맞을 것이라고 대답했다. (김수영 역 pp.129-130)

À ce moment, ses mains ont eu un geste d'agacement, mais il s'est redressé et a arrangé les plis de sa robe. Quand il a eu fini, il s'est adressé à moi en m'appelant « mon ami » : s'il me parlait ainsi ce n'était pas parce que j'étais condamné à mort ; à son avis, nous étions tous condamnés à mort. Mais je l'ai interrompu en lui disant que ce n'était pas la même chose et que, d'ailleurs, ce ne pouvait être, en aucun cas, une consolation. « Certes, a-t-il approuvé. Mais vous mourrez plus tard si vous ne mourez pas aujourd'hui. La même question se posera alors. Comment aborderez-vous cette terrible épreuve? » J'ai répondu que je l'aborderais exactement comme je l'abordais en ce moment. (원서 pp.175-176)

첫째 줄, "그는 손으로 역정이 난다는 듯한 시늉을 했으나."부터 명백히 비문이다. '손으로 역정이 난다'는 시늉은 도대체 어떤 포즈일까? agacement를 '역정이 나다'로 옮긴 것인데, 여기서는 '귀찮다' '성가시다' '못마땅하다'의 의미이다. 뒤의 사제복 '주름'이 나오니, 입고 있는 자신의 사제복을 가리키고 있는 것이다. 물론 이런 표현들을 통해 작가는 지금 신부의 성격이나 이후 벌어질 갈등을 예고하고 있기도 하다. 그런데 지금 김수영 교수는 저 중요한 '사제복'조차 그냥 '옷'으로 옮기고 있다. 전혀 맥락을 모르고 있는 것이다.

이 문맥에서 무엇보다 중요한 것은 '사제복(robe. 여기서는 단순한 '옷'이 아니라 사제복으로 옮겨야 한다)'과 'mon ami'인데, 역자는 일단 사제복은 없애버렸고, mon ami를 '친구'라고 번역했다. 과연 여기서 mon ami가 단순히 일반적인 의미인 '친구'로 쓰였을까?(확인해본 모든 번역서가 '친구'로 되어 있다). 나는 저것은 가까이 있는 사람을 부를 때 쓰는 말이니, 그냥 친구라고 옮기는 건 '소설답지 않다'고 생각했다. 이것은 호칭과는 조금 다른 것이다(무엇보다 사제가 뫼르소를 가리키는 호칭은 바로 뒤에 나온다. 'mon fils'라고).

여기서는 상대를 부르면서 뒤의 말, '이렇게 부르는 것이 내가 사형수이기 때문은 아니라고 했다'는 설명이 자연스러워져야 한다는 점에서, 이것은 '친구'라는 친밀감을 나타내고 있다기보다는, 상대를 조금 낮추어 부르는 의미가 담겨 있는 말인 것이다.

카뮈는 분명 뒤에서 'vous'를 사용해 사제가 뫼르소에게 존칭을 하는 것으로 쓰고 있다. 여기서 굳이 이것을 떼어내 따옴표 속에 넣고 '반말을 하는 이유에 대해' 설명까지 덧붙이고 있다는 점에서 그렇다는 것이다.

그렇다면 모든 조건을 충족시키는 우리말은 없을까? 사전을 찾아 용례를 보니, 당연히 등재되어 있었다. '여보게'이다. 이보다 적확한 표현은 없을 것이다.

다음 줄, Certes(물론)로 이어지는 사제의 말도 지나치게 의역을 해놓아서 지금 이 문맥에서 말하고자 하는 작가의 뉘앙스가 전혀 살아 있지 못하다.

그때, 그는 손으로 귀찮다는 시늉을 하고는 다시 몸을 세우고, 사제복의 주름을 정돈했다. 그걸 마치고는 나를 "여보시게"라고 부르며 말을 시작했다. 그는 이렇게 부르는 것이 내가 사형수이기 때문은 아니라고 했다. 그에 따르면 우리 모두는 사형수인 셈이었다. 그러나 나는 그의 말을 가로막고는 그건 같은 게 아니라고, 더구나 어떤 경우라도 그건 위로가 될 수 없다고 말했다. "물론입니다." 그가 동의했다. "그러나 만약 당신이 오늘 죽지 않는다 해도, 나중에는 죽게 될 겁니다. 그때 가서도 똑같은 문제가 제기될 거예요. 그 끔찍한 시련을 어떻게 마주할 셈입니까?" 나는 지금 마주하고 있는 것과 정확히 같은 방식으로 그것을 마주할 거라고 대답했다. (졸역)

3.

나는 땅바닥을 내려다보고 있었다. 그는 한 걸음 나에게로 다가서더니, 더 앞으로 나설 엄두가 안 난다는 듯이 멈춰 섰다. 그러고는 쇠창살 너머로 하늘을 바라다보고 있었다. "당신의 생각은 잘못이오, 몽 피스." 하고 그는 말했다. "그 이상을 요구할 수도 있는 거예요. 또 실제로 요구하게 될 것입니다." "무엇을 요구한단 말입니까?" "보기를 요구할 것이오." "무얼 봐요?" (김수영 역 p.131)

J'avais les yeux fixés au sol. Il a fait un pas vers moi et s'est arrêté, comme s'il n'osait avancer. Il regardait le ciel à travers les barreaux. « Vous vous trompez, mon fils, m'a-t-il dit, on pourrait vous demander plus. On vous le demandera peut-être. – Et quoi donc? – On pourrait vous demander de voir. – Voir quoi? » (원서 pp.177-178)

역자는 왜 여기서 mon fils를 '몽 피스'라고 번역한 것일까? 아니 이게 번역일까? 앞의 mon ami는 '친구'라고 했다. 그럼 그때도 '몽 아미'라고 했어야 하지 않을까? 자기 식으로 이해가 되면 '친구'라는 일반적 의미를 끌어오고, 여기서는 일반적 의미인 '아들'이 안 맞으니, 다시 은근슬쩍 '몽 피스'라고 하고 넘어가고 있는 것이 아닐까.
mon fils는 '내 아들'이라는 뜻이다. 그런데 역자는 여기서 "당신의 생각은 잘못이오"라고 옮겨놓고 보니, 도대체 몽 피스를 '내 아들아'라고 옮길 수가 없었을 것이다. (김수영 교수는 저 앞에서도 이를 '몽 피스'라 그냥 옮기고 주석 처리를 했다. 그때 주석에는, '프랑스에서 사제가 남성 신자를 부를 때 쓰는 표현, 내 아들이라는 뜻도 있다'고 썼다). 그렇다면 소설에서 저렇듯 '주' 처리를 할 것이 아니라, 그에 걸맞은 우리말 표현을 찾아내야 하는 것이 기본적인 역자의 자세가 아닐까?
답은 나와 있었다. 프랑스에서 '사제가 남성 신자를 부를 때 쓰는 말'이 mon fils라면 우리말로는 '형제'라는 말이 있는 것이다.

나는 바닥을 주시하고 있었다. 그는 내 쪽으로 한 걸음 내딛고는 마치 감히 더 이상 가까이 올 수 없다는 듯이 멈췄다. 그는 철창을 통해 하늘을 바라보았다. "당신은 틀렸습니다, 형제님." 그가 말했다. "당신에겐 더 이상의 것이 요구될 수 있어요. 그리고 그것은 아마 요구될 겁니다." "그게 뭐죠?" "당신은 아마 보도록 요구받을 겁니다." "무엇을 보죠?" (졸역)

이러한 무성의한 번역은 결국 아래와 같은 결과로 이어진다.

그는 화제를 바꾸려고, 왜 자기를 '몽 페르'라고 부르지 않고 '므시외'라고 부르느냐고 물었다. 그 말에 나는 화가 나서, 당신은 나의 아버지가 아니며 다른 사람들과 한편이라고 대답했다. "아닙니다, 몽 피스!" 하고, 나의 어깨 위에 손을 올려놓고 그는 말했다. "나는 당신 편입니다. 그러나 당신은 마음의 눈이 멀어서 그것을 모르는 것입니다. 당신을 위해서 기도를 드리겠습니다."

(김수영 역 p.133)

Il a essayé de changer de sujet en me demandant pourquoi je l'appelais « monsieur » et non pas « mon père ». Cela m'a énervé et je lui ai répondu qu'il n'était pas mon père : il était avec les autres.
« Non, mon fils, a-t-il dit en mettant la main sur mon épaule. Je suis avec vous. Mais vous ne pouvez pas le savoir parce que vous avez un cœur aveugle. Je prierai pour vous. » (원서 p.180)

과연 이게 번역일까? 그야말로 국적 불명의 언어가 되어버린 것이다.
역자는 이제 하나를 바로잡아서는 도저히 문맥이 이어지지 않으니, 아예 번역을 포기하고는 mon père를 '몽 페르'로, monsieur를 '므시외'로 mon fils를 '몽 피스'로 옮기고 있다.
이러한 번역을 읽고 제대로 의미를 파악할 수 있는 사람이 과연 한 명이라도 있었을까?
만약 그럴 수 있었다면 그건, 〈벌거숭이 임금님〉 동화 속, 벌거숭이 임금을 보고 세상에서 가장 아름다운 옷이라고 칭송하던 거짓말쟁이 어른들에 다름 아니었을 것이다.

그는 왜 내가 자기를 "신부"가 아니라 "선생"이라 부르는지 내게 묻는 것으로 화제를 돌리려고 애썼다. 그것이 나를 흥분시켰고, 나는 그에게 당신은 내 사제가 아니라고 말했다. 그는 다른 이들의 편이라고.

"아닙니다, 형제님." 그는 내 어깨에 손을 얹고는 말했다. "나는 당신 편입니다. 그러나 당신은 마음의 눈이 멀었기 때문에 그것을 알 방법이 없는 것입니다. 나는 당신을 위해 기도할 겁니다."

(졸역)

2.17.

〈이방인〉 본문 마지막 회 번역을 강팀에게 넘겼다.

"오늘은 보론을 안 다시나 보죠?"

"그러려고요."

강팀이 고개를 끄덕이고는 나가려다 말고 돌아서며 말했다.

"고생 많으셨어요."

"예? 아, 아직 다 끝난 것도 아닌데……. 그래요. 고마워요. 강팀도 수고 많았어요."

강팀이 나가고 난 뒤 기분이 묘했다. 어찌 되었건 본문 번역은 오늘로써 끝이었다. 시원하달까, 섭섭하달까. 흔히 말하는 시원섭섭하다는 느낌이 이런 것일 듯했다.

나는 새벽녘 마지막 장 번역을 끝내고 한동안 가슴이 먹먹해져서 창밖의 어둠을 바라보았다. 그것은 번역을 끝내서만은 아니었다. 그 마지막 장면의 뫼르소의 절규가 너무나 가슴에 와 닿았기 때문이기도 했다.

본문 내용을 떠나, 〈이방인〉을 통해 다른 작가와 구분되는 카뮈의 문체를 제대로 느낄 수 있는 곳은 두 군데였다. 첫 번째가 1부 마지막 장면, 뫼르소가 아랍인 사내에게 총을 쏘는 장면이다. 머리 위 뜨거운 2시의 태양 아래서 쓰러진 사내에게 네 번의 방아쇠를 더 당기는 뫼르소의 심정은 어떤 것이었을까? 정신이 혼미한 가운데 당겨진 무의식적인 발로? 엄마를 잃은 뒤 오는 가슴속 낙차감? 이제 자신에게 향해진 친구를 찔렀던 칼날의 위협? 도덕적이고 관습적인 세상에 대한 반발, 혹은 우울함……? 그렇게 한마디로 규정할 수 없는, '불행의 문을 두드리는' 그 '네 번의 노크 소리'에는 '뜨겁게' 아름다운 카뮈의 문장이 직조되어 있었던 것이다.

그리고 두 번째가 바로 이곳, 2부의 마지막이자 이 책의 마지막 장면이다. 세상을 살면서, 엄마의 죽음 앞에서조차, 언제나 꼭 필요한 말이 아니고서는 하지 않았던 뫼르소. 그의 가슴속에 켜켜이 쌓여 있던 말들이, 한 젊은이의 그 아우성이 이번엔 카뮈의 '차가운' 문장 속에서 터져 나오고 있었던 것이다.

나는 1부의 마지막 장면에서 그러하였듯 여기에도 어떠한 설명이나 수식을 달고 싶지 않았다. 아니, 달 필요가 없었다. 그리하여 나는 마지막 회임에도 불구하고 그저 번역문과 원문만을 강팀에게 올려달라고 부탁했던 것이다. 결코 완벽할 수는 없다 하더라도 자칫 내가 저 '뜨겁고' '차가운' 카뮈의 문장을 해치는 우를 범하지 않았길 바라면서.

*

그는 왜 내가 자기를 "사제"가 아니라 "선생"이라 부르는지 내게 묻는 것으로 화제를 돌리려고 애썼다. 그것이 나를 흥분시켰고, 나는 그에게 당신은 내 사제가 아니라고 말했다. 그는 다른 이들의 편이라고.

"아닙니다, 형제님." 그는 내 어깨에 손을 얹고는 말했다. "나는 당신 편입니다. 그러나 당신은 마음의 눈이 멀었기 때문에 그것을 알 방법이 없는 것입니다. 나는 당신을 위해 기도할 겁니다."

그때, 왜인지는 모르겠지만, 내 안에서 뭔가가 폭발했다. 나는 꽥꽥 소리 지르기 시작했고, 그를 모욕하며, 기도하지 말라고 말했다. 나는 그의 사제복 칼라를 움켜쥐었다. 나는 내 가슴속에 있는 모든 것을, 환희와 분노의 울부짖음으로 그에게 쏟아부었다. 그는 너무나 확신하고 있는 것 같았다, 그렇지 않은가? 그럼에도 불구하고 그의 확실성은 여자 머리카락 한 올의 가치도 없는 것이었다. 그는 죽은 사람처럼 살고 있기 때문에 살아 있다고조차 확신할 수 없는 것이었다. 반면에 나는 마치 빈손인 것처럼 보인다. 그러나 나는 나에 대해, 모든 것에 대해, 그가 확신하는 것 이상으로, 나의 삶을, 다가올 이 죽음을 확신하고 있었다. 그렇다. 내겐 그것밖에 없다. 그러나 적어도 나는 그 진실이 나를 꽉 움켜쥔 만큼 그것을 꽉 움켜쥐고 있었다. 나는 옳았고, 여전히 옳았으며, 항상 옳았다. 나는 이런 식으로 살아왔지만 다른 식으로 살 수도 있었을 것이다. 나는 이것을 했고 저것은 하지 않았다. 나는 어떤 건 하지 않았으나 또 다른 건 했다. 그래서? 나는 마치 이 모든 시간 동안 이 순간을, 이 이른 새벽을, 나 자신을 정당화시키기 위해 기다려 왔던 것 같다. 아무것도, 아무것도 중요하지 않고, 나는 그 이유를 잘 알겠다. 그도 그 이유를 알고 있다. 내가 살았던 부조리한 삶 내내, 내 미래의 저 깊은 곳에서부터, 아직 오지 않은 수년의 시간을 건너서 어두운 바람이 내게로 거슬러 왔다. 그 바람은 이 여정에서, 내가 살았던 시간보다 더 사실적일 것도 없는 세월 속에서, 당시 내게 주어졌던 모든 것들을 그만그만한 것으로 만들어 버렸다. 다른 이의 죽음이나 어머니의 사랑이 내게 뭐가 중요하며, 그의 하느님이나 우리가 택하는 삶, 우리가 정하는 운명이 뭐가 중요하단 말인가. 단 하나의 운명만이 나를, 나 자신을, 그리고 나와 함께 무수한 특권자를 택해야 했는데, 그리고 이들 역시 그와 마찬가지로 나의 형제라고 스스로 말하는데. 그러니까 그는 이해할까? 모든 사람은 특권자라는 것을, 특권자밖에 없다는 것을. 다른 사람들 역시, 언젠가는 선고를 받을 것이다. 그 역시, 선고를 받을 것이다. 만약 그가 살인범으로 고발되고 그의 어머니 장례식에서 울지 않았다는 이유로 처형된다 한들 그게 뭐가 중요하단 말인가? 살라마노의 개는 그의 아내만큼이나 가치가 있다. 그 작은 로봇 여자는 마송과 결혼한 파리 여자처럼 또는 내가 결혼해 주기를 원했던 마리처럼 죄인인 것이다. 레몽이 그보다 여러 면에서 훨씬 나은 셀레스트와 똑같이 나의 친구라는 게 뭐가 중요하단 말인가? 이제 마리가 그녀의 입술을 새로운 뫼르소에게 허락한다 한들 뭐가 중요하단 말인가? 그는, 그러니까 그는 이해할까,

이 사형수는, 내 미래의 저 깊은 곳에서부터…… 그 모든 외침이 나를 헐떡이게 했다. 그러나 그들은 이미 나의 손아귀에서 부속사제를 떼어 내고, 간수들은 나를 위협했다. 그렇지만, 그는 그들을 진정시키고는 어떤 말도 하지 않고 잠시 나를 바라봤다. 그의 눈에 눈물이 가득 고였다. 그는 돌아서서 사라져 갔다.

그가 떠난 후, 나는 평정을 되찾았다. 나는 기진맥진해서 침상에 몸을 던졌다. 나는 잠들었던 것 같다. 왜냐하면 얼굴 위의 별과 함께 눈이 떠졌기 때문이다. 전원의 소리들이 나에게까지 떠올라 왔다. 밤과 땅, 그리고 소금 냄새가 내 관자놀이를 식혀주었다. 잠든 여름의 경이로운 평화가 밀물처럼 내게로 흘러들었다. 그때, 한밤의 경계에서 사이렌이 울었다. 그 소리는, 이제 영원히 내게는 아무런 의미가 없는 세계로의 출발을 알리고 있었다. 오랜만에 다시, 나는 엄마를 생각했다. 그녀가 왜 생의 끝에서 "약혼자"를 갖게 되었는지, 왜 그녀가 새로운 시작을 시도했는지 이해할 수 있을 것 같았다. 거기, 거기에서도, 삶이 점차 희미해져 가는 그곳 양로원에서도, 저녁은 쓸쓸한 휴식 같은 것이었다. 죽음에 가까워서야, 엄마는 해방감을 느끼고, 모든 것을 다시 살아 볼 준비가 됐다고 느꼈음에 틀림없었다. 누구도, 그 누구도 그녀의 죽음에 울 권리를 가지고 있지 못한 것이다. 그리고 나 역시 모든 것을 다시 살아 볼 준비가 되었음을 느꼈다. 마치 이 거대한 분노가 내게서 악을 쫓아내고, 희망을 비워 낸 것처럼, 처음으로 신호와 별들로 가득한 그 밤 앞에서, 나는 세계의 부드러운 무관심에 스스로를 열었다. 이 세계가 나와 너무도 닮았다는 것을, 마침내 한 형제라는 것을 실감했기에, 나는 행복했고, 여전히 행복하다고 느꼈다. 모든 것이 이루어졌다는 것을 위하여, 내가 혼자임이 덜 느껴질 수 있도록, 내게 남은 유일한 소원은 나의 사형 집행에 많은 구경꾼들이 와서 증오의 함성으로 나를 맞아 주었으면 하는 것이다. (졸역)

2.19.

지난해 늦은 여름, '카뮈'의 편지를 받고 시작했던 〈이방인〉 번역이었다. 정말이지 팔자에 있을 리 없던 번역을, 그것도 연재까지 하게 되었으니…… 그 과정을 돌아보면 예사롭지 않은 일이 한둘이 아니다. 무엇보다 〈이방인〉이 이상하다는 아이들의 갑작스러운 지적을 듣지 않았다면 과연 이 번역을 시작이라도 했을 터인가. 아무튼 우여곡절이 많았지만 결국 여기까지 오고야 말았다.

연재를 끝내면 정말 홀가분하리라 여겼는데, 꼭 그것만은 아니었다. 뭔가 아직 하다만 것 같은 개운치 않음이 남아 있었다. 이유가 뭘까……?

은근히 기대하였으나 카뮈라는 자로부터도 어떠한 연락도 없었다.

2. 20.

연재 후기를 써달라는 강팀의 요청에 한참을 망설이다 그간의 소회를 적어보았다.

원고를 넘겨주자 강팀이 자기 이름은 빼달라고 요청했지만 나는 그럴 수 없다고 버텼다. 만약, 이후 번역서를 내게 된다면 나는 그녀와 공동 번역자로 갈 작정이었기 때문이다. 물론 그때도 그녀의 고집이 여전하다면 할 수 없겠지만…….

〈이 땅의 번역자, 편집자들에게〉

죽음을 앞둔 뫼르소에 빠져 지낸 6개월이었습니다. 〈이방인〉의 원고량만으로 치자면 소비한 시간이 터무니없이 길었고, 기존 번역의 문제점을 지적하는 마당이니 확인에 확인을 거듭했던 과정을 생각하면 결코 길다고만은 할 수 없는 시간이었습니다.

이 번역이 여기까지 올 수 있었던 것은 두 사람이 있었기에 가능했습니다. 먼저 수비니겨출판사의 강고해 편집자의 존재. 그녀의 꼼꼼함과 단호함이 없었다면 아마 이 작업은 불가능했을 것입니다. 내 번역의 쉼표 하나까지 살펴서 문제 제기를 해준 그녀는 실상 나보다 훨씬 뛰어난 번역자였습니다. 하여 우리는 문장을 두고 싸우기도 많이 싸웠습니다. 그러나 그러한 싸움이 있었기에, 또 한 사람이 찾아들 여지가 있었을 것입니다.

우리는 세상을 살면서 도저히 말로는 설명이 안 되는 일들을 경험하게 됩니다. 제게는 이번이 그런 경우였습니다. 남의 오역을 지적하면서 눈앞의 편집자조차 설득하지 못할 번역이라면, '그 따위'로 세상을 이해시킨다는 건 어불성설이었습니다. 그렇게 강 편집자와 싸우고 난 날이면, 나는 도저히 연재 글을 올릴 수 없었습니다. '눈앞의 한 사람도 제대로 설득시키지 못하는데, 수십 년간 최고의 권위자로 추앙받아 온 저분의 번역에 문제 제기를 하는 일이 과연 가당키나 한 것일까?' 회의에 빠지지 않을 수 없었던 것입니다. 그러나 그러고 난 다음 날 새벽, 혹은 주말의 어느 순간이면, 어김없이 나를 찾아오는 이가 있었습니다. 그는 어깨를 툭 치며 말하곤 했습니다.

"그건 이렇게 보지그래." 그의 말을 듣고 불현듯 다시 문장을 보면, 거기, 왜 그전에는 보이지 않았던 내용이 들어가 있는 것이었던지…… 저로서는 도저히 설명할 길이 없습니다. 무엇보다 신기했던 것은, 그러한 말들이 결코 이 작품의 작가가 아니고서는 누구도 해줄 수 없는 조언들이었다는 데 있었습니다(그렇다, 라는 것은 다음 날 강고해 편집자의 표정으로도 확인할 수 있었던 것입니다).

눈치 챘겠지만, 그렇게 저를 찾아와주었던 이는 바로 카뮈였던 것입니다. 이렇게 말하면 대부분의 사람들이, '이 사람, 지금 무슨 소리를 하는 거야?' 할 것입니다. 그러나 사실이 그런 걸 어찌하겠습니까. 그리하여 이 번역은 마침내 지금에 이를 수 있었던 것입니다.

아, 이 두 사람 외에도, 빼놓을 수 없는 '여러분'이 계십니다. 연재 와중에 연재의 취지가 왜곡될 수도 있었던 논란이 몇 번 있었습니다. 그때 자기 일처럼 나서서 제 길을 바로잡아주신 분들, 그분들의 댓글은 정말이지 내게는 천군만마와 같았습니다. 이 자리를 빌려 감사를 드립니다.

이제 연재를 마칠 시간입니다. 그러나 이 자리가 기존 번역의 오역을 바로잡는 자리이니만큼, 또 그냥 지나치기엔 너무나 중요한 부분인 것 같아 한 가지만 더 지적하고 이 연재를 마무리 지어야 할 것 같습니다.

그때 밤의 저 끝에서 뱃고동 소리가 크게 울렸다. 그것은 이제 나와는 영원히 관계가 없어진 한 세계로의 출발을 알리고 있었다. 참으로 오래간만에 처음으로 나는 엄마를 생각했다. 엄마가 왜 한 생애가 다 끝나갈 때 '약혼자'를 만들어 가졌는지, 왜 다시 시작해보는 놀음을 했는지 나는 이해할 수 있을 것 같았다. (김수영 역 p.135)

À ce moment, et à la limite de la nuit, des sirènes ont hurlé. Elles annonçaient des départs pour un monde qui maintenant m'était à jamais indifférent. Pour la première fois depuis bien longtemps, j'ai pensé à maman. Il m'a semblé que je comprenais pourquoi à la fin d'une vie elle avait pris un « fiancé », pourquoi elle avait joué à recommencer. (원서 p.183)

Then, in the dark hour before dawn, sirens blasted. They were announcing departures for a world that now and forever meant nothing to me. For the first time in a long time I thought about Maman. I felt as if I understood why at the end of her life she had taken a "fiance," why she had played at beginning again. (Matthew Ward 역 p.122)

보다시피 역자는 여기서, sirènes를 '뱃고동'으로 보고 번역을 하고 있습니다. 그러나 여기서 sirènes은 '사이렌'을 가리킵니다. 그리하여 "밤의 저 끝에서 뱃고동 소리가 울"린 게 아니라, "한밤의 경계에서 사이렌이 울"린 것입니다. 역자가 저것을 '뱃고동'으로 본 것은 다음 문장, '한 세계로의 출발' 때문인 것으로 보입니다. 다른 세계로 떠나가는 '배'. 그러나 여기서 저 말은, 이제 날이 밝으면 단두대의 이슬로 사라질 뫼르소가 자신이 죽은 다음의 이 세계는 자신에게 아무런 의미가 없다고, 앞에서 자신이 한 말을 다시 한 번 정리하고 있는 것입니다.

또한 앞서 문제가 되었던 "Pour la première fois depuis bien longtemps"를 여기서 다시 만나게 되는데, 역자는 여기서도 저것을 '참으로 오래간만에 처음으로'로 번역하고 있습니다. 그러나 역시 이 소설의 전체 맥락, 앞뒤 문맥을 살폈을 때 그것은 말이 안 되는 것입니다. 이 소설 전체가 엄마의 죽음으로 시작되고 끝이 나고 있는데, 아무리 오래간만이라 해도, 어떻게 뫼르소가 엄마를 '처음으로' 생각했다는 것일까요?

따라서 이 마지막 문장은 공교롭게도 김수영 교수가 이 소설을 처음부터 끝까지 얼마나 오해하고 번역했는지를 확인시켜 주는 반증이라고 할 것입니다.

고백하자면, "Pour la première fois depuis bien longtemps"에

대한 문법과 의미를 모두 만족시키는 적확한 우리말 표현이 무엇일지 저 역시 아직 찾지 못했습니다. 이제 연재를 마치면서까지 숙제로 안고 가게 된 것입니다.

이처럼 번역은 정말이지 고되고 어려운 작업입니다(저는 두 번 다시 하지 않을 생각입니다).
이러한 고된 수고를 인정받기 위해서라도 이제는 강 편집자를 비롯해, 보이지 않는 곳에서 묵묵히 애쓰고 계신 번역자, 편집자분들이 나서야 할 때가 아닌가 싶습니다.
거듭 말하지만 이것은 한 개인의 치부를 드러내자는 작은 차원의 문제가 아닙니다. 동세대 우리 모두가 대를 이어 〈벌거숭이 임금님〉 속 어른들이 될 수도 있다는 중차대한 문제인 것입니다.
이제라도 그것을 바로잡아줄 수 있는 사람은, 일반 독자들이 아니라 바로, 명성과 권위에 앞서 '문장'을 볼 줄 아는 여러분들일 것은 명백한 일입니다.
선학의 번역이 그러했듯, 이 번역 역시 끝은 아닐 것입니다. 후학들의 반역을 기대합니다.

3. 20.

연재를 마치고 한 달이 지났다.

그동안 재번역을 하다시피 원고를 손봤다. 다시 대조를 해가다 보니, 오히려 내가 오해한 부분도 적지 않았다는 걸 알 수 있었다. 그런 문장을 만날 때마다 부끄러움에 얼굴이 붉어졌다. 아마 그런 부분은 불어를 오랜 시간 공부하고 연구해온 분들 눈엔 터무니없는 트집 잡기처럼 보이기도 했을 터였다. 내 번역에 악플로 일관했던 몇몇 불문학도들의 심정도 일견 이해가 되었다(일례로 Tu m'as manqué는 댓글에 달린 '이*언' 님의 생각대로 네가 그립다는 말이 옳았던 것이다. 전체가 틀린 마당이라 그 부분이 말이 안 됐던 것인데, 틀린 곳을 바로잡자 그 문장의 뜻이 맞다는 게 확인되었다).

그나마 이제라도 바로잡게 되어 다행이라는 생각으로 출간을 준비할 수 있었다.

그런데 편집을 마치고 최종 데이터를 인쇄소로 넘기기 직전인 오늘 새벽, 카뮈라는 자로부터 메일이 왔다. 거의 두 달 만인가? 그러나 내용은 짧았다.

거기엔 이렇게 적혀 있었다.

어떤 사람이 감히 자신이 진정으로 느끼는 바를 말한다면, 다시 말해서 거짓말을 해야 하는 상황에 반항한다면, 사회는 결국 그 사람을 파멸시키고 말 거예요. 〈이방인〉에서 제가 뫼르소를 통해 하고 싶었던 이야기는 바로 그거였어요. 이윤 씨도 그 진실을 맞닥뜨리게 될 터이지만, 제 믿음대로 이윤 씨는 그 모든 것을 헤쳐나갈 수 있는 용기와 지혜를 지녔다는 것을 이미 보여주셨어요. 정말 수고 많으셨어요. 번역이 끝났다고 끝은 아니겠죠? 여전한 응원을 보냅니다!

_A. 카뮈

p. s. 그런데 '처음으로 오랫동안'이란 해석은 원문에 없는 내용, 편집 중에도 잡혀지지 않았다면 다시 생각해보시길.

글을 보고 나는 조금 놀랐다.

이게 끝이 아니라고? 그리고, 뭐 Pour la première fois depuis bien longtemps를 다시 생각해보라고?

그럼 내 번역이 틀렸다는 이야기인가?

나는 그의 메일을 유심히 보고 있노라니 문득 눈에 들어오는 게 있었다. '다시'라고……? Pour la première를 '다시'로 보면 어떻게 되나? 오랜만에 다시…….

나는 출근해서 강팀에게 그에 대해 물었다.

"또 다시요? 아, 네, 그건 가능한 거 같은데요."

강팀이 듣더니 밝은 표정으로 바로 동의해주었다. 정말이지 마지막 순간에 찜찜했던 한 문장을 해결한 셈이었다.

"오랜만에 다시, 나는 마리를 생각했다. 오랜만에 다시, 나는 엄마를 생각했다."

나는 문제가 되었던 그곳을 그렇게 고쳐서 인쇄소로 넘기라고 하고 강팀을 내보냈다.

그리고 나는 다시 문득 떠오른 생각에 책상에 앉아 이전에 논란이 됐던 연재 글을 열고 문제의 댓글을 찾았다.

「'처음으로 오랫동안'이란 해석은 원문에 없는 내용. 엉뚱한 지적.」

그랬다. 바로 글자 하나, 배열 하나 틀리지 않은 메일 속 내용이었다.

나는 소름이 돋았다. 이게 어찌된 일인가? 그럼 이 'ㅋㅋㅋ'라는 아이디의 댓글러는 바로 이 카뮈라는 자였다는 말인가? 아이디를 떼어놓고 보니, 이것을 굳이 조롱조로 볼 이유도 없었다. 오히려 그보다는 진지한 조언처럼 보이기도 했다.

나는 갑작스럽게 다가온 여러 사실들에 혼란스러웠다. 카뮈라는 자가 중간에 했던 여러 말들 중 하나, "이윤 씨의 이 번역은 틀려야만 끝까지 갈 수 있을 것"이라던 말도 새삼스럽게 다가왔다. 정말 이미 60년 전 죽은 카뮈가 부활이라도 했다는 것인가? 아니, 그 혼령이 꾸민 일이라도 된다는 말인가?

그러고 보니 이번 메일 역시 냉정히 살펴보자면, 그는 인쇄소로 최종 원고를 넘긴 오늘까지도, 끝이 아니라 시작이라고 말하고 있는 것이었다. 그러니 여전히 응원을 보내겠다고…… 도대체 이자는 누구이며, 왜 이런 말을 하는 것일까?

나는 퇴근 시간이 될 때까지 앉아 그가 보낸 마지막 메일에서 눈을 뗄 수 없었다.

〈끝〉

추천사

정말 출구는 없나?

김진명
〈무궁화꽃이 피었습니다〉〈글자전쟁〉〈고구려〉 작가

이정서와 나는 편집자와 소설가로 처음 만났다.

그는 대학 시절 전국의 대학문학상을 휩쓸다시피 한 이력의 소유자였고 뛰어난 편집자였다. 지금은 거의 사라졌지만 80년대에는 각 대학들이 문학의 중요성을 크게 인식하고 감수성이 예민한 젊은 문청들의 문학적 갈증을 해소시켜주고자 제법 큰 상금을 걸고 공모전을 벌이곤 했는데, 그는 여러 대학의 현상금을 독차지했던 '프로'였던 셈이다.

대학을 졸업하면서 그는 바로 취직을 했고, 실력을 인정받아 짧은 시간에 대형출판사의 편집부장이 되었으며, 지금 자신의 출판사를 경영하기까지 30년간을 오직 원고와 책으로만 살아온 사람이다.

편집자와 소설가로서 사석에서 알게 된 그의 또 다른 면모는 정의의 감각이 유별나다는 점이다. 그는 80년대에 학창시절을 보내며 우리 사회의 갖가지 모순과 기득권자들의 비리, 독재와 비민주를 직접 목도하고 고뇌했던 사람으로서 '옳은 것'과 '그른 것'에 대한 구분이 거의 본능적이다. 이 점은 오랜 세월이 지난 지금도 마찬가지여서 적당한 타협을 모른 채 '옳은 것'을 좇아왔던 사람이다.

나는 이 책이 이정서라는 사람을 이루는 인생의 두 큰 요소, 즉 '글'과 '정의'가 합쳐진 작품이라 단언한다. 30년이 넘는 세월을 오로지 글에만 파묻혀 자신의 작품을 쓰고 다른 작가의 원고를 평가하고 수정하며 해외 출판물을 번역하는 작업을 하던 그가, 우리 문학계의 가장 큰 문제점인 번역에 눈을 돌리게 된 건 어쩌면 당연한 일이었을 것이다. 특히 뜻만 정확히 전달하면 되는 다른 서적과는 달리, 고전적 가치가 있는 문학작품은 작가 내면의 반영인 문체를 살리는 게 무엇보다 중요하고, 아무렇게나 던져진 듯한 단어 하나하나에 담긴 복선과 의도, 작가의 소설적 장치를 살리는 일은 생과 사의 문제라 할 만큼 실로 중차대한 것이다.

그러므로 번역자는 오히려 작가보다도 더 섬세하고 더 조심스러워야 하며, 무엇보다도 작가의 의도와 고민의 뿌리를 깊이 더듬고 어루만지며 이해해야 한다.

그런 점에서 이 책은 단순히 기존 〈이방인〉 번역서들의 오류를 지적하고 고쳐 보이는 데만 그 의미가 있지는 않다. 여기에는 그 특유의 정의의 감각이 크게 한몫했을 것이다. 출판 현장에서 수많은 책들이 싸구려로 번역되는 걸 본 이정서에게는, 그런 함량 미달의 번역 실태가 우리 지식사회의 크나큰 부조리로 보였을 것이며, 마치 반독재 투쟁을 하듯 이 나라 번역문학 전체의 정상화를 위해 〈이방인〉 정역에 직접 나섰다고 나는 믿는다. 그러니까 세간의 험담처럼 다종의 대형 베스트셀러를 가지고 있는 그가 얼마 팔리지도 않을 〈이방인〉 번역으로 매출이나 올리기 위해 수많은 시간과 열정을 들여 이 일에 도전했던 것은 결코 아니라는 것이다.

결국 그는 기나긴 노역을 끝내고 마치 타 번역본의 정오표처럼 이 책 〈카뮈로부터 온 편지〉를 잇따라 펴낸 것으로 보인다.

이 책의 발문을 요청받은 나는 〈이방인〉의 번역 과정을 쓴 소설이라는 얘기를 듣고 즉석에서 거절하고 싶었지만, 그가 오랫동안 〈이방인〉 번역에 쏟은 열정과 그에 따른 원색적 비난과 구구한 억측을 알고 있었기에 제대로 한번 내용을 보고 싶어 조용한 시간을 택해 원고를 펴들었다. 그런데……

한마디로 놀랐다.

아무리 소설의 재미가 360도 다른 각도에서 나온다지만 이런 소재와 주제의 소설이 재미있을 수 있다는 건, 경이로움을 넘어 내 상상력의 한계를 초라하게 만들었다.

이 소설은 한마디로 언어적 재미의 극치를 보여준다. 그러나 셰익스피어류의 재담이나 법정류의 청담도 없다. 아니 그와는 아주 다르게 두 사람의 〈이방인〉 번역을 꼼꼼히 비교하며 읽어야 한다.

그러나 재미있다. 아니, 그냥 재미있는 게 아니라 너무나 재미있다. 비교된 두 개의 문장을 읽는 것만으로 범죄자와 법의학자의 대결을 보는 이상의 스릴이 있고, 권위주의와 기득권을 쳐부수는 통쾌함이 있으며, 프랑스어와 영어와 국어의 같음과 다름을 경험하는 풍부한 문화여행이 있다.

그러는 사이 자신도 모르게 마치 주인공이 되어 독자 스스로 정의를 실현하는 듯한 경험을 느낄 수 있는 것이다.

또한 작가 지망생들이나 글의 섬세함을 맛보려는 고급 독자들에게는 텍스트가 됨과 동시에 최고의 도락 또한 줄 것 같다.

이 작품에는 카뮈의 원 문장이 자주 나오는데, 번역자들의 시각을 대변하는 소설 속 강고해 팀장은 주인공 이윤, 즉 저자 이정서가 지적하는 문장의 이상함을 전혀 알지 못한다.

> 양로원은 마을에서 이 킬로미터쯤 떨어진 곳에 있었다. 나는 걸어서 갔다. 곧 엄마를 보려고 했지만 문지기가 하는 말이, 원장을 만나지 않으면 안 된다는 것이다.

소설 속 주인공 뫼르소가 엄마의 부고를 받고 양로원으로 처음 가는 장면이다. 〈이방인〉 번역의 지존 김 교수는 문장이 이상하다는 걸 전혀 느끼지 못하고 위와 같이 번역했고, 소설 속 강고해 팀장도 역시 뭐가 잘못됐는지 모른다.

그러나 작가라면 위와 같은 문장은 절대 쓸 수 없다.

이 소설 속에서 이정서가 지적한 수백 군데의 번역 오류 중 가장 가벼운 부분이고, 번역자도 독자도 뜻이 통한 채 넘어가기 일쑤이지만 적어도 작가라면 절대 쓸 수 없는 것이다.

왜 번역자에게는 아무렇지도 않은 이런 문장을 작가가 쓸 수 없는지는 독자 여러분이 이 책에서 직접 확인하시길 바란다.

이 소설을 읽어가노라면 이런 문장 비교가 수없이 나오고 그 재미를 느끼는 가운데 작가가 복선을 깔아두는 기법, 작가의 의도와 단어 선택 사이의 관계, 번역자가 범하는 오류의 원인을 깨닫게 되고 무엇보다도 카뮈라는 희대의 작가와 신기원을 일으킨 대작 〈이방인〉을 비로소 제대로 이해할 수 있게 되는 것이다.

그간 우리 번역의 문제점을 지적한 사람은 무수히 많았다. 그러나 모두 거기에서 멈추었을 뿐, 도대체 어떤 문장이 어떻게 번역된 게 오류이고, 어떻게 해야 우리에게 원작의 재미와 의미를 고스란히 전해줄 수 있는지는 아무도 보여주지 못했다.

이제 작가 이정서는 혼신의 힘을 다하여 〈이방인〉을 정역하고, 다시 이 책 〈카뮈로부터 온 편지〉라는 재미로 가득 찬 '고급' 소설을 통해 우리 번역의 문제점을 직선으로 보여주며 이 땅의 번역문화를 제자리로 끌어올리려면 무엇을 어떻게 해야 하는지를 고민하게 하고 있다. 어쩌면 이런 노력은 독재 철폐의 몸부림보다 더 절실할지 모른다.

그러므로 나는 우리 사회가 이 소설마저 허투루 넘긴다면 그야말로 "탈출구가 없다!", 영어로 "No way out!" 〈이방인〉의 언어로 "Il n'y avait pas d'issue"라 절규하고 싶을 것이다.

김진명